HEYNE BÜCHER

Fantasy

Herausgegeben von Friedel Wahren

Ein Verzeichnis weiterer Bände dieser Serie finden Sie am Schluß des Bandes.

STEVE PERRY

CONAN
DER LANDSKNECHT

Dreiundvierzigster Roman der Conan-Saga

Deutsche Erstausgabe

WILHELM HEYNE VERLAG
MÜNCHEN

HEYNE SCIENCE FICTION & FANTASY
Band 06/5197

Titel der Originalausgabe
CONAN THE FREELANCE
Übersetzung aus dem Amerikanischen
von Edda Petri
Das Umschlagbild malte Thomas Thiemeyer
Die Karten auf Seite 6/7 und 12
zeichnete Erhard Ringer
Die Innenillustrationen
sind von Klaus D. Schiemann

Redaktion: F. Stanya

Die Originalausgabe erschien bei
Tom Doherty Associates, Inc., New York (›A TOR Book‹)

Printed in Germany 1994
Umschlaggestaltung: Atelier Ingrid Schütz, München
Technische Betreuung: Manfred Spinola
Satz: Schaber Satz- und Datentechnik, Wels
Druck und Bindung: Presse-Druck, Augsburg

ISBN 3-453-07996-5

Die Hyborische Welt Conans

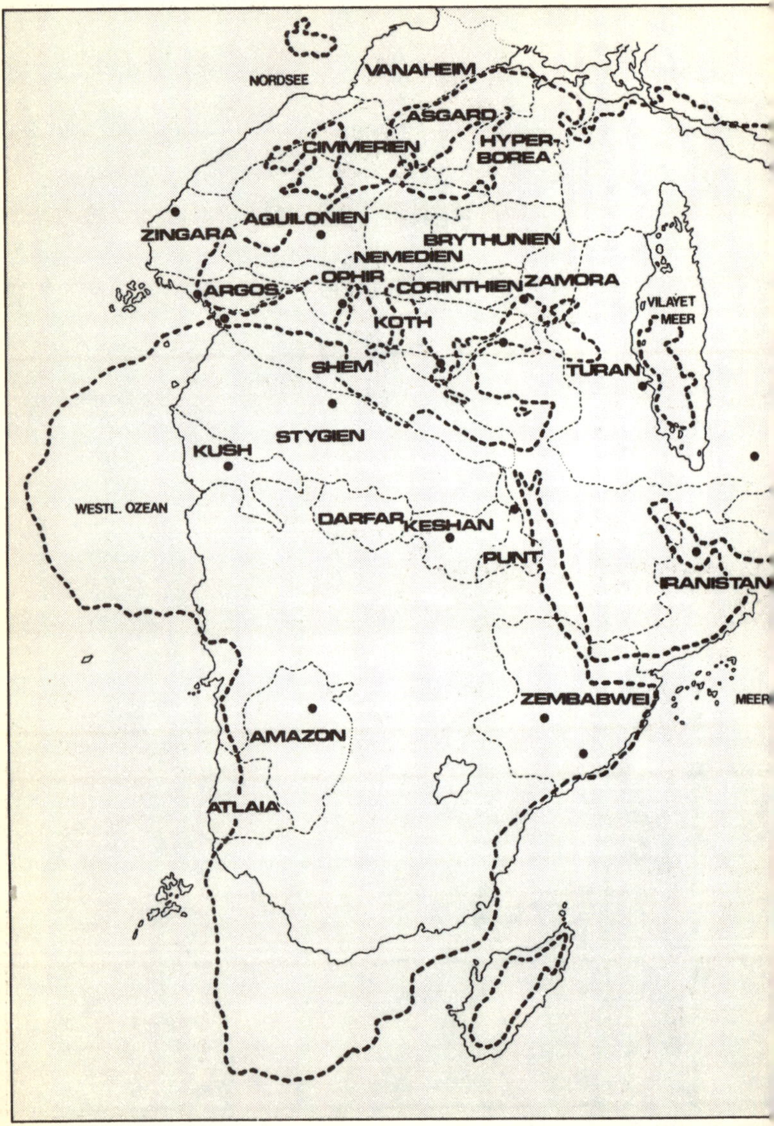
NORDSEE
VANAHEIM
ASGARD
HYPER-
BOREA
CIMMERIEN
AQUILONIEN
ZINGARA
BRYTHUNIEN
NEMEDIEN
OPHIR
CORINTHIEN
ZAMORA
ARGOS
VILAYET
MEER
KOTH
SHEM
TURAN
STYGIEN
KUSH
WESTL. OZEAN
DARFAR
KESHAN
PUNT
IRANISTAN
ZEMBABWEI
MEER
AMAZON
ATLAIA

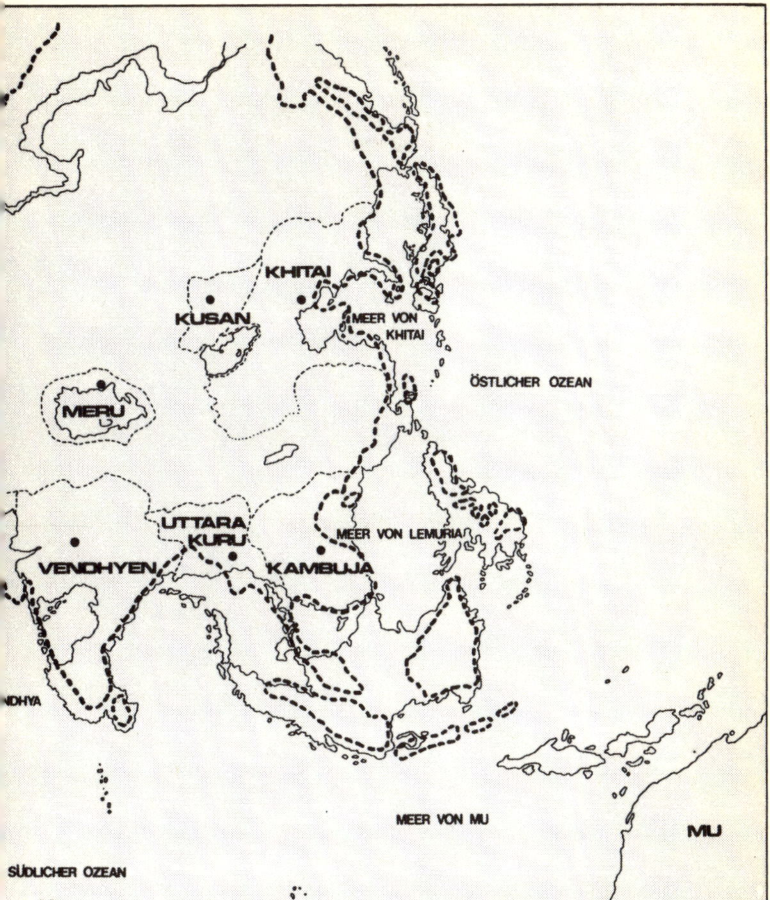

KHITAI
KUSAN
MEER VON
KHITAI
ÖSTLICHER OZEAN
MERU
UTTARA
KURU
MEER VON LEMURIA
VENDHYEN
KAMBUJA
NDHYA
MEER VON MU
MU
SÜDLICHER OZEAN

Dieses Buch ist für Dianne
und für Ray Capella,
der auf diesem Gebiet besser ist
als ich

Danksagung

Für die indirekte, aber unschätzbare Hilfe beim Schreiben dieses Buchs schulde ich besonderen Dank George Reeves, Clayton Moore, Jock Mahoney, Duncan Renaldo und Johnny Weissmuller – ferner Modesty und Travis, obwohl diese später kamen

CONAN

DER LANDSKNECHT

TUNDRA
HYPERBOREA
Haloga
Pohiola
Sigtona
GRAASKAL GEB.
TORMANNA
Gernach
NORD
KÖNIGREICHE
THUNGIER
Sonnental
Nezvaya
Yaralet
Charnina
Wiccana
Hain
BRYTHUNIEN
Zikkurat
Paß
KEZANKIAN GEBIRGE
Tempel
Potrebia
Yezud
STEPPE
Burg Slott
Bahari
Mornstadinos
Paß
Opkothard
ZAMORA
Zahmahn
WÜSTE
KARPASH GEB.
Shadizar
Paß
Larsha
Tempel des Blutbefleckten Gottes
Negs Burg
Arenjun
VILAYET ME
Khalis
Elkad
Shahpur
Khauran
TURAN
Maypur
Kherdpur
QIRLATA
Insel der eisernen Statuen
Paß
DER KÖNIGE
Sultanapur
Ft. Wakla
Marschen von Mehar
Akrel Oase
KHAROYA
Vezek
Akif
ZUAGIRS
ÖSTLICHE
WÜSTE
SHAN E SORKH
DRACHENBERGE
Akhlat
Oase
Ilbars
Bezzin
Aghrapur
Makan E Mordan
Yukkub
Samara
NEBELGEBIRGE
KHOZGARI
theim
ARD
Schädeltor
ICH
Zhur
Arch

PROLOG

Zehn Millionen Jahre vor der Geburt des ersten Menschen erhob sich in schneebedeckter Majestät der höchste Gipfel der Bergkette, welche in grauer Zukunft das Karpashgebirge heißen würde und wo später einmal die Grenze zwischen Corinthien und Zamora verlaufen sollte. Damals hatte er noch keinen Namen, da es keinerlei Geschöpfe gab, welche der Sprache mächtig waren. Später nannte man ihn Mount Turio. An einem kalten Wintertag erschütterte ohne Vorwarnung eine Explosion die Erde bis ins Mark und schleuderte die obere Hälfte des Bergs davon. Pulverisiertes Gestein bildete schwarze Wolken, die das Antlitz der Sonne verfinsterten. Glühende Lava quoll hervor und ergoß sich in die Tiefe. Sie verschlang riesige Bäume im Umkreis von zwei Tagesmärschen um den verwundeten Berg. Die grausame Hand der Zerstörung vernichtete weit über hunderttausend Tiere. Der erbarmungslose Steinregen verschonte kein Lebewesen, wo immer er aufschlug.

Auf halbem Weg zum Rand der Erde blieben die wilden Tiere stehen und lauschten, wie der Berg sich erbrach und den Himmel verdunkelte.

Es dröhnte so laut, als schrie ein Gott.

Nach einer Million Jahre wurde der Krater, welchen die titanische Explosion hinterlassen hatte, ein See, beinahe so groß wie ein Meer.

Nach zehn Millionen Jahren hatten Zeit und Wetter

die Narben des Kataklysmus geglättet. Wind, Regen, Schnee und Sonne hatten die Kanten abgeschliffen. Der große Kratersee jedoch blieb. Er war unergründlich tief, klar und eiskalt.

Im Zentrum dieses riesigen Gewässers, welches den Augen und Gedanken der Menschen weitgehend unbekannt war, wuchs und gedieh ein einzigartiges Gewächs. Wie eine Matte lag es auf dem azurblauen See. Diejenigen, welche allem Namen geben müssen, nannten es die Sargasso-Pflanze. Ihre Stengel waren so stark, daß sie das Gewicht eines niedrigen, weitläufigen Gebäudes trugen, in welchem tausend Menschen lebten. Wenn man vorsichtig war, konnte man vom Zentrum des Palastes von Sargasso beinahe einen ganzen Tag lang gehen, ohne an den Rand der schwimmenden Insel zu gelangen. Es war selten ein Problem, Wasser zu finden. An manchen Stellen war die Matte von Raubtieren, die darunter lebten, durch ständiges Nagen so ausgedünnt, daß sie als Fallen dienten. Ein falscher Schritt – und der Unvorsichtige fiel in den Rachen eines der hungrigen Bewohner der kalten und dunklen Tiefe. Ebenso mußte man sich vor den treibsandähnlichen Fallen im Sargasso hüten; denn auch dort lebten in dem Gewirr der Zweige über dem Wasser Geschöpfe, welche über Jahrhunderte hinweg einen Geschmack an Menschenfleisch entwickelt hatten.

Im tiefsten Innern dieses von Mensch und Natur errichteten niedrigen Palasts lebte derjenige, welcher als Abet Blasa, Dimma oder Magier des Nebels bekannt war.

Obwohl im Dach des Thronsaals mehrere große Öffnungen von klaren Quarzplatten bedeckt waren und dem Sonnenlicht Einlaß gewährten, umhüllte Dimma ständig ein Nebel, wenn er dort auf dem Thron aus geschnitztem Holz und Elfenbein saß. Ja, Dimmas Gestalt schien sich mit den wabernden Schwaden zu vermischen. Er hatte keine klaren Kanten, er schien vielmehr so körperlos zu sein wie die grauen Nebel, die ihn wie ein weiter Umhang umschwebten.

In diese Nebelschleier trat ein Wesen, das man an Land für einen Menschen hätte halten können. Einst hatten die Vorfahren dieses Geschöpfs in der Tiefe gehaust; aber der Nebelmagier hatte sie mit seiner Zauberkunst in Gestalt und Intelligenz weiterentwickelt. Dimma nannte sie Selkies. Dank seiner Magie hatte er aus ihnen recht brauchbare Diener gemacht. Sie waren nicht länger primitive Tiere. Obgleich sie sich an Land für Menschen ausgeben konnten, verwandelten sie sich im Wasser durch Zauberei wieder in Wesen menschlicher Alpträume.

Dieser Selkie hieß Kleg und sprach mit einer Singsangstimme, die so klang, als benutze er ein Streichinstrument, um sie hervorzubringen. »Mylord, hier bin ich.«

Die wabernde Gestalt des Nebelmagiers wandte sich dem Selkie zu. Dimma konzentrierte die Aufmerksamkeit auf das Geschöpf, für das er buchstäblich ein Gott war. »Berichte mir von deiner Mission, Kleg!«

»Mylord, nach sechs Tagesritten auf dem Rücken eines dieser Packtiere, welche du erschufst, steht der Wald der Baumleute. Wir sind sicher, daß die … Zutaten, welche du suchst, dort zu finden sind.«

Der Nebelmagier beugte sich vor. Sein Gesicht wurde verschwommen, als ein Nebelstreif darüber – und hindurch – glitt. Dann bekam es wieder feste Formen. Klegs Eingeweide verkrampften sich vor Angst und wurden eiskalt.

»Und bringst du mir diese Zutaten?«

»Nein, Mylord. Die Baumleute sind mächtig und wachsam. Bei dem Versuch, dir das Gewünschte zu beschaffen, wurden vier deiner Diener getötet. Außer mir konnte nur noch einer entkommen, und das in letzter Minute.«

Dimma lehnte sich auf dem Thron zurück. Der Selkie erblickte durch den Körper seines Meisters hindurch die kostbaren Elfenbeinschnitzereien in der Lehne. »Du bist so kräftig wie drei Menschen, Kleg.«

»Und dennoch, Mylord. Die Baumleute sind sehr stark und behende. Sie beschützten ihren Wald so gut, daß selbst wir sie nicht überwältigen konnten.«

Der Abet Blasa schwieg für einen Augenblick. »Und du bist ganz sicher, daß das, was ich brauche, bei den Baumleuten zu holen ist?«

»Ja, ganz sicher, Mylord.«

»Dann ist es unwichtig, wie stark und behende sie sind. Ich werde das bekommen, was ich brauche. Du mußt alles tun, um diese Aufgabe zu erfüllen. Geh und sammle deine Brüder. Ein Dutzend, eine Hundertschaft, so viele, wie du brauchst. Alle Lebewesen des Sargasso stehen dir zur Verfügung.«

»Dein Wort ist mein Leben«, schnarrte Kleg und verneigte sich tief. Dann verließ er rücklings die Halle.

So ist es in der Tat, dachte Dimma, als er dem Selkie nachschaute. Dein Leben und das von zehnmal zehntausend sind nichts im Vergleich zu dem, was ich unbedingt haben muß.

Dimma stand auf und schwebte durch die große Halle. Wo er sich bewegte, verdichtete sich der Nebel, als fließe er aus seiner Gestalt heraus. Und so war es auch.

Vor fünfhundert Jahren war Dimma ein junger törichter Zauberlehrling gewesen. Auf seinen Reisen war er hochmütiger geworden, so daß er seine Kräfte bald weit überschätzte. Eines schicksalhaften Tages wollte er die Macht des Zauberers von Koth auf die Probe stellen. Dimma hatte leichtsinnigerweise geglaubt, daß die wahre Macht dieses zahnlosen, verhutzelten alten Manns niemals an seinen Ruf heranreichte.

Dimma hatte sich geirrt. Zahnlos war der Zauberer von Koth, aber er konnte noch schrecklich beißen. Bei dem Kampf war der Alte gestorben. Doch zuvor hatte er den frechen Dimma noch verflucht.

Während der letzten Atemzüge hatte der alte Zauberer gelächelt. »Du bist ein harter Bursche«, hatte er gesagt. »Feuerstein und geschmiedetes Eisen. Du gibst nichts weg; aber vom heutigen Tag an wird dein Körper aus Nebel bestehen. Für immer wirst du in diesen Schwaden leben. Das sage ich jetzt, und so soll es geschehen.«

Danach war der Alte gestorben; aber Dimma hatte sich keine Sorgen gemacht. Er hatte schon mit einem Fluch des Sterbenden gerechnet. Es war für ihn nichts Neues, da ihn bereits mehrere Zauberer verflucht hatten, die er getötet hatte. Das bedeutete nichts. Er, Dimma, hatte Magier des Rings und Magier des Quadrats besiegt. Die gelben Seher von Turan hatte er überwunden, die dunkelhäutigen Zaubersänger in Zembabwei vernichtet. Noch ein Magier mehr – darum scherte er sich nicht.

Anfangs.

Einen Monat nach dem Zweikampf mit dem Zauberer von Koth wollte Dimma sich mit einer Frau vergnügen. Er griff nach ihr und …

Seine Hand glitt durch ihren Körper hindurch!

Entsetzt floh Dimma, redete sich jedoch hinterher ein, daß er das Opfer einer Illusion geworden sei, eines Tricks, den ihm zuviel Wein und das Licht gespielt hatten. Die nächste Zeit schien es auch zu stimmen; aber in den folgenden Monaten entfaltete der Fluch des alten Kothers seine volle Blüte. Dimma wurde immer substanzloser. Es gab offenbar keine Heilung. Dieser Zustand kam und ging völlig willkürlich.

Dimma war keineswegs ein Stümper von einem Magier. Er benutzte sein ganzes Können, um sich von dem Fluch zu befreien, doch umsonst. Immer mehr Zeit verbrachte er als ein Wesen, das mehr aus Nebel denn aus Fleisch und Knochen bestand. Manchmal dauerte es Tage oder Wochen, bis er wieder feste Gestalt gewonnen hatte. Er konnte immer noch die meisten Zauber ausführen, da er Diener einsetzte, wo er eine feste Hand oder einen Körper brauchte. Die anderen Freuden des Körpers waren für ihn jedoch verloren. Er konnte weder essen noch trinken, keine erotischen Genüsse mit Frauen erleben, er spürte weder Hitze noch Kälte, noch die Struktur von Stoffen. Er wurde zu einem Geist, der in einem ständigen Nebel lebte, ein Wesen, das kein richtiger Mensch mehr war, sondern ins Reich der Nebelschwaden gehörte.

Aber fünfhundert Jahre sind eine lange Zeit. Während seiner unablässigen Suche nach Heilung stieß er auf einige Hinweise. Aus einer heiligen Höhle in Stygien stammte eine zerfledderte Schriftrolle, auf der ein Teil des Heilmittels verzeichnet war. Aus den Ruinen eines Tempels auf Siptahs Insel kam noch ein Fragment. Dimmas Diener durchstreiften die Länder bis zu den Schwarzen Königreichen: Kush, Darfar, Keshan und Punt. Sie zogen auch in die kalten Länder im Norden: Vanaheim und Asgard. Kein Ort befand sich zu entlegen, keine Kosten waren zu hoch, wenn Dimma die Hoffnung hegte, daß dort das ersehnte Heilmittel zu finden sei. Manche der gesammelten Zaubersprüche stammten noch aus der Zeit, ehe es Atlantis gab, und waren vom Meer verschlungen worden.

Endlich hatte Dimma alle Teile des Stückwerks bis auf einen beisammen. Und dieses letzte Stück lag praktisch vor seiner Haustür! Er mußte es haben, mochte es kosten, was es wollte! Es war zwanzig Jahre her, seit ihm einige Momente in fester Gestalt gelungen waren!

Er wußte nie, aus welchem Grund oder wann ihm eine kurze Gnadenfrist vom Fluch gewährt wurde. Jetzt sah er das Ende seiner Qualen vor sich. Nur wenige Tage, höchstens Wochen – dann würde er alle Kräfte seiner nicht unbeträchtlichen Zaubermacht einsetzen, um das Ziel zu erreichen. Es war ihm völlig gleichgültig, wenn er dabei ein Königreich zerstörte!

Dimma spürte, wie ihn ein Luftzug seitwärts schob. Jemand hatte eine Tür oder ein Fenster offen gelassen. Dieser Jemand sollte für seinen Fehler sterben! Bald würde er derartige Demütigungen nicht mehr hinnehmen müssen, und dann wehe jedem Menschen, der sich Dimma in den Weg stellte! Wehe in der Tat!

Eins

Der Bergpfad führte über einen steilen Paß. Loses Gestein lag überall. Aber der junge Mann schritt vorsichtig, gleichzeitig geschwind darüber hinweg. Schließlich war er ein Cimmerier, und im Gebirge, wo er geboren war, lernte man klettern, sobald man laufen konnte. Der Mann hieß Conan. Die Sonnenstrahlen brachen sich in den strahlendblauen Augen. Eine dichte rabenschwarze Mähne fiel bis auf die breiten Schultern. Conan trug ein Wolfsfell über dem Rücken, kurze lederne Beinkleider und Sandalen, deren Riemen über die kräftigen Waden geschlungen waren. Die kalte Bergluft traf die Stellen, welche unbedeckt waren, aber der Cimmerier schien die Kälte nicht zu bemerken. Nach der Enge des riesigen unterirdischen Labyrinths der Schwarzen Höhle, wo er und seine Gefährten so oft dem Tod nur knapp entronnen waren, fand er die frische Luft köstlich, ganz gleich, wie kalt es war.

Der Cimmerier wollte nach Zamora, der verruchten Stadt Shadizar, wo er als Dieb reich zu werden hoffte. Man sagte, daß ein schneller Verstand, ein starker Arm und eine scharfe Klinge alles waren, was ein Mann brauchte, um in Shadizar zu überleben. Wenn dazu noch flinke Finger und schnelle Füße kamen, winkte Reichtum. Conan wollte herausfinden, ob das stimmte. Er war jung, hatte jedoch in seinem kurzen Leben bereits viele Erfahrungen gesammelt, und jetzt war er begierig, auch Reichtum zu diesen Erfahrungen hinzuzufügen.

Die Reise dorthin hatte schon viel länger gedauert, als er geplant hatte. Die Götter legten ihm immer wieder Hindernisse in den Weg. Zugegeben, einige davon waren schöne Frauen gewesen, aber meist war er in lebensbedrohende Abenteuer verstrickt worden. Nekromanten, Zauberer und Ungeheuer hatten Conan bedroht – wie die meisten aufrechten Menschen hatte er für Magie nichts übrig. Nach der wunderschönen Tochter der Wüste, Elashi, und der längst toten Zombie-Frau Tuanne sowie der Zauberin Chuntha war sein Bedarf an Frauen im Augenblick gedeckt. Er war wieder allein und darüber sehr froh.

Der Pfad machte eine scharfe Biegung nach rechts unten. Plötzlich hörte Conan ein Geräusch.

Es war so leise, daß nur die scharfen Ohren des Cimmeriers es auffangen konnten. Conan blieb sofort stehen und zückte das uralte gebläute Schwert. Die Klinge war schwer, der Griff nur mit Leder umwickelt. Conan hatte dafür mit einem längst toten Krieger kämpfen und diesen zum Skelett machen müssen. Das Schwert war so scharf wie ein Rasiermesser. Nach jedem Gebrauch schärfte Conan es auch sofort wieder sorgfältig mit dem Wetzstein.

Der Cimmerier packte das Schwert mit beiden Händen, wie er es von den Priesterkriegern in einem Felsentempel gelernt hatte, und ging langsam weiter. Dabei gab er sich Mühe, kein Steinchen auf dem Boden in Bewegung zu versetzen. Das Geräusch konnte allerdings auch bedeuten, daß der Fels sich in der Kälte zusammengezogen hatte oder daß ein kleines Tier ein Insekt jagte; aber der Cimmerier hatte bis jetzt in dieser gefährlichen Welt nur deshalb überlebt, weil er nie leichtsinnig Risiken einging. Crom war sein Gott, und Crom hatte einem Mann bei der Geburt ein gewisses

Maß an Verstand und Kraft geschenkt. Danach war der Mann auf sich gestellt. Wenn einer von Croms Kindern diese Gaben nicht richtig nutzte, brauchte er keinen Atem zu verschwenden, um den Gott um Hilfe anzuflehen. Das war sinnlos.

Conan hielt sich dicht am Felsen und gelangte zur Biegung. Mit erhobenem Schwert trat er schnell vor. Gleich darauf war die Klinge wieder in Kopfhöhe gesenkt.

Vor ihm weitete sich der Pfad. Hier waren die Felsen von Wind und Wetter abgetragen. In der Schlucht stand eine halbnackte Frau mit dem Rücken an der Felswand. Sie hielt einen langen Speer. Fünf mannsgroße Drachen umringten sie. Ein sechster lag in einer großen gelblichen Pfütze auf dem Rücken. Das war wohl sein Lebenssaft, vermutete der Cimmerier. In den Klauen hielt er ein Stück Stoff, das zu dem Lendentuch paßte, welches jetzt das einzige Kleidungsstück der Speerfrau war.

Der Stoff war für die Riesenechse eine teure Trophäe geworden.

Conan hatte die letzten Abenteuer noch sehr frisch im Gedächtnis. Daher war sein erster Gedanke, als er die Szene sah: O nein, nicht schon wieder ein *Weib*!

Die Drachen mit den grüngrauen Schuppenpanzern standen aufrecht da. Sie hatten lange Schwänze, spitze Schnauzen und gelbe Augen, mit welchen sie auch das Umfeld sehen konnten. Eines der Ungeheuer sah, hörte oder roch den Cimmerier und blickte in seine Richtung. Conan hielt sich jedoch so still, daß das Scheusal die tückischen Augen wieder auf die Frau wendete. Dann zischte und grunzte das Biest, worauf die anderen Drachen es anschauten.

Conan überlegte, wie schnell die Drachen wohl waren. Konnte er kehrtmachen und ihnen entfliehen? Nun, wahrscheinlich nicht. Der Pfad war ziemlich steil – und außerdem war da noch die Frau! Jetzt bei näherem Hinschauen entdeckte er blutige Striemen an ihrer linken Schulter. Zweifellos rührten sie von dem Drachen her, der ihr das Kleidungsstück weggerissen hatte. Trotz der Gefahr hatte Conan Zeit genug, um zu sehen, daß die Schulter schön gerundet war – und daß die Brüste darunter ebenso rund und fest waren. Die Frau war muskulöser als die meisten Frauen, denen er bisher begegnet war. Als sie den Speer schwang, sah er die Muskelstränge. Obwohl er sich geschworen hatte, in der nächsten Zeit alle Frauen zu meiden, mißfiel ihm der Anblick dieser Amazone keineswegs. Er spürte eine gewisse Neugier.

Wieder zischte und grunzte der erste Drache. Zwei Monster bewegten sich auf Conan zu.

»Lauf lieber weg, Fremdling!« sagte die Frau mit erstaunlich ruhiger Stimme. »Das sind Korga, die Jagdhunde der Pili.«

Conan hatte keine Ahnung, wer die Pili waren. Es war ihm auch einerlei. »Ich will in den Süden«, erklärte er. »Werden diese ... äh ... Korga, mir den Durchgang gestatten?«

»Nein, Fremdling.«

»Nun denn! Ich weiß, wie man Hunde behandelt, ganz gleich, wie sie aussehen.« Er wechselte den Griff am Schwert. »Hier, ihr Köter!«

Er wartete nicht, bis die Korga die Lage erfaßten. Er schwang das Schwert wie ein Holzfäller eine Axt, um Feuerholz zu spalten. Dann sprang er vor. Der erste Drachen war von dem Angriff des Menschen völlig überrascht. Er fletschte die spitzen Zähne, welche so lang wie Conans kleiner Finger waren, aber ehe er die tödlichen Fänge benutzen konnte, traf ihn bereits die Klinge des Cimmeriers und spaltete ihm den Schädel. Das Ungeheuer stürzte tot auf den felsigen Boden.

Conan wendete sich blitzschnell nach rechts, um den

Angriff des zweiten Korga abzuwehren. Das Biest streckte zischend und grunzend die Klauen nach ihm aus. Der Rachen schloß sich mit lautem Klicken, verfehlte aber den Cimmerier, da dieser zurückgesprungen war und das Schwert hoch in der Luft schwang. Die Klinge traf den Schuppenpanzer in einem ungünstigen Winkel und riß nur ein etwa faustgroßes Stück aus der Seite. Das Ungeheuer heulte auf und wich zurück. Dann peitschte es wütend mit dem Schwanz.

Conan spürte, daß sich der dritte Angreifer nahte; aber dieser war schneller, als er vermutet hatte. Obwohl der Cimmerier sehr schnell war, übertraf ihn der Drache. Mit voller Wucht prallte er gegen ihn und riß ihn von den Beinen. Dabei verlor Conan das Schwert. Klirrend fiel es eine halbe Körperlänge entfernt zu Boden.

Wie eine Raubkatze rollte der Cimmerier beiseite. Doch der dritte Korga griff ihn an, ehe er an die Klinge gelangen konnte. Die spitzen Zähne waren Conans Gesicht bedrohlich nahe. Er ballte die Hand zur Faust. Diese wollte er dem Ungeheuer in den Rachen stoßen. Vielleicht konnte er es ersticken, ehe es ihm den Arm abbiß ...

Da schrie der Drache auf und fiel vornüber, direkt vor die Füße des Cimmeriers. Was ...?

Der Speer der Frau steckte tief im Rücken des Korga. Sie hatte ihre Waffe geopfert, um Conan zu retten!

Der Cimmerier hob schnell sein Schwert auf und lief zur Frau hinüber. Sie hielt einen hühnereigroßen Stein in der Hand. Jetzt schleuderte sie ihn auf den einen der beiden Korga, die sie bewachten. Das Geschoß traf den Drachen genau auf die Brust. Er taumelte nach hinten. Dann preßte das Biest die Klauen über die Wunde. Dabei zischte und fauchte es wie eine Katze, die man ins Feuer geworfen hatte.

Der Korga, den Conan vorhin verwundet hatte,

wollte sich gegen den Angriff des Cimmeriers wehren; aber da traf ihn ein mächtiger Schwerthieb an der Kehle und schlitzte sie auf. Blut schoß heraus. Der Drache fiel tot zu Boden.

Drei erledigt, zwei noch da!

Die Frau hob wieder einen Stein auf; aber da sprang ein Korga hinzu und packte sie. Er hob sie vom Boden hoch. Conan war klar, daß er sie nicht rechtzeitig würde retten können. Schon riß das Ungeheuer den Rachen auf, um ihr den Kopf abzubeißen ...

Da stieß sie ihm einen Finger ins Auge.

Der Korga ließ die Frau fallen und schlug die Klauen vor das verletzte Auge. Dann tanzte er vor Schmerzen und Wut schreiend im Kreis herum. Das war allerdings der letzte Tanz dieses Korga, denn Conan machte einen plötzlichen Ausfall mit dem Schwert und durchbohrte das Ungeheuer. Wenn eine Echse, so groß wie ein Mensch, überrascht dreinschauen konnte, dann diese, als sie fiel. Ihr Geist war bereits auf dem Weg in die Grauen Länder, um sich zu ihren toten Brüdern zu gesellen.

Der letzte Korga stand mit verletzter Brust vor zwei Gegnern. Die Frau schleuderte ihm noch einen Stein gegen den Bauch, während der Cimmerier mit hocherhobener blutiger Klinge auf ihn zuschritt. Offenbar hatte der Drache genug; denn er machte kehrt und lief schnell davon. Die Frau warf ihm noch einen Stein nach, verfehlte ihn jedoch. Das Ungeheuer floh schneller als jeder Mensch den Berg hinab.

Conan hatte auch nicht vor, den Korga zu verfolgen. Er machte nur einige halbherzige Schritte, schwang dabei das Schwert und schrie; aber je schneller der Drache verschwunden war, desto lieber war es ihm.

Dann wendete er die Aufmerksamkeit der Frau zu. Sie hatte aus den Klauen des toten Korga ihr ärmelloses Wams genommen und angelegt. Jetzt knüpfte sie einen schmalen Gürtel darum. Schade, dachte der Cimmerier; denn sie war wirklich ein attraktives Weib, trotz der Muskeln. Die Gefühle für Frauen, die er weit weggeschoben hatte, erwachten wieder, als hätten die vergangenen Monate nicht existiert.

»Ich schulde dir mein Leben, Fremder«, sagte sie und lächelte.

Conan deutete mit dem Schwert zum Speer im Rücken des toten Korga. »Und ich dir meins. Wir sind quitt.«

»Stimmt. Ich bin Cheen, die Medizinfrau der Baumleute.« Dann holte sie sich den Speer.

»Ich bin Conan der Cimmerier.«

»Freut mich, Conan. Du kommst also vom Dach der Welt.«

»Du kennst Cimmerien?«

»Wir haben davon gehört. Mein Wald ist nur einen halben Tagesmarsch von hier entfernt. Komm doch mit! Du kannst dich dort ausruhen und mit uns essen.«

Conan war bereits mehrere Wochen unterwegs und spürte eigentlich keine große Lust auf Gesellschaft; aber dieses Weib, welches Drachen mit derartiger Gelassenheit tötete, hatte seine Neugier geweckt. »Ja, ich schätze, eure Gastfreundschaft wird mich nicht über Gebühr aufhalten.«

»Dann komm! Es wird bald dunkel, und wir sollten zuvor einen sicheren Lagerplatz finden. In der Nacht ist es nicht ungefährlich, durchs Gebirge zu marschieren.«

Conan betrachtete die toten Drachen. »Nun, auch tagsüber kann man sich Ärger einhandeln.«

»In diesen Bergen gibt es Geschöpfe, gegen welche die Hunde der Pili wie Schoßhündchen sind«, erklärte Cheen.

»Dann nichts wie los! Suchen wir uns einen Lagerplatz!«

Während sie dem Bergpfad folgten, erzählte Cheen dem Cimmerier mehr über die Pili.

»Sie sind wie Menschen«, sagte sie. »Aber auch entfernt mit den Korga verwandt. In ihren Adern fließt warmes Blut; dennoch ist es mit Sicherheit Echsenblut. Sie bewohnen die Wüste, welche zwei Tagereisen von meinem Wald entfernt liegt. Wenn sie Menschen erwischen, fressen sie sie.«

Conan überlegte. »Kann man in den Süden gelangen, ohne diese Pili-Wüste zu durchqueren?«

»Ja, man kann ihr Territorium umgehen.«

»Gut!« Conan hatte vor keinem Gegner in einem offenen Kampf Angst; aber die Vorstellung mißfiel ihm sehr, durch eine Wüste zu marschieren, in der Menschenfresser lebten, welche sich zahme Drachen als Hunde hielten.

Sie mißfiel ihm sogar sehr.

Er fragte nicht, was Cheen so allein in dieser gefährlichen Gegend zu suchen hatte, da es ihn nichts anging; aber sie gab ihm freiwillig darüber Auskunft. »Seit dem letzten Mond suche ich nach einem Pilz, welcher in diesen Bergen wächst. Es ist eine Art Fliegenpilz, wie wir ihn bei unseren religiösen Zeremonien verwenden. Diese Pilze wachsen nur auf dem Dung der wilden Bergziegen. Allerdings sind diese Ziegen die Lieblingsbeute der Pili, wenn sie kein Menschenfleisch bekommen können.«

Conan brummte etwas Unverständliches. Religion war eine andere Form der Magie. Er wollte mit keinem der beiden etwas zu tun haben; aber er hatte nichts gegen Menschen, welche religiös waren.

»Ich habe für unsere nächste Wahre Vision genug gefunden.« Cheen öffnete einen Lederbeutel, den sie am Gürtel trug, und zeigte Conan einige modrig riechende braune Pilze. »Wenn man sie richtig mischt und weiht, verleiht der daraus gebraute Trank einem die Gabe, seinen Gott zu schauen.«

Conan zuckte nur mit den Schultern. Er konnte ohne einen derartigen Anblick leben. Ihm stand der Sinn eher nach gutem Wein, gutem Essen, guten Waffen und guten Frauen. Das alles konnte sich ein reicher Dieb in Shadizar leisten. Sollten sich doch die Priester um die Götter kümmern, ein Mann hatte auch ohne diese Probleme genug Sorgen.

Die Sonne berührte bereits den westlichen Horizont, als sie an ein breites Felsband kamen, das allerdings ziemlich hoch über dem Pfad lag. Cheen kletterte besser, als es der Cimmerier bei einer Frau je gesehen hatte. Wie eine Spinne huschte sie hinauf. Sie fand Halt für Hände und Füße, wie er es nur einem Cimmerier zugetraut hätte.

Oben bauten sie aus losen Steinen an jedem Ende des Felsbands eine Barriere, so daß nicht einmal ein Kaninchen hätte vordringen können, ohne die Steine ins Rollen zu bringen. Ein dürrer Busch diente als Brennholz für ein kleines Feuer. Im Nu hatte Conan mit dem Flintstein und einem Stück geschmolzenem Metall, das er zu diesem Zweck immer dabei hatte, Funken entfacht und das Feuer angezündet. Zum Abendbrot teilte er das Wasser aus dem Schlauch und ein paar Streifen getrocknetes Eichhörnchenfleisch mit Cheen. Dann senkte die Nacht ihr schwarzes Kleid über die Erde.

Die Nacht war kalt, und das kleine Feuer bot wenig Wärme. Conan bot Cheen an, sein Wolfsfell mit ihr zu teilen; aber sie lächelte nur und meinte, das sei nicht nötig.

Er hatte das Gefühl, daß sie das Fell ablehnte, weil sie spürte, daß er mehr als nur die schützende Hülle mit ihr teilen wollte. Frauen hatten ein Gespür für so etwas. Das hatte er herausgefunden. Allerdings wußte er nicht, wieso. Conan hatte auf seinen weiten Reisen viele Männer getroffen; aber keiner hatte behauptet, er wisse, wie Frauen dachten. Nein, *einen* hatte es gegeben, der sich gebrüstet hatte, daß er *genau* wisse, was Frauen wollten. Aber der Mann hatte auch behauptet, die Erde sei rund wie ein Ball und er könne wie ein Vogel fliegen, wenn er mit den Armen flattere. Letztere Theorie hatte er auf dem höchsten Bau seines Heimatdorfs ausprobiert, einem Wasserturm, zehnmal mannshoch. Er hatte die Probe nicht überlebt. Der Kerl war so verrückt gewesen wie ein besoffenes Schwein.

Manchmal fragte sich Conan, ob es irgendwo einen Mann gab, welcher die Frauen tatsächlich verstand.

Bei diesem Gedanken sank der Cimmerier in tiefen Schlaf.

Zwei

Es war noch empfindlich kühl, als die Morgensonne mit den ersten Strahlen über die östlichen Berggipfel lugte und das Felsband, auf dem Conan und Cheen lagen, rosarot und golden färbte. Conan war sofort hellwach. Allerdings war das Bett auf dem Felsen ziemlich hart gewesen.

Als der Cimmerier das Feuer wieder anfachte, wachte auch Cheen auf und wärmte sich die Hände.

»Hast du gut geschlafen?« fragte sie.

»Ja, wie immer.«

Nachdem sie die letzten Streifen Trockenfleisch verzehrt und mit Wasser aus seinem Schlauch hinuntergespült hatten, machten sie sich an den Abstieg. Wieder war der Cimmerier von der Geschicklichkeit der Frau beeindruckt. Cheen bewegte sich so sicher wie die Schneeaffen in Cimmerien. Nicht einmal rutschte sie aus.

Conan war immer bereit, ein bemerkenswertes Können bei anderen anzuerkennen. Daher sprach er Cheen auf ihre Kletterkunst an, als sie wieder auf dem Pfad waren.

Sie lächelte. »Wo ich herkomme, wird sehr viel geklettert. Aber ich gestehe, daß ich von denen, die Talent dazu haben, am schlechtesten klettere. Gut, daß ich eine Medizinfrau bin. Ich gäbe eine schlechte Jägerin ab.«

Conan sagte nichts; aber er war überrascht. Wenn sie

die schlechteste Kletterin ihres Volkes war, wie mußten dann die besten sein? Vielleicht konnten sie es sogar mit den Cimmeriern aufnehmen?

Als die Sonne ihren höchsten Sitz eingenommen hatte, schritten der Cimmerier und Cheen auf ein grünes Tal in der Ferne zu. Es sah in der Tat so aus, als hätte ein Gott seine Lieblingsfarbe ausgeschüttet. Wohin das Auge blickte: Grün – von Smaragden bis zu Oliv – in allen Schattierungen.

Der Pfad wand sich in engen Serpentinen um den Berg herum nach unten. Daher sah Conan den Wald erst, als er unmittelbar davor stand. Einen Augenblick lang fragte er sich, ob er das Gehör verloren habe; denn so nahe an einem riesigen Wald müßte er doch Geräusche gehört haben.

Aber, nein! Dann verriet ihm sein scharfes cimmerisches Auge den Grund: Der Wald war noch viel weiter weg, als er anfangs geglaubt hatte. Die Bäume sahen wie gewöhnliche Eichen aus; aber sie waren ungleich riesiger als alle Bäume, die der Cimmerier bisher gesehen hatte. Es gab Hunderte von diesen Baumgiganten, von denen der kleinste dreimal so hoch war wie die größte Eiche, die er je vor Augen bekommen hatte. Crom, die waren mindestens fünfzigmal so groß wie er! Diese dicken Stämme reichten wohl bis ans Dach der Welt!

Beim Näherkommen sah Conan, daß in den Zweigen der Baumriesen Häuser errichtet waren – ein ganzes Dorf zwischen Himmel und Erde. Manche Hütten standen nicht mehr als zehn Spannen über dem Boden, andere waren viel höher. Es gab keinerlei Unterholz. Der Boden war bis auf den Laubteppich kahl. Conan überlegte, ob das seinen Grund darin hatte, daß das dichte Blätterdach die Sonnenstrahlen fernhielt oder ob es Absicht war.

Ein halbes Dutzend Brüder von Conans Größe hätten den Stamm nicht umfangen können, wenn sie sich an den Händen gehalten hätten.

»Das ist mein Wald«, erklärte Cheen stolz.

»Dein Volk lebt auf Bäumen?«

»Ja, dort werden wir geboren, dort leben und sterben wir.«

»Jetzt verstehe ich, warum du klettern kannst.«

»Für einen Bodenbewohner bist du aber auch nicht übel.« Sie lächelte. »Besonders bei... deiner Größe. Keiner unserer Männer kommt an deine Körpergröße auch nur annähernd heran.«

Sie hatten den ersten Baum erreicht. Conan blickte zur Krone hinauf. Die kräftigen Zweige ragten kreisförmig aus dem Stamm heraus und verjüngten sich nach oben. Die Rinde war glatt und rötlich gefleckt. Darunter sah er hellere Stellen. Die Blätter waren so groß wie seine Hand, dreizählig gefingert und spitz zulaufend. Ihr glänzendes dunkles Wachsgrün war beinahe schwarz.

Am Fuß des Baumes war ein Fell, so groß wie ein Schild, über ein Loch gespannt. Cheen schlug mit dem Speerende dagegen. Es klang wie eine Trommel. Sie schlug in einem ganz bestimmten Rhythmus dagegen. Nach kurzer Zeit hörte sie auf. Gleich darauf fiel etwas von den unteren Zweigen herab.

Sofort zückte Conan das Schwert und ging in Kampfstellung.

»Halt!« rief Cheen. »Es besteht keine Gefahr.«

Jetzt sah auch Conan, daß es eine Art Leiter war: ein dicker Strang aus Lianen mit Knoten und Schlingen, in denen Füße und Hände Halt fanden. Er steckte das Schwert zurück in die Scheide.

»Was ist, wenn ein Angreifer auf diese Trommel schlägt?«

»Jeder von uns Baumleuten hat seinen eigenen

Trommelschlag«, erklärte sie. »Die Wächter kennen alle. Ein fremder Rhythmus würde sofort mit einem Speer oder einem Pfeilhagel bedacht werden.«

Conan nickte. Ein Angriff auf die Leute da oben in den Bäumen war nicht einfach. Ein Dutzend Männer müßte mit Äxten einen Tag lang schuften, um einen einzigen Baum zu fällen. Ein Pfeilhagel, Speere, sogar Steine würden diese Arbeit sehr unangenehm, ja gefährlich machen. Wegen des fehlenden Unterholzes bedurfte es eines großen Feuers, um die Stämme in Brand zu setzen. Mit geschultem, militärischem Blick nahm der Cimmerier das alles auf. Er wollte nicht einmal mit einer Armee diese Baumleute angreifen.

»Gehen wir nach oben?« fragte Cheen.

»Nach dir!« antwortete Conan.

Seine Höflichkeit wurde durch den Anblick ihrer wohlgeformten Beine über ihm belohnt.

Am Ende der Lianenleiter erwartete sie eine kleine untersetzte Frau. Sie war der Wachposten und mit Speer und einem Dolch aus Obsidian bewaffnet, der so lang wie Conans Unterarm war. Ein Bogen samt Köcher mit Pfeilen lehnte am Baumstamm. Daneben war eine Pyramide aus Steinen aufgetürmt, von denen jeder so groß wie der Kopf eines Mannes war. Wie Conan bereits vermutet hatte, war es nicht ungefährlich, ohne Einladung heraufzuklettern. Die Frau begrüßte Cheen freundlich.

Dann folgte Conan den beiden Frauen. Sie liefen einen Ast entlang, der so dick wie Conans Schultern war. Die Rinde war abgezogen, so daß er mit den bloßen Sohlen mühelos gehen konnte. Die Sandalen hatte er vor dem Heraufklettern abgelegt und über die Schulter geschwungen. Jetzt sah er keinen Grund, sie wieder anzuziehen.

Vor ihnen erhob sich ein großes Bauwerk. Man hatte

es auf dem Ast erbaut, auf dem Conan jetzt ging. Nach oben hin war es mit mehreren Ästen verbunden. Conan sah, daß das Haus aus demselben Holz wie der Riesenbaum gefertigt war. Man hatte Zweige und Äste mit Lianen verbunden. Offenbar war es ein Werk von Menschenhand; aber es sah wie ein riesiges Wespennest oder ein Bienenkorb aus. Auf der Plattform am Eingang standen zwei Frauen, die ähnlich wie Cheen gekleidet waren. Beide waren ebenso muskulös wie die Medizinfrau. Sie stützten sich auf kurze Speere.

Noch mehr Frauen? Wo waren die Männer?

Die Wachen nickten Cheen zu, als sie das Haus betrat. Conan folgte ihr. Durch Löcher im Dach fiel ausreichend Licht herein, so daß der Cimmerier sehen konnte. In der Mitte des Raums stand einem Fenster gegenüber ein kunstvoll geschnitzter Sessel. Eine alte Frau mit schneeweißem Haar saß darin. Ihr Antlitz war von Zeit und Sonne verwittert. Sie trug ein Gewand, das in allen Schattierungen von Grün schimmerte. Ihre Arme waren bloß. Obwohl sie alt war, sah Conan noch deutlich die Muskelstränge.

»Ho, Vares!« rief Cheen.

Die alte Frau wandte sich vom Fenster ab und lächelte Cheen entgegen. »Ho, Cheen! Deine Suche war erfolgreich?«

Cheen hob den Lederbeutel, der die Pilze enthielt, welche sie Conan gezeigt hatte. »Ja, Herrin. Wir können die Götter wieder rufen.« Vares nickte. »Das ist gut. Ich hatte befürchtet, ich sähe sie erst wieder, nachdem ich die Grenze zu den Grauen Ländern bereits überschritten hätte.« Sie musterte Conan scharf. »Du hast uns einen Gast mitgebracht.«

»Ja, Herrin. Das ist Conan aus Cimmerien. Als die Hunde der Pili mich am Donar-Paß angriffen, kam er mir zu Hilfe.«

Die alte Frau lächelte. »Ich danke dir, Conan aus

Cimmerien. Es wäre sehr schmerzlich für mich gewesen, meine älteste Tochter zu verlieren.«

»Es war eine Angelegenheit auf Gegenseitigkeit«, sagte Conan.

Vares lachte. »Wer ist das? Ein Mann, der nicht prahlt?«

Conan blickte Cheen an und zog fragend eine Braue hoch.

Cheen lächelte. »Bei uns sind die Männer große... Geschichtenerzähler. Manchmal schmücken sie alles mit leichten Übertreibungen aus.«

»Bis jetzt habe ich noch keine Männer gesehen«, sagte Conan. Das war vielleicht taktlos; aber in Cimmerien nahm man Offenheit nicht übel. Conan hatte festgestellt, daß in manchen sogenannten zivilisierten Ländern das Lügen anscheinend als Tugend betrachtet wurde. Das jedoch würde er nie verstehen.

»Nun, Conan, dann komm her und schau hinaus«, sagte Vares und deutete zum Fenster. »Tair bringt Hok den Frühlingstanz bei.«

Conan trat ans Fenster.

Von Vares' Haus ging ein Ast aus, welcher sehr bald dünn wurde. Die anderen Äste und Zweige waren mit denen des nächsten Baums eng verflochten. Die meisten waren kahl, ohne Blätter.

Auf einem Ast lief ein gutgebauter kleiner Mann entlang, mit nichts als einem seegrünen Lendentuch bekleidet. Er rannte, als wäre der Ast so breit wie eine Straße in der Stadt. Er lachte laut. Hinter ihm lief ein Junge. Conan schätzte ihn auf ungefähr zwölf Winter. Auch er trug nur ein Lendentuch.

Fasziniert sah Conan, wie der Mann hoch in die Luft sprang und dort wieder landete, wo der Ast bereits ziemlich dünn war und sich unter dem Gewicht des Springers bog. Im nächsten Augenblick mußte der Mann fallen...

Aber – nein! Der Ast schnellte zurück und schleuderte den Mann nach oben, so daß er wie ein Vogel durch die Luft sauste. Dann ballte er sich zusammen und machte einen Salto wie ein Akrobat, den Conan als Kind einmal gesehen hatte.

Der Mann breitete die Arme aus und ergriff einen Ast, der drei Spannen höher war als der, von dem er gesprungen war. Dort wirbelte er einmal herum, hing nur noch in den Kniekehlen, den Kopf nach unten, die Arme wieder ausgebreitet.

Jetzt wippte der Junge und sprang hoch. Auch er wurde zu einem Ball, drehte sich zweimal und streckte die Arme aus. Der Mann packte den Jungen bei den Handgelenken und schwang mit ihm hin und her. Dann schleuderte er den Jungen nach oben auf den Ast, an dem er hing. Im nächsten Moment zog er sich ebenfalls hinauf, so daß die beiden nebeneinandersaßen.

»Der Mann ist Tair«, erklärte Cheen. »Der Junge heißt Hok. Das zweite und das jüngste Kind meiner Mutter.«

»Deine Brüder also«, meinte Conan.

»Ja.«

»Das ist ein gefährliches Spiel. Was ist, wenn Tair den Jungen nicht auffängt?«

»Es gibt viele Zweige bis zum Boden«, antwortete Cheen achselzuckend. »Hok hielte sich irgendwo fest.«

»Und wenn nicht?«

»Das Leben ist voller Gefahren, stimmt's?«

Conan nickte. »Stimmt.« Auch nicht jeder Cimmerier erreichte das Erwachsenenalter. Diese Baumleute waren offenbar ein hartes Volk.

»Komm!« sagte Cheen. »Du hast dein Essen und dein Wasser mit mir geteilt. Da ist es nur gerecht, wenn ich dir die bescheidene Gastfreundschaft unseres Baums biete.«

Kleg war nicht gern so weit entfernt vom Wasser, besonders nicht in dieser trockenen, sandigen Gegend, welche die Menschen Wüste nannten. Nun ja, er und seine Brüder mußten nur eine kurze Strecke durch diese Wüste marschieren, durch einen Finger des Landes, der den Echsen gehörte. Wenn die Pili Kleg und seine Abteilung entdeckten, würden sie sofort einen tödlichen Kampf beginnen; aber dieser Streifen war weit entfernt von dem Ort, wo sich die Hauptmacht der stinkenden Reptilien versammelte. Daher würde er wohl unbemerkt davonkommen. Und wenn nicht, konnte er auch nichts machen. Er der Schöpfer hatte befohlen, daß Kleg sich auf dem kürzesten Weg zu den Baumleuten begeben sollte. Wenn er das Land der Pili umging, bedeutete das zwei Tage mehr. Er der Schöpfer forderte unbedingten Gehorsam. Wer sich Ihm widersetzte, lebte für gewöhnlich kaum lange genug, um es zu bereuen.

Kleg saß unbequem auf dem Rücken des Scrats, eines blöden, bösartigen Biests mit vier Stummelbeinen und einer Haut, die moosbedeckten Steinen glich. Außerdem biß das Luder alles, was in Reichweite geriet. Diese Scrats waren nur halb so groß wie Kleg und Pflanzenfresser; aber sie fraßen nur dann, wenn man es ihnen erlaubte. Sie konnten allerdings riesige Mengen Fett in den Buckeln über dem Hinterteil ansammeln, so daß sie wochenlang ohne Fressen oder Wasser auskamen. Kleg wünschte nur, Er der Schöpfer hätte diesen Tieren einen besseren Charakter und einen besseren Geruch verliehen; denn sie stanken wie ein Fisch, der seit einer Woche tot war.

Kleg drehte sich um, um seine Abteilung zu mustern. Zwanzig Selkies folgten ihm. Viele auf Scrats, einige zu Fuß. Alle blickten wegen der Wüste so unglücklich drein, wie auch Kleg sich fühlte. Viel lieber wäre er im kühlen heimischen See gewesen, in seiner natürlichen, glatten Gestalt. Ah, wie schön wäre es, lang und geschmeidig zu sein, die scharfen Zähne in eine Beute zu schlagen, mit den Flossen kraftvoll das Wasser zu teilen und nach dem Fressen die willigen Weibchen zu jagen, um weiteren Vergnügungen nachzugehen...

Du träumst, Kleg! Er der Schöpfer hat dich nicht zu deinem Vergnügen erschaffen, sondern damit du ihm dienst. Vielleicht gestattet Er dir etwas Freizeitvergnügen, wenn du das bringst, was Er begehrt. Bis dahin solltest du deine Gedanken ganz auf deinen Auftrag konzentrieren. Denk immer daran, was mit denen geschieht, welche Ihn enttäuschen.

Kleg schauderte bei der Erinnerung an den letzten Ersten Bruder. Er der Schöpfer hatte dem Ersten einen Auftrag erteilt, und der Erste hatte versagt. Als Er der Schöpfer mit dem Ersten fertig war, hatte man die Stücke, die noch übrig waren, Aasfressern vorgeworfen. Grauenvoll! Selbst die Stücke schienen zu spüren, was mit ihnen geschah, und hatten schreien wollen, bis sie aufgefressen waren.

Nein, träum vom Schwimmen in den dunklen Fluten, *nachdem* du dein Ziel erreicht hast, Kleg. Nicht vorher!

Tief in den Bergen, in der Hauptthöhle der Pili, zischte Rayk seine Königin und Gattin Thayla wütend an: »Hexe! Was willst du von mir?«

Die Königin der Pili lehnte sich auf die dicken Fellkissen zurück. Ihre blaßblaue Haut war bis auf das durchsichtige rote Gewand nackt. Vor langer Zeit waren die Pili schuppig gewesen; aber eine Million Jahre hatten sie verändert. Jetzt konnte man sie im Dämmerlicht für Menschen halten. Sie hatten keine Haare, ihre Ohren waren sehr klein; aber ihr Blut war warm. Sie brachten lebendige Junge zur Welt und säugten sie auch. Thayla sah wir eine Frau aus: Breite Hüften, schwere, volle Brüste. Die schmalen Lippen und katzenartigen Pupillen minderten ihre exotische Schönheit nicht im geringsten.

Thayla lächelte. »Aber, teurer Gatte und König, du mußt gar nichts tun – wie immer.« Sie freute sich, als sie sah, wie Rayk vor Wut schäumte. Sie wußte genau, wie sie ihn wütend machen konnte. Rayk war der stärkste der Pili, der schnellste Läufer, furchtlos im Kampf mit dem Feind, aber in ihren Händen wie ein Kind.

»Thayla ...«

»Nein, teurer Gatte, du hast recht. Die Baumleute sind unbezwingbar auf ihren Hochsitzen. Allerdings – wenn wir den Talisman des Waldes hätten, könnten wir unsere Wüste auch üppig grün werden lassen und müßten unseren Lebensunterhalt nicht so kärglich zusammenkratzen.«

»Du liegst auf weichen Kissen, dein Gewand besteht aus feinster Seide, und dann redest du von ›kärglich zusammenkratzen‹?«

»Ich bin Königin«, antwortete sie kühl. »Ich habe ein Recht auf Luxus. Andere bei uns haben nicht soviel Glück.«

»Und es ginge ihnen noch viel elender, wenn ich sie wegen deines Ehrgeizes unter den Bäumen abschlachten ließe.«

»Gewiß gibt es noch einen anderen Weg.«

»Gewiß! Aber in tausend Jahren hat ihn noch kein Pili entdeckt.«

»Die Barden würden für immer deinen Ruhm verkünden und in Lobliedern preisen, wenn du diesen Weg fändest.«

Der König starrte den Wandbehang an, den die Siebte Königin der Pili vor zwölf Jahrhunderten gewebt hatte. Auf dem Gobelin sah man den legendären

Ersten König Stak, wie er in der Schlacht von Aranza eine große Pili-Armee gegen Menschen anführte. Immer noch sangen die Barden von dieser Schlacht, in welcher die Menschen aus dem Reich der Pili vertrieben worden waren. Doch leider war das lange her, und die Zahl der Pili hatte in gleichem Maß abgenommen, wie die der Menschen zugenommen hatte. Jetzt waren nur noch ein paar hundert Pili übrig

»Ja, mit einem derartigen magischen Talisman könnten wir in die Mitte der Großen Wüste ziehen, weit entfernt von den Menschen, und unsere frühere Stärke wiedererlangen«, sagte Rayk schließlich.

»Nun denn! Vielleicht können wir beide einen Plan aushecken. Nur du und ich«, schlug Thayla vor.

Sie änderte die Stellung, so daß die rote Seide beiseite glitt und ihr Körper unverhüllt zur Geltung kam. Sie lächelte Rayk an. Diesmal aber als Einladung, nicht aus Verachtung.

Rayk holte tief Luft, atmete wieder aus und trat zu ihr. »Vielleicht«, sagte er mit heiserer Stimme. »Du bist eine paphische Hexe!«

Sie lachte hell. »Ja, teurer Gatte, komm zu deiner Hure!«

Das Mahl war keineswegs bescheiden, vor dem Conan saß. Auf einer höheren Plattform im Baum standen Schalen mit Früchten, Fleisch, Brot, Käse und mehrere Holzgefäße mit Wein. Von den Bratenstücken stieg ein verlockender Duft auf. Beim Essen bemerkte Conan zu Cheen: »Ist ein Feuer hier nicht sehr gefährlich?«

»Wir legen Steine als Fundament in unsere Feuerstellen, wie die Bodenbewohner. Das Holz unserer Bäume lebt, daher brennt es nicht so leicht wie das trockene tote Holz, aus dem die Häuser auf dem Boden gebaut sind.«

Conan nahm einen Bissen Brot und spülte ihn mit

Rotwein hinunter. Das ergab einen Sinn. »Dann bleiben deine Leute die ganze Zeit über auf den Bäumen?«

»Die meiste Zeit. Bei uns ist der Abstieg auf den Boden ein Ritual der Prüfung. Außerdem müssen gewisse heilkräftige Pflanzen, Steine und andere Materialien gesammelt werden. Aber das meiste, was wir brauchen, bekommen wir von den Bäumen. Wir sind mit unserem Los zufrieden.«

»Wie kommt es, daß diese Bäume so riesig sind?«

Cheen schaute weg. »Sie waren schon immer hier.«

Ihre Stimme klang irgendwie anders bei dieser Antwort. Conan wußte, daß sie log. Irgendein Geheimnis umgab das Heim der Baumleute. Aber das ging ihn nichts an! Er würde essen, trinken, sich etwas ausruhen und dann weiterziehen.

Shadizar erwartete ihn.

Drei

Jäh nahm Dimma feste Gestalt an.

Wie immer geschah das für ihn völlig unerwartet. Es war Jahre her, seit er für einen kurzen Augenblick einen Körper aus Fleisch gehabt hatte. Das Gefühl war überwältigend. Er spürte Kühle auf der Haut, der Nebel erstarrte zu Muskeln und Knochen, das Blut pulsierte. Sogar das Jucken im Arm empfand er als Glück. Er war wieder ein Mann!

Dimma rief seine Diener in den Thronsaal. Sie kamen gelaufen. Man wußte nie, wie lange seine Rückkehr in einen festen Körper dauerte, und er wollte so viele fleischliche Genüsse wie möglich genießen – und so schnell wie möglich.

»Bringt mir etwas zu essen! Möglichst schmackhaft! Ruft die Hexe Seg zu mir! Schnell, beeilt euch! Einen Nachttopf! Meine Meridiannadeln! Bewegt euch! Los!«

Die Selkies stürzten los. Sie hatten diese Übung dutzende Male geübt, damit keine Sekunde verlorenging von der Zeit, in welcher Dimma sich seiner früheren Gestalt erfreuen konnte.

Kaum waren die Diener verschwunden, reckte und streckte sich Dimma. Er spürte, wie die Gelenke knackten und die Muskeln sich anspannten. O welch ein Glück! Die Füße zitterten ein wenig unter dem ungewohnten Gewicht, aber die Sohlen genossen die Kühle des Steinbodens. Dimma nahm jeden Zoll seines Körpers und die Luft wahr, die er einatmete, die Anziehungskraft der Erde, das Geräusch des Herzschlags in der Brust, wie es das Blut durch die Adern pumpte. O ihr Götter! Kein Mensch schätzte seinen Körper höher ein als Dimma in diesem Augenblick.

Ein Selkie lief herbei und brachte ein Tablett mit dampfendem Fisch, einem der Bewohner des Sargassos, und grünlichrote Früchte. Den ersten, welcher ihm Köstlichkeiten brachte, pflegte Dimma fürstlich zu belohnen. Dimma griff mit beiden Händen zu und biß voll Heißhunger hinein.

Der Duft raubte ihm fast die Sinne. Tränen standen ihm in den Augen, weil der Fisch so köstlich schmeckte.

Der Selkie stand da und hielt das Tablett, während Dimma sich mit beiden Händen alles in den Mund stopfte. Der Geschmack, die Wärme, der Duft!

Ein zweiter Selkie brachte Dimmas Meridiannadeln. Der Nebelmagier wandte sich vom Tablett ab. Fett lief ihm übers Kinn. Er nahm eine *Po*-Nadel und stieß sie sich ins Handgelenk, damit unterbrach er den Fluß der *Seh*-Energie in dem unsichtbaren Kanal. Heißer Schmerz durchlief ihn. Selbst den Schmerz zu spüren, war pure Freude!

Seg betrat die Halle. Sie war bis auf einen übergeworfenen Umhang aus Seehundsfell nackt. »Komm zu mir, schnell!« befahl Dimma.

Die Hexe streifte den Umhang ab.

»Nein, laß ihn an! Ich möchte das Fell und dich berühren!«

Seg gehorchte. Seit zwanzig Jahren hatte der Nebelmagier ihr nicht mehr beiwohnen können; aber sie war jetzt nicht weniger schön als damals. Ihre Haut war wie Elfenbein, das Haar schwarz wie Rabenschwingen; die Brüste, Schenkel und weibliche Scham lockten üppig und verführerisch.

»Beeil dich!« fuhr Dimma sie an. Beim letzten Mal

war er wieder zu Nebel geworden, ehe er bei Seg ausführen konnte, was er vorgehabt hatte. »Beeil dich doch!« Er zog sie an sich. Bei allen Göttern, fühlte sich das Weib herrlich an! Sie sanken zu Boden.

Klugerweise blickten die Selkies in die andere Richtung.

Kleg ließ seine Truppen mehrere Stunden vor dem Wald der Baumleute anhalten. Sie waren an einer Rotte Jagdhunde der Pili vorbeigekommen. Die ekelhaften, aufrecht gehenden Echsen hatten sie gesehen, aber nicht angegriffen. Zweifellos meldeten sie jetzt den Durchzug ihren Herren; aber bis dahin hatten die Selkies längst das Territorium der Pili verlassen.

Ein Problem war gelöst, aber das größte blieb: Wie konnten sie den Talisman bekommen, welchen Er der Schöpfer begehrte? Kleg wußte, das er das heiligste Kleinod der Baumleute war. Freiwillig würden sie sich davon nie trennen. Kleg hätte eine zehnmal größere Armee mitbringen können als die Schar, die er jetzt anführte; aber das wäre sinnlos gewesen. Die Bäume war zu gut befestigt, als daß man sie mit Gewalt stürmen konnte. Als er das letzte Mal einen offenen Angriff riskiert hatte, hatte das in einer Katastrophe geendet.

Nein, nur durch List konnte er ans Ziel gelangen. Daher hatte er nur so viele Brüder mitgenommen, wie er brauchte, um die Aufmerksamkeit der Baumleute auf einen Punkt zu lenken, währenddessen er sich trickreich den Talisman verschaffte. Kleg war nicht wegen mangelnden Verstands Erster geworden. Es mußte einen Weg geben, und er würde ihn finden! Sonst war er nicht länger Erster – oder irgend jemand. Diese Aussicht spornte ihn ungemein an. Erfolg oder Tod lautete die Devise!

Kleg blickte zu dem Tal in der Ferne hinüber. Er

hatte mehrere Ideen. Noch blieb ihm Zeit, sie zu durchdenken und zu sichten. Er war gespannt, was übrigblieb.

Cheen ging fort, um alles für die Zeremonie vorzubereiten, die am Abend stattfinden sollte. Sie ließ Conan in Gesellschaft ihrer Brüder Tair und Hok zurück. Beide hatten den Cimmerier freundlich aufgenommen, obwohl dieser über die Angebereien der beiden schmunzeln mußte.

»Ah, der riesige Barbar, von dem ich schon gehört habe«, sagte Tair. Erst als er direkt neben Conan stand, merkte dieser, wie klein der Bursche war. Er reichte ihm kaum bis zur Mitte der Brust. Sogar Cheen überragte ihn um eine halbe Handbreite. »Ich rechne mich zu den Größten der Baumleute – in Beziehung dazu, was du siehst, und dazu, was verhüllt ist.« Er ließ eine Hand zum Lendentuch sinken und zwinkerte dem Cimmerier bedeutungsvoll zu.

»Ich lasse euch Männer mit euren Lügen allein«, hatte Cheen lächelnd gesagt.

Nachdem sie weg war, nahmen Tair und Hok den Cimmerier mit zu einem Besichtigungsgang durch das Baumreich. Jeder Baum sei zumindest mit einem anderen durch Lianen verbunden, erklärte Tair, so daß man über diese Brücken ohne Schwierigkeiten von einem Ende des Waldes bis zum anderen gelangen konnte. Er, Tair, habe persönlich die höchste und beste Brücke gebaut. Nun ja, einige hätten ihm unbedeutend geholfen, fügte er grinsend hinzu.

Auch Conan grinste. Das Prahlen war so unverhohlen, daß er dem kleinen Burschen nicht böse sein konnte. Tair konnte nicht den Mund auftun, ohne anzugeben, und Hok bemühte sich sehr, dem älteren Bruder nachzueifern.

»Hast du meinen Frühlingstanz gesehen?« fragte der

Junge. »Tair sagt, daß ich am besten von allen in meinem Alter bin und besser als viele, die einige Winter älter sind. Und wenn er das sagt, dann muß es so sein.«

Conan nickte und unterdrückte das Lachen.

Während sie durch das Astgewirr und über die Lianenbrücken gingen, sah Conan, daß hier tatsächlich ein ganzes Dorf in den Bäumen stand, mit allem, was ein vergleichbares Dorf auf dem Boden aufwies. Blätterfressende Tiere waren in Käfige gesperrt. Es gab kleine Pferche und Gärten, für die man sorgfältig Erde auf besonders dicke Äste gebracht hatte. Um einen Baum war eine Plattform errichtet, auf der fünfzig Menschen Platz hatten. Die Baumleute hatten sich an das Leben in luftiger Höhe auf diesen Riesenbäumen sehr gut gewöhnt. In Cimmerien lebte Crom unter einem Berg. Welche Götter beteten wohl diese Baumbewohner an?

Die drei kamen an eine Brücke, auf der vier Männer damit beschäftigt waren, einen dicken Ast beiseite zu räumen, welcher auf die Brücke gefallen war. Die vier gaben sich größte Mühe, konnten das Hindernis aber nicht verrücken. Der Ast war so dick wie Conans Schenkel und ziemlich lang. Die Brücke senkte sich unter dem Gewicht.

»Ich bin der Stärkste im Wald«, erklärte Tair großsprecherisch. »Ich werde diesen Schwächlingen zeigen, wie man den Zweig entfernt.« Mit geschwollener Brust ging er auf die vier Männer zu. Es kam zu einem kurzen Gespräch, das sogleich ziemlich hitzig wurde. Offenbar wollten die vier nicht, daß Tair den Ast wegschaffte, weil sie sich dann als unfähig angesehen hätten. Conan grinste.

Doch gleich darauf ging Tair neben dem Ast in die Hocke und packte den Ast. Zu seiner Ehrenrettung mußte gesagt werden, daß er das Ende ein Stückchen anhob. Aber Conan sah sofort, daß der kleine Mann den Ast niemals allein heben konnte, weil ihm dazu die Kraft fehlte.

Conan trat zu Tair. »Schwer?« fragte er.

Tair richtete sich auf. »In der Tat. Wenn ich den Ast nicht bewegen kann, dann schafft es keiner von uns.«

»Laß es mich mal versuchen.«

»Du bist groß; doch Größe ist nicht immer gleichbedeutend mit Kraft.«

»Stimmt.«

»Aber versuch es ruhig.«

Conan spreizte die Beine und packte den Ast. Er spürte, daß er ihn hochheben konnte, wenn auch nicht ohne Mühe. Er blickte zu Tair hinüber. Der kleine Mann machte ein besorgtes Gesicht. Da war dem Cimmerier klar, daß Tair nicht mehr der stärkste Mann im Wald sein würde, wenn Conan den Ast wegschaffte.

Conan überlegte kurz. Wenn er die Arbeit allein erledigte, würde man ihn wegen seiner Kraft bewundern; aber Tairs Stolz wäre tief verletzt. Da aber Stolz bei diesen Menschen so hoch geschätzt wurde, nahm er einen anderen Weg.

Der hünenhafte Cimmerier ließ den Ast wieder sinken. Tairs Züge entspannten sich. »Der ist wirklich schwer«, sagte Conan.

Tair nickte.

»Die vier konnten ihn nicht wegschaffen, du auch nicht. Du hast gesehen, wie weit ich gekommen bin?«

»Ja«, antwortete Tair.

»Vielleicht schaffen wir beide, was die vier nicht zustande gebracht haben.«

Der Kleine grinste. »Na klar.«

Tair stellte sich neben Conan. Dann stemmten sie sich gegen den Ast. Conan hob nicht zu stark, damit Tair auch einen Teil der Arbeit tun konnte. Noch ein Ruck, dann rutschte der Ast seitlich nach unten. Die

Brücke schnellte hoch, aber beide Männer behielten das Gleichgewicht.

Tair wendete sich strahlend an die vier Männer. »Habt ihr gesehen, was *wirklich* starke Männer zuwege bringen? Das ist Conan vom Dach der Welt. Er ist *mein* Freund!«

Tair schlug Conan auf den Rücken. Dann gingen sie mit Hok weiter.

Der Cimmerier wußte, daß er durch diese Tat einen Freund gewonnen hatte, keinen Feind. Das war ein gutes Gefühl.

Thayla erhob sich von den weichen Fellkissen, auf denen ihr Gatte völlig erschöpft schlief. Sie lächelte, als sie zur Kräuterhexe ging, um einen Trank zu holen, der sicherstellte, daß sie nach der soeben beendeten Aktivität mit Rayk nicht schwanger wurde. Noch war nicht der richtige Zeitpunkt, ein Kind zu bekommen. Nein, bald würde sich ihr Wunsch erfüllen, Königin über mehr als nur diesen kümmerlichen Wüstenstrich zu sein. Sie mußte dieses Unternehmen ohne Zwischenfälle leiten und überwachen können. Da draußen in der Welt gab es soviel zu genießen. Thayla hatte keine Lust, dazuliegen und die Freuden zu versäumen, welche Macht ihr zu bieten hatte. Sie hatte Geschmack am Verbotenen gefunden und wollte mehr davon genießen. Besonders ein Vergnügen lag ihr am Herzen.

Wann immer die Pili einen Menschen erbeuteten, war das für alle ein Fest. Nichts schmeckte so gut wie Menschenfleisch, wenn es richtig zubereitet war. Alle Pili genossen diese Delikatesse. Manchmal hielten sie die Menschen noch eine Zeitlang gefangen, um sie zu mästen oder ihnen durch besonderes Futter einen bestimmten Geschmack zu verleihen, ehe sie gekocht und verspeist wurden. Als Königin hatte Thayla Zugang zu diesen Gefangenen.

Anfangs hatte sie die Vorstellung abgestoßen; aber im Lauf der Zeit betrachtete sie die Erfüllung bestimmter Wünsche als ihr Recht. Rayk hatte natürlich keine Ahnung davon. Nur wenige ihrer Diener wußten darüber Bescheid, daß Thayla sich mit Menschenmännern dreimal ebenso vergnügt hatte, wie soeben mit ihrem Gatten. Die Gesetze der Pili verboten dies streng; aber schließlich war sie Königin und stand ihrer Meinung nach über den Gesetzen. Menschenmänner waren anders als die der Pili. Sie rochen anders, benahmen sich anders und waren größer … an bestimmten Stellen. Bedeutend größer. Ihre erste Begegnung mit einem erregten Mann hatte sie verblüfft. Niemals hätte sie gedacht, daß sie damit fertig würde; aber sie hatte es geschafft. Das Lustgefühl war sehr viel stärker als bei Rayk oder einem anderen Pili, den sie gelegentlich zum Geliebten genommen hatte.

Doch leider fingen die Pili nur selten Menschenmänner! Die meisten dieser Spezies wußte gar nicht, daß es die Pili gab, oder sie hatten so viel Verstand, dem Gebiet der Pili fernzubleiben. Wenn aber die Pili zahlenmäßig stärker würden, wenn sie einen Ort fänden, um sich in Ruhe zu vermehren, könnten sie wieder stark werden und häufiger unvorsichtige Menschen fangen. Diese Aussicht behagte der Königin sehr. Sie war genau die richtige Person, um das zu verwirklichen. Rayk war stark und brutal; aber er war ein Dummkopf. Sie war die Macht hinter ihm. Wenn sie ihn genügend trat, tat er, was sie wollte. Das hatte er immer getan. Und Thayla war nicht willens, ihr Lieblingsprojekt aufzugeben.

Lächelnd erreichte sie die Höhle der Kräuterhexe. Das Leben war leicht für diejenigen, welche wußten, wie man richtig lebte!

VIER

Die Nacht stahl sich ins Tal wie ein Meisterdieb und legte ihr gestirntes ebenholzschwarzes Gewand über die riesigen Bäume. Das Zwitschern der Vögel und das Summen der Insekten bildeten ein zartes Netz zwischen den dunklen Blättern. Fackeln leuchteten in den Halterungen um die große Plattform, welche Conan nachmittags gesehen hatte.

Cheen hatte ihn zur Zeremonie eingeladen – es fand dabei ein Festmahl statt, bei dem der Wein in Strömen floß. Der Cimmerier hatte noch nie eine Einladung zu einem Festschmaus ausgeschlagen, daher sagte er sofort zu. Er konnte ja auch am Morgen weiterwandern.

Nur die Anführer eines jeden Baumes und deren Ehegatten durften von dem Trank trinken, welchen Cheen zubereitet hatte. Das erklärte sie Conan. Irgendwann kamen alle Baumleute an die Reihe; da aber die Zutaten so knapp waren, konnte nur eine begrenzte Zahl bei der Zeremonie die Vision genießen.

Als Conan mit Cheen auf der Plattform eintraf, waren dort bereits an die vierzig Menschen versammelt. Weitere standen auf einer kleineren Plattform in der Nähe. Manche sangen leise. Die Melodie war ziemlich eintönig. Musiker begleiteten den Singsang mit Trommeln und Blockflöten. Conan bemerkte, daß am Rand der Plattform dünne Seile aufgerollt lagen. Doch ehe er nach ihrem Zweck fragen konnte, sagte Cheen: »Ich muß meine Mutter ehren. Kommst du allein zurecht?«

Conan lachte. »Der Tag, an dem ein Cimmerier ein Festmahl mit Freunden nicht überlebt, ist der Tag, an dem die Sonne aufhört zu scheinen.«

Cheen verschwand in der Menge. Conan schlenderte zu einem großen Tisch hinüber, auf dem Speisen und Getränke standen. Er probierte mehrere verschiedene Bratenstücke und Weine und stellte fest, daß die Baumleute viel vom Kochen und von Weinen verstanden.

In der Mitte des Tisches stand eine große Holzschüssel mit dunklem Rotwein. Dieser schmeckte dem Cimmerier am besten. Er tauchte den Holzbecher mit den kunstvoll geschnitzten Griffen zum zweitenmal hinein und befand, daß ein Mann ein schlimmeres Los treffen konnte, als Gast bei diesen Baumleuten zu sein.

Kurz darauf trat Cheen wieder zu Conan. Er fühlte sich hervorragend und lächelte sie strahlend an.

»Die Zeremonie fängt gleich an«, sagte sie. »Bist du sicher, daß du nicht daran teilnehmen willst?«

»Danke, nein! Deine Leute verstehen etwas vom Essen und Trinken. Ich habe mich an den köstlichen Speisen und Weinen gelabt. Besonders der dunkelrote Wein hat's in sich.«

»Dunkelroter Wein?«

»Der in der großen Holzschüssel.« Conan zeigte auf den Tisch.

»Du hast davon getrunken?«

»Ja, zwei Becher voll. Eigentlich wollte ich noch mehr, so gut hat er geschmeckt; aber ich wollte nicht zu gierig erscheinen.«

»Wer ist dein Gott, Conan?«

»Mein Gott? Nun, Crom der Krieger, natürlich. Er lebt unter dem Berg der Heroen. Warum fragst du?«

Cheen legte ihm die Hand auf die breite Schulter und lächelte. »Weil der Wein in der heiligen Schüssel die Zutaten enthält, welche für die Vision nötig sind.«

Es dauerte einen Augenblick, bis Conan das richtig verstand. »Was?«

»Wenn der Trank bei dir ebenso wirkt wie bei uns, hast du sehr bald Gelegenheit, deinen Gott zu erblicken.«

Conan starrte sie fassungslos an. »Gibt es ein Gegenmittel?«

»Ich fürchte, nein.«

Conan überlegte. Crom sehen? Er war nicht sicher, ob er das wollte.

Kleg lag im Schutz der Nacht nur wenige Schritte von einem der größten Bäume entfernt und überlegte, was er als nächstes tun könnte. Anscheinend fand in den Bäumen irgendeine Zeremonie statt. Viele Baumleute sangen und tanzten auf einer großen Plattform, die sich so hoch über ihm befand, daß man zwanzig Männer seiner Größe hätte aufeinanderstellen müssen, um zu ihr zu gelangen. Seine Truppen warteten eine halbe Stunde entfernt und ruhten sich aus. Er wußte, daß der Talisman, den er suchte, in diesem Baum war. Vor geraumer Zeit hatte er einen Baumbewohner gefangen und gefoltert. Dadurch hatte er diese Kenntnis erhalten. Die Festlichkeiten oben kamen Kleg durchaus gelegen. Vielleicht konnten einige Selkies im Schutz der Dunkelheit hinaufklettern, wenn sie die speziellen Handschuhe und Stiefel benutzten, die er aus der Haut und den Zähnen der Haifischbrüder hatte anfertigen lassen. Wenn er an anderer Stelle im Wald für Ablenkung sorgte, konnte er es versuchen. Wahrscheinlich wären einige Wachposten nüchtern; aber bei den vielen Betrunkenen, die umherwanderten, wäre ihre Wachsamkeit sicherlich lahmer als sonst.

Kleg fällte die Entscheidung. Ja! Er würde mit zwei Brüdern hinaufklettern, und der Rest müßte an anderer Stelle für Aufregung sorgen.

Schnell lief Kleg durch die Dunkelheit zurück zu seinen Brüdern. Die Nacht war jung, und in ein oder zwei Stunden konnten sie losschlagen.

Conan wachte plötzlich auf. Er lag auf der Plattform. Ungefähr zwei Dutzend Baumleute lagen ebenfalls da und schliefen oder saßen benommen da. Es herrschte noch tiefe Nacht. Der Cimmerier wußte nicht, wie lange er geschlafen hatte. Offenbar wirkte Cheens Trank auf Cimmerier nicht so wie auf ihre Leute. Gut so!

»Ho, Conan!« Die Stimme war laut und unwahrscheinlich tief. Sie vibrierte vor Kraft.

Conan drehte sich um.

Am Ende der Plattform stand ein Riese, anderthalbmal so groß wie Conan, muskelbepackt. Er trug Fellstiefel und einen Wolfsfellumhang. Die eingeölte nackte Brust glänzte im schwachen Schein der Fackeln. Der Mann hatte einen Vollbart. Er lächelte, daß die weißen Zähne blitzten. Auf dem roten Haar thronte ein kunstvoll verzierter Bronzehelm mit langen geschwungenen Hörnern. Zweifellos war er ein Krieger, furchteinflößend und ehrfurchtgebietend.

Conan stand auf. »Wer ruft Conan?«

Der Riese lachte. »Erkennst du mich nicht?«

Conans hatte ein Gefühl, als flattere in seinen Eingeweiden etwas Lebendiges, das heraus wollte. Nein, das konnte doch nicht wahr sein! Doch dann spürte er, daß es in der Tat so war.

»Crom«, sagte er etwas zaghaft.

»In Fleisch und Blut, Sohn! Ich bin gekommen, um mir anzuschauen, was ich geschaffen habe.«

Conan leckte sich über die plötzlich trockenen Lippen. Schließlich traf man nicht jeden Tag einen Gott. »Was willst du von mir?«

»Nichts, Sohn! Außerdem kannst du mir nichts bieten. Du bist ein Schwächling.«

In Conan wallte Wut auf. Aus seinen blauen Augen wich die Stumpfheit. Sie wurden übernatürlich scharf. »Kein Mensch darf Conan einen Schwächling nennen!«

»Das tut auch kein Mensch, Schwachkopf!«

Conan nahm das Schwert samt Scheide vom Gürtel und legte es auf die Plattform.

»Und was hast du jetzt vor?« fragte Crom.

Conan ballte die Fäuste und rollte die Schultern, um die Muskeln zu lockern. Dann trat er einen Schritt nach vorn. »Ich möchte dir zeigen, daß du dich irrst«, erklärte der Cimmerier.

Wieder lachte Crom dröhnend. »Du möchtest mit mir kämpfen? Du wagst es, mit einem *Gott* zu ringen?«

»Ja, es gibt kaum etwas, das ein Cimmerier nicht wagt.«

»Ich glaube, ich habe dir zuviel Kühnheit und nicht genug Verstand gegeben.«

»Möglich.« Conan ging auf den Riesen zu.

»Nun schön, Conan aus Blödistan. Komm und miß deine Kräfte mit mir!«

Conan nickte. Es gab schlimmere Todesarten, als beim Ringkampf mit einem Gott zu sterben. Es gab aber kaum eine größere Herausforderung. Allerdings hatte er nicht vor zu verlieren.

Conan spannte die Muskeln für einen Sprung, tat zwei schnelle Schritte und sprang Crom an…

…und sprang in die leere Luft hinter der Plattform.

Beim Fallen hörte er Crom laut lachen. Während er in die Finsternis stürzte, fiel ihm wieder ein, daß Crom angeblich sehr viel für Scherze übrig hatte, und dieser Scherz ging jedenfalls auf Conans Kosten…

Kleg schickte seine Haupttruppe an eine Stelle, die etwas vom Zielbaum entfernt lag. Er gab dem Unterführer eine kurze Kerze, welche durch einen hohlen

Kristallzylinder vor plötzlichen Böen geschützt wurde. Darüber war als Blendschutz noch Leder gewickelt. »Wenn die Flamme den zweiten Ring erreicht, beginnst du mit der Attacke. Macht viel Lärm, schlagt Speere und Schilde gegeneinander, facht kleine Feuer an. Mir gleich, was du tust, solange du möglichst viel Aufmerksamkeit auf euch ziehst. Aber warte, bis die Flamme den zweiten Ring berührt, damit wir genügend Zeit haben, ans Ziel zu gelangen.«

»Wie du befiehlst, Erster.«

Kleg kehrte mit den beiden stärksten Brüdern zurück zum Ziel. Alle seine Leute trugen dunkle Umhänge über ihrer sowieso schon dunklen Haut. Die Gefahr, daß man sie sah, war gering.

Die drei zogen die Handschuhe und Stiefel aus Haifischhaut und -zähnen an und kletterten langsam hinauf. Die scharfen Zähne gruben sich wie Klauen in die glatte Rinde, so daß sie langsam, aber sicher an Höhe gewannen. Sobald sie die unteren Äste erreicht hätten, würde es schneller vonstatten gehen.

Sie näherten sich der Stelle, wo ein Wachposten stand. Kleg schickte einen Bruder vor, damit man ihn sehen konnte. Ja, der Posten hörte oder sah ihn.

»Wer da? Bist du das Jaywo? Ich finde das ganz und gar nicht komisch!« Es war ein Mann mit tiefer Stimme, offenbar nicht mehr jung. Als keine Antwort kam, schöpfte der Posten Verdacht. »Jaywo? Antworte!« Der Posten hob den kurzen Speer und zielte auf den heraufkletternden Selkie.

Doch ehe er die Waffe werfen konnte, hatte Kleg den Ast hinter ihm erreicht. Blitzschnell zog er den rasiermesserscharfen Dolch aus Obsidian heraus und warf sich auf den Wachposten. Bevor der Mann noch einen Warnschrei ausstoßen konnte, hatte Kleg ihm die Kehle durchgeschnitten. Dann stieß er den Sterbenden ins Leere. Der Aufprall war lauter, als Kleg gedacht hatte, aber nicht so laut, daß oben in den Bäumen jemand aufmerksam wurde.

»Schnell, wir haben wenig Zeit«, sagte Kleg leise.

Die beiden Selkies gehorchten ihrem Anführer. Die drei huschten schnell über den dicken Ast, der nach oben führte.

Als Conan wiederum erwachte, schien ihm der Kopf zu zerspringen. Er hing mitten in der Luft. Um seinen linken Knöchel war ein Seil gebunden. Jemand zerrte daran, um ihn auf die Plattform hinaufzuhieven.

Der Cimmerier schwang sich nach oben und packte das Seil. Dann kletterte er hinauf. Im nächsten Moment stand er auf der Plattform.

Cheen, Tair und zwei weitere Männer hielten das Ende des Seils. »Bei dem Großen Grünen, du bist so schwer wie der Ast, den wir weggeschafft haben!« meinte Tair.

Conan war verwirrt. »Wieso bin ich da unten gewesen? Ich erinnere mich nur, daß ich … ihn … gesehen habe. Crom. Wir – er – ich wollte mit ihm ringen.«

»Manchmal führt der Trank zu einer gewissen Desorientierung. Wir tragen alle Sicherheitsleinen, wenn die Zeremonie beginnt.« Sie deutete auf ihren Knöchel.

In der Tat trugen die meisten die Seile, die Conan zusammengerollt auf der Plattform gesehen hatte. Sehr klug!

»Da du unsere Sitten und Gebräuche nicht kennst, habe ich dir das Seil umgebunden, während du schliefst.«

»Dafür bin ich dir dankbar«, sagte Conan.

»Und war die Begegnung mit deinem Gott erfreulich?«

»Sie war … lehrreich«, antwortete Conan ausweichend. Ja, man mußte auf der Hut sein, wenn man einen Gott herausforderte – ganz gleich, ob dieser tatsächlich anwesend war oder nur eine Illusion. Besonders wenn der Gott Sinn für Humor hatte – wie Crom.

Links unten schrie jemand. Nein, es waren mehrere. Waffen klirrten.

»Was ...?« begann Conan.

»Eindringlinge«, unterbrach ihn Cheen. »Wir werden angegriffen. Das sind bestimmt wieder die Selkies!«

»Selkies?«

»Zu den Waffen!« brüllte Tair. »Zu den Waffen!«

Conan lief zu seinem Schwert, das noch auf der Plattform lag. Er hatte keine Ahnung, wer oder was diese Selkies waren; aber wenn es zum Kampf kam, verstand er es meisterhaft, eine Klinge zu führen.

Kleg sah von seinem Beobachtungsposten oberhalb der Plattform, wie die Menschen dort in Richtung des Lärms liefen. Einer war darunter, der nicht zu den Baumleuten zu gehören schien. Es war ein riesiger Kerl mit rabenschwarzer Mähne und einem großen Schwert; aber das spielte jetzt keine Rolle. Der heißbegehrte Talisman war dicht vor Kleg. Zwei weibliche Posten, mit Speeren bewaffnet, standen daneben Wache.

Kleg nickte den beiden Selkies zu. Diese zückten je zwei Obsidiandolche und liefen hintereinander los.

Jetzt hatten die beiden Wächterinnen die Selkies entdeckt. Die eine warf ihren Speer und durchbohrte damit die Kehle des ersten Selkie. Stumm stürzte er vornüber. Es gelang ihm jedoch noch sterbend, mit einem Dolch die eine Frau zu verwunden. Dadurch hatte sein Kamerad Gelegenheit, sich auf beide Frauen zu werfen und eine mit sich in die Tiefe zu reißen. Die Frau schrie gellend auf.

Die andere Frau konnte sich in letzter Sekunde an

einem Ast festhalten; aber das nützte ihr nichts; denn Kleg trat ihr mit dem Stiefel auf die Hand, so daß sie den Halt verlor und ebenfalls hinabstürzte.

Jetzt stand Kleg am Eingang zum Gebäude. Mit dem Dolch zerschnitt er den magischen Knoten des Seils, welches die Tür verschloß.

Drinnen stand eine Truhe, die ebenfalls durch ein Seil mit einem magischen Knoten gesichert war. Auch hier machte Kleg kurzen Prozeß. Dann öffnete er die Truhe und entdeckte den Talisman.

Es war ein Samenkorn, hart und in Form eines Auges, ungefähr so groß wie ein kleiner Apfel. Es fühlte sich warm und feucht an. Kleb steckte die Kostbarkeit schnell in den Lederbeutel am Gürtel und lief hinaus. Zwei Selkies hatte er bereits verloren, und in einem Kampf würde er noch mehr verlieren. Aber das war unwichtig. Er besaß, weswegen er gekommen war!

Als Kleg die Lianenleiter hinabließ, sah er etwas durch die Zweige huschen. Man hatte ihn entdeckt.

Schnell kletterte er auf den nächsten Ast und versteckte sich in den Blättern. Eines dieser Männchen der Baumleute tauchte auf. Als er unmittelbar unter ihm stand, schlug Kleg dem Jungen den Dolchgriff über den Schädel, bis dieser das Bewußtsein verlor. Er wollte ihm die Kehle durchschneiden, hielt aber inne. Nein, er würde den Burschen mitnehmen! Vielleicht erfuhr er etwas Interessantes, wenn er ihn verhörte. Und sollten sie auf dem Heimweg Pili begegnen, konnte der Junge dienlich sein. Kleg wußte, daß die Pili Menschenfleisch für eine ausgesprochene Delikatesse hielten. Vielleicht konnte er sich mit diesem Leckerbissen freien Durchzug erkaufen.

Kleg war im Vergleich zu einem Menschenmann sehr stark. Mühelos warf er den Jungen über die Schulter und kletterte die Liane hinunter.

Am Boden angekommen, lief er mit seinen Brüdern zu dem verabredeten Treffpunkt

Er hatte die befohlene Aufgabe erfüllt. Darüber war er überglücklich. Es war beinahe zu mühelos gelungen; aber Kleg war keiner, der das Schicksal herausforderte, indem er darüber zu lange darüber nachdachte.

Fünf

Conan folgte Tair durch das Gewirr der Äste in die Richtung, aus der der Kampflärm kam. Mehrmals verlor der hünenhafte Cimmerier auf dünneren Ästen etwas das Gleichgewicht, fand aber immer wieder Halt. Andere bewaffnete Männer und Frauen nahmen mit ihnen die Verfolgung auf. Endlich gelangten sie ans andere Ende des Waldes.

Die Bewohner des belagerten Baums hatten brennende Harzkugeln hinabgeworfen, so daß der Schauplatz erleuchtet war. Conan sah über ein Dutzend schemenhafte Gestalten umherflitzen. Aber sie benahmen sich äußerst seltsam. Sie schrien, rasselten mit den Waffen, schleuderten Steine und Speere nach oben; aber irgendwie kam es ihm wie viel Lärm um nichts vor. Anfangs sahen die Gestalten wie Menschen aus; aber beim näheren Hinsehen kamen sie ihm doch nicht wie richtige Menschen vor. Größe und Gestalt waren menschlich. Sie hatten Gesichter und Hände. Auch ihr Gebrüll klang menschlich. Dennoch waren es keine Menschen. Tair hatte sie Selkies genannt.

Jetzt blieb Tair mit hocherhobenem Speer auf einem dicken Ast stehen und beugte sich vor. Aber dann zögerte er.

Conan trat neben ihn. Der strenge Geruch des brennenden Harzes lag in der Luft. Der Cimmerier schaute Tair überrascht an.

»Was tun sie jetzt?« fragte der Kleine. »Haben sie den Verstand verloren?«

So muß es in der Tat sein, dachte Conan. Von den Kerlen dort unten drohte den Baumleuten hier oben keine Gefahr. Mehrere Selkies lagen auf dem Boden. Wie dicke Stacheln steckten die Speere der Baumleute in ihren Körpern. »Vielleicht nur ein Ablenkungsmanöver«, meinte der Cimmerier.

»Ja.« Tair nickte. »Aber wovon wollen sie uns ablenken?«

»Vielleicht sollten wir einen fangen und befragen.«

»Gute Idee, Conan.«

Tair trat zu dem aufgerollten Lianenseil und stieß es über die Kante des Asts. Noch ehe die Leiter ausgerollt war, kletterte er bereits behende hinab. Noch nie hatte Conan jemanden so schnell klettern gesehen. Eine Spinne hätte sich im eigenen Netz nicht schneller fortbewegen können. Der Cimmerier folgte Tair sofort.

Wenn die Selkies Tair und Conan bemerkt hatten, zeigten sie es nicht. Doch als der Cimmerier noch zwei Spannen über dem Boden war, verstummte das Geschrei der Angreifer. Die Selkies ergriffen urplötzlich die Flucht in die Dunkelheit.

Conan tat einen letzten Satz und riß das Schwert aus der Scheide. Dann lief er hinter Tair her, der die Selkies verfolgte. Der Baumbewohner war ein außergewöhnlich schneller Kletterer; aber Conan war ihm am Boden mit seinen langen Beinen überlegen. In zwei Herzschlägen hatte er ihn überholt. Dabei fragte sich der Cimmerier, warum die Selkies plötzlich flohen. Ein kleiner Baumbewohner und ein großer Cimmerier konnten ihnen doch nicht derartige Angst eingejagt haben. Seltsam.

Doch darüber konnte er sich auch später noch den Kopf zerbrechen. Conan hatte jetzt den letzten Selkie beinahe eingeholt. Wie sollte er den Nachzügler aufhalten, ohne ihn zu töten? Ein Schwerthieb gegen das Bein? Ja, das war's.

Das Licht der funkelnden Sterne spiegelte sich in der gebläuten Klinge, als der Cimmerier die Waffe im Lauf schwang und zielte ...

Doch in diesem Augenblick mußte der fliehende Selkie die Gefahr gespürt haben. Ob er die schweren Schritte des Cimmeriers gehört hatte oder den Verfolger mittels eines Sinnesorgans aufspürte, das den Menschen fehlte, spielte keine Rolle. Er riskierte einen Blick über die Schulter, sah Conan und warf sich zur Seite, gerade als dieser zuschlug.

Der Schlag verfehlte das Ziel, brachte aber den Cimmerier etwas aus dem Gleichgewicht. Das allein hätte nichts ausgemacht; aber Conan blieb genau in diesem Augenblick in einer herausragenden Wurzel hängen und stolperte. Aufgrund seiner Geschwindigkeit wurde er hochgeschleudert und segelte durch die Luft. Conan stieß den Fluch aus, den er zum erstenmal gehört hatte, als sein Vater, der Schmied, sich aus Versehen mit dem Hammer auf die Hand geschlagen hatte.

Das Glück lächelte dem Selkie nur vorübergehend; gleich darauf runzelte es die Stirn. Als der Selkie Conans Sprung sah, hielt er ihn offensichtlich für Absicht und schlug abermals einen Haken. Doch zu seinem Pech in die falsche Richtung, so daß der Cimmerier direkt auf ihn zukam. In Panik blieb der Selkie stehen.

Da prallte der Cimmerier mit seinem nicht unerheblichen Gewicht auf den Selkie und rammte ihn mit dem Gesicht in die Erde. Conan saß auf dem Rücken des Unglücklichen und rutschte mit ihm ein Stück vorwärts. Er kam sich vor wie als Junge, wenn er mit dem Schlitten über den Schnee geglitten war.

Die anderen Selkies waren inzwischen in der Dunkelheit untergetaucht.

Im nächsten Augenblick blieb Tair neben dem Cimmerier stehen. »Ich bin der beste Frühlingstänzer in der Bäumen«, sagt er, als Conan aufstand. »Aber diesen Sprung mußt du mir unbedingt beibringen. So etwas habe ich noch nie gesehen.«

Conan warf einen Blick auf den bewußtlosen Selkie, dann auf Tair. »Das? Ach, das ist ein Kindertrick in meiner Heimat.«

»Sollen wir den Kerl mitnehmen und ausfragen?«

»Ja.«

Plötzlich hörten sie Schritte. Conan ging sofort in Kampfstellung und hielt das Schwert mit beiden Händen. Aber es waren Baumleute, keine Selkies.

»Der heilige Samen!« schrie ein Mann. »Sie haben den heiligen Samen gestohlen!«

Sie standen wieder auf dem Baum, auf dem die Zeremonie stattgefunden hatte. Conan hörte Cheen aufmerksam zu.

»Die Bäume unseres Waldes sind die gewaltigsten der ganzen Welt«, erklärte sie. »Jedoch war das nicht immer so. Vor zwanzig Generationen wirkte die mächtigste unserer Medizinfrauen einen Zauber, durch den normale Bäume dreimal so hoch wie vorher oder noch höher wuchsen.«

Conan nickte, sagte aber nichts. Er betrachtete die leere Truhe zu ihren Füßen.

»Es reichte aber nicht, daß die Bäume nur wuchsen. Die Erde enthält hier nicht genug Nährstoffe für die Wurzeln so vieler Bäume. Daher wirkte die Medizinfrau – sie hieß Jinde – einen weiteren Zauber. Diesen verschloß sie in einen besonderen Samen. Er verleiht jeder Pflanze in seiner Nähe große Energie.«

Magie! Das behagte dem Cimmerier ganz und gar nicht. Anscheinend schien sie überall zu sein, wohin er auch kam. Wenn er die Wahl hatte, ging er jedem Zauber aus dem Weg.

»Ohne den Samen werden unsere Bäume bald verdorren und sterben«, fuhr Cheen fort.

Nun ja, ein herber Schicksalsschlag, aber nicht Conans Sorge! Am besten überließ man die Magie denen, die sich damit beschäftigen wollten.

Ehe Cheen weitersprechen konnte, lief Tair herbei. »Habt ihr Hok gesehen?« fragte er atemlos.

»Nein«, antwortete Cheen. Sie schaute Conan an.

»Seit der Zeremonie nicht mehr«, sagte der Cimmerier.

»Er sollte in der Hütte der Knaben sein«, meinte Cheen.

Tair nickte. »Ja, sollte er; aber er ist nicht dort.«

»Laß die Ruftrommel schlagen! Wahrscheinlich läuft er irgendwo aufgeregt umher.«

Doch als das letzte Echo der großen Trommel verhallte, hatte der kleine Hok sich immer noch nicht gemeldet. Auch die Suche in allen Bäumen erbrachte nichts. Er blieb verschwunden. Auf Cheens Gesicht mischten sich Wut und Trauer. »Außer dem Leben unseres Waldes haben die Selkies mir auch den jüngsten Bruder gestohlen!«

Die Sonne brannte auf die Köpfe der Selkies herab, als sie den schmalen Wüstenstreifen durchquerten, welcher den Pili gehörte. Kleg würde sich viel besser fühlen, wenn er erst die Kühle der Berge in der Ferne erreicht hätte. Dort winkte nicht nur Abkühlung, sondern auch Sicherheit. Auf dem Marsch zu den Baumleuten war ihnen das Glück gewogen gewesen. Hoffentlich lächelte es ihnen, mit ihrem kostbaren Beutestück für den Herrn und Meister auch auf dem Heimweg.

Doch es sollte nicht sein! Hinter einer hohen Sanddüne mit einigen dürren Sträuchern tauchte eine Abteilung Pili auf, mit langen Dornschleudern bewaffnet und kampflüstern.

Kleg zählte die Echsenmänner. Sie waren an Zahl nicht viel mehr als seine Brüder. Er befahl den Selkies, anzuhalten.

Normalerweise wurde eine so kleine Schar von den Pili sofort angegriffen. Diesmal schienen es diese aber nicht eilig zu haben, da mit Sicherheit auf beiden Seiten Tote auf der Strecke bleiben würden. Daher warteten die Pili noch ab. Kleg nahm das als gutes Zeichen.

Nach einiger Zeit trat ein Pili vor. Da er eine leuchtendrote Schärpe um die Mitte trug, hielt Kleg ihn für den Anführer. Ansonsten sahen für ihn alle Pili gleich aus. Der Pili schritt auf die Selkies zu.

Einer von Klegs Brüdern hob den Speer; aber Kleg winkte ab. »Nein, warte!« sagte er. »Vielleicht können wir uns irgendwie einigen.« Kleg trat dem Echsenmann entgegen. Als nur noch zwei Spannen zwischen ihnen lagen, blieben die beiden stehen.

»Ihr habt kein Recht, durch das Territorium der Pili zu marschieren«, erklärte der Echsenmann. Sein Akzent war hart; aber er beherrschte die gemeinsame Sprache gut genug, um sich verständlich zu machen.

Kleg machte nicht den Versuch, dies zu bestreiten. »Stimmt. Mein Herr, Er der Schöpfer, hat mir befohlen, Seinen Auftrag mit größter Eile auszuführen. Es hätte mich zwei Tage gekostet, das Gebiet der Pili zu umgehen.«

»Ein Durchqueren kostet dich beträchtlich mehr. Mein Herr, Seine Allerhöchste Majestät, König Rayk, hat *mir* befohlen, sein Reich vor unbefugten Eindringlingen zu schützen.«

»Es sieht so aus, als ob wir in einer Pattsituation sind, nicht wahr?«

»So sieht es aus. Wir sind in der Überzahl.«

»In der Tat, aber nicht sehr. Wenn wir kämpfen, werden auf beiden Seiten viele sterben.«

»Stimmt. Das ist ein Unglück; aber da kann man nichts machen.«

Der Echsenmann machte kehrt und kehrte zurück zu seinen Leuten.

»Warte einen Augenblick!« rief Kleg. »Vielleicht gibt es einen Ausweg aus diesem Dilemma.«

Der Echsenmann blieb stehen und schaute zurück. »Ich höre.«

»Was wäre, wenn unser Durchmarsch irgendwie genehmigt wäre?«

»Das halte ich für völlig ausgeschlossen.«

»Du könntest uns doch den Marsch gestatten, wenn es einen zwingenden Grund gäbe, oder?«

»Das liegt im Bereich des Möglichen.«

Kleg redete sehr schnell in der Selkiesprache, einem schleifenden Pfeifen, das der Echsenmann niemals verstehen konnte. Einer von Klegs Brüdern stieg von dem Lasttier und kam näher. Er trug einen großen Ledersack über der Schulter.

Die Hand des Pili glitt langsam zum Dolchgriff in der Schärpe.

»Nein, Freund, ich plane keinen Verrat. Warte einen Augenblick.«

Der Selkie legte den Sack auf den Boden und trat zurück.

»Ich habe gehört, daß ihr Pili manchmal ausgefallene Leckerbissen zu schätzen wißt.«

»Aber bestimmt keinen Fischmann. Das Fleisch schmeckt ekelerregend«, meinte der Echsenmann.

Kleg nickte. Das wußte er auch und war darüber ausgesprochen froh. »Hier, schau!« Er öffnete den Sack und zog ihn nach oben weg. Da lag der immer noch bewußtlose Junge, den er den Baumleuten entführt hatte.

Die Schlitzaugen des Pili wurden groß. »Ah, ein Mensch!«

»In der Tat. Um die Wahrheit zu sagen – wir haben eigentlich keine Verwendung für ihn. Vielleicht möchtest du ihn uns abnehmen.«

Der Echsenmann blinzelte und tat so, als müsse er angestrengt überlegen. »Als Gegengabe soll ich euch unbehelligt über den Paß lassen, wie?«

»So hatte ich es mir vorgestellt. Ja.«

»Der Mensch ist nicht sehr groß.«

»Stimmt; aber er ist der einzige, den wir im Augenblick haben. Und bedenk die Alternative! Deine und meine Männer werden tapfer kämpfen, und viele werden sterben. Vielleicht siegst du; aber es wird mit Sicherheit ein sehr teurer Sieg. Solltest du überleben, mußt du deinem König melden, daß die meisten deiner Leute tot sind. Das ist gewiß keine frohe Botschaft.«

»Nein, gewiß nicht.«

»Wenn du aber mit diesen zarten hübschen Jungen als Leckerbissen für alle zurückkommst, dürfte dir das große Ehre einbringen.«

Der Pili warf einen Blick über die Schulter zu seinen Leuten, dann betrachtete er wieder den Jungen. »Deine Worte klingen nicht völlig unvernünftig«, sagte der Echsenmann schließlich. »Natürlich sind die Pili tapfere und wilde Krieger. Wahrscheinlich könnten wir euch erschlagen und den Jungen auch so bekommen.«

»Die Tapferkeit der Pili steht außer Frage«, bestätigte Kleg. »Aber leicht wird es nicht.«

Der Echsenmann nickte. »Stimmt, die Fischmänner sind Gegner, die man nicht unterschätzen darf.« Er verzog die Lippen zu einer schrecklichen Grimasse. Kleg hielt es anfangs für eine Drohung, doch dann erkannte er, daß es ein Lächeln war.

»Wir Pili sind heute wohlwollend gestimmt, aus

Achtung vor dem kommenden Mondfest. Daher haben wir beschlossen, die Fischmänner, welche unabsichtlich unser Territorium betreten haben, unbehelligt weiterziehen zu lassen.«

»Du bist großzügig und weise«, sagte Kleg.

»Das hat man mir schon oft gesagt.«

»Solltest du je in mein Land kommen, mußt du unbedingt nach mir fragen.«

»Das werde ich tun.«

Der Handel war geschlossen und ziemlich günstig zustande gekommen, befand Kleg. Nichts lag nun mehr zwischen ihm und seinem Ziel außer einigen Tagesmärschen. Er der Schöpfer würde sehr zufrieden sein.

Sechs

Dimma hob den goldenen Becher mit köstlichem Wein, welchen die berühmten aquilonischen Winzer gekeltert hatten, an die Lippen. In der Tat gediehen in der Gegend des Tybor-Flusses, südlich von Shamar, die besten Weine der ganzen Welt, und dieser Jahrgang war der beste der besten. Es hatte nur wenige Stunden gedauert, bis das neue Gefühl, wieder über einen fleischlichen Körper zu verfügen, ihm nicht mehr als Wunder vorkam. Jetzt verlangte er nach stärkerer Sinnesreizung – zum Beispiel nach diesem seltenen Spitzenwein. Er lächelte, als er seine Blume einsog und den Geschmack bereits auf der Zunge ahnte.

Doch leider kam es nicht dazu! Sobald der Becher die Lippen berührte, spürte er die Kälte, welche oft dem Gestaltwechsel vorausging.

»Nein!«

Der Becher fiel zu Boden. Dimma hatte ihn nicht fallen gelassen. Er hatte ihn nicht mehr halten können. Der Becher fiel direkt durch seinen Schoß und machte unter dem Thron eine Pfütze. Dimma erntete wieder den Fluch des sterbenden Magiers und war so flüchtig wie Rauch.

Er schäumte vor Wut, stieß schreckliche Flüche gegen den seit Jahrhunderten toten Zauberer von Koth aus und hoffte, seine Worte würden die Seele seines Peinigers finden, ganz gleich in welch tiefem Loch der Hölle er steckte. Dimma wünschte ihm die Syphilis und beschwor den schwärzesten aller bösen Dämonen, ihm zu helfen, dazu den Haß eines jeden großen und kleines Gottes, um den Erzfeind zu vernichten.

Er schwebte einige Schritte vom Thron weg und verstummte. Abermals war er nur eine Stimme ohne Körper. Ihm fehlte wiederum alles, was die meisten Menschen als selbstverständlich betrachteten. Die Verwünschungen halfen ihm gar nichts. Seine einzige Hoffnung auf Heilung war, endlich die letzte Zutat für den Lösungszauber zu bekommen. Die anderen Teile lagen schwer bewacht im sichersten Gemach des Palastes und warteten nur auf den letzten Talisman und den Zauberspruch, dessen Worte Dimma so genau kannte wie den Rücken seiner Geisterhand. In Gedanken hatte er die Zauberformel schon zehntausendmal gesprochen, um für den Tag zu üben, wenn er sie laut ausstoßen und damit endlich den Fluch loswerden würde.

Wo bist du, Kleg? Hoffentlich bringst du, was ich brauche! Und ich rate dir, dich zu beeilen!

»Was werden sie mit dem Jungen anfangen?« fragte Conan.

Tair sammelte Proviant für einen langen Marsch. »Ihn töten«, antwortete er. »Daran besteht kein Zweifel. Die Frage ist nur: wann und wie. Herr der Selkies ist der Nebelmagier, der Abet Blasa, der in dem großen Bergsee sechs Tage weit von hier lebt. Zweifellos haben sie unseren Samen für irgendeinen gottlosen Zweck gestohlen, und unser Wald muß jetzt sterben. Was meinen Bruder betrifft ...« Er zuckte mit den Achseln. »Wir können nur hoffen, die Schurken einzuholen, ehe sie ihn beseitigt haben.«

Conan nickte. Er verstand, wie ernst Tair die Sache nahm. Nicht einmal hatte er bei dieser Erklärung geprahlt.

»Wir könnten noch einen starken Mann gebrauchen«, bemerkte Tair.

»Ja.« Cheen trat hinter Tair. Sie hatte ihren Packen bereits auf dem Rücken. »Deine Hilfe wäre sehr willkommen.«

Conan überlegte. Cheen hatte ihn vor den Drachen gerettet. Allerdings hatte er diese Schuld sofort wieder ausgeglichen. Die Baumleute hatten ihn überaus gastfreundlich aufgenommen. Er hatte gegessen, ihren Wein getrunken, auch wenn dieser Genuß ihm ein Abenteuer beschert hatte, das er nicht erwartet hatte. Diese Höflichkeit forderte natürlich nicht seine Ergebenheit bis in den Tod. Aber im Cimmerier war die Erinnerung an seine Sklavenzeit noch immer frisch. Damals war er nicht viel älter als Hok gewesen. Er haßte Sklavenhändler und Kinderräuber.

»Wann brechen wir auf?« fragte Conan.

Der Junge war zu jung, um ihr dienlich zu sein, befand Thayla. Trotzdem war es kein Pech, ein so zartes junges Bürschlein zu haben. Ein kleiner Festschmaus war willkommen, ehe sie ihren flegelhaften Gatten ausschickte, um das magische Geheimnis der Baumleute zu ergründen. Krieger kämpften mit leeren Bäuchen wie die Wölfe; aber ein Vorgeschmack auf zukünftige Gaumenfreuden würde die Pili zu größerer Anstrengung anspornen. Sie hatte bereits Rayk überzeugt, daß derartige Leckerbissen nur eine Frage der Zeit seien, nachdem sie ihre Oase in der Wüste hätten. Es gab nicht viele Pili, und sie vermehrten sich sehr langsam. Dafür wurden sie sehr viel schneller erwachsen als die viel zahlreicheren Menschen. Wenn man ein Pili-Kind und ein Menschenkind Seite an Seite aufzog, war der kleine Pili voll ausgewachsen, wenn das Menschlein mühsam laufen lernte. Diese Fähigkeit würde den Pili zustatten kommen, wenn man ihnen Zeit gab.

Stal, der Führer der Abteilung, welche mit dem Jungen zurückgekommen war, stand jetzt bei Rayk und wiederholte – zweifellos mit gewissen Ausschmückungen – die Geschichte, wie sie den Menschen bekommen hatten.

»... und obwohl wir zahlenmäßig stark unterlegen waren – vier Fischmänner gegen einen von uns! –, hatten sie so große Angst vor uns, daß sie uns um Gnade anflehten und sofort den Mensch übergaben. Da unser Mondfest bevorsteht und da sie zutiefst bestürzt waren, daß sie unabsichtlich unser Territorium betreten hatten, beschloß ich, ihnen das Leben zu schenken. Was ist schließlich ein Fest ohne Festbraten?«

Rayk nickte und schlug Stal auf die Schulter. »Das hast du gut gemacht, Stal. Ich hege keinen Zweifel, daß du diese Fischmänner mit Leichtigkeit abgeschlachtet hättest; aber deine Handlung war kluge Taktik. Es ist besser, einen Festschmaus zu haben, als tote Kameraden zu begraben.«

Thayla rollte die Augen nach oben. Typisch Männer! Da standen sie herum und beglückwünschten sich gegenseitig zu ihrer Tapferkeit und Klugheit, wobei sie nichts als Lügen auftischten. Aber Stal war ein feines Exemplar eines männlichen Pili. Er hatte schon mehrfach Annäherungsversuche unternommen. Vielleicht würde sie ihn eines Tages aus Langeweile ins Bett mitnehmen. Der Kerl war ehrgeizig. Vielleicht würde er sich nützlich für sie erweisen.

Der Mensch saß in dem Käfig, der für derartige Gelegenheiten gebaut worden war. Er war wach und betrachtete ängstlich seine Häscher. Wahrscheinlich wußte er, welches Schicksal ihm bevorstand.

Thayla trat zum Käfig und lächelte den jungen Gefangenen an. »Hungrig?« fragte sie.

Er reagierte nicht.

»Keine Angst, du wirst gut gefüttert werden. Das

Mondfest findet bereits in vier Tagen statt. Bis dahin kannst du so viel essen, wie du willst. Schade, daß wir dich nicht schon vor einem Monat gefangen haben. Vier Tage ist kaum genug Zeit, um deinen schmächtigen Körper zu mästen.«

Wieder lächelte sie. Es machte ihr Freude, den Jungen vor Angst zittern zu sehen. Er weiß Bescheid, dachte sie.

Doch als Thayla in ihrem seidenen Gewand davonrauschte, kam ihr ein anderer Gedanke: Warum hatten die Fischmänner ihr Territorium durchquert? Sie mußten vom Wald der Baumleute gekommen sein. Wie anders hätten ihre Leute einen davon fangen können?

Die Königin der Pili trat zum König und zu Stal.

»Verzeihung, großer Krieger, aber haben die Fischmänner gesagt, was sie bei den Baumleuten wollten?«

Stal schaute die Königin an. Schnell glitt sein Blick über ihren verführerischen Körper. Rayk schien es nicht zu bemerken, Thayla hingegen sehr wohl und mit großer Befriedigung. Stal verzehrte sich nach ihr.

»Nein, meine Königin, darüber haben sie nichts gesagt.«

»Was geht es uns an, was die Fischmänner tun?« mischte Rayk sich ein.

»Alles ist wichtig, mein lieber Gatte, was die Baumleute und gewisse Pläne betrifft, über die wir gesprochen haben.«

»Frag doch den Jungen«, sagte Rayk und lachte. »Vielleicht weiß *er*, wie die Fischmänner denken.«

Es sollte ein Scherz sein; aber Thayla wandte sich um, wobei ihr Gewand sich blähte und Stal den nackten Körper sah – wie sie es beabsichtigt hatte. »Das werde ich tun.«

Am Käfig sagte sie: »Hör mal zu, Junge. Was wollten die Fischmänner in eurem Wald?«

Der Junge verkroch sich in eine Ecke und schwieg.

»Los, rede!«

Er sagte nichts.

Thayla überlegte kurz: Ich an seiner Stelle würde auch nichts sagen, wenn ich wüßte, daß ich bald im Kochtopf meiner Häscher landen würde. Bestimmt nicht!

»Na schön. Rede, und ich schenke dir die Freiheit.«

Hinter ihr stieß Rayk einen Fluch aus und lief herbei. »Warte, Thayla!«

Sie winkte ungeduldig ab. »Schweig, mein Gemahl!«

Der Junge schaute den König an, dann wieder Thayla. »Ist das auch wahr? Wenn ich es euch sage, laßt ihr mich gehen?«

»Ich schwöre es beim Grab meiner Mutter«, erklärte Thayla.

Der Junge runzelte die Stirn und dachte nach. Dann sagte er: »Sie haben den heiligen Samen gestohlen. Ich habe gesehen, wie einer ihn mitgenommen hat. Ich wollte sie verfolgen; aber sie haben mich erwischt.«

Thayla starrte den Jungen an. Den Samen? Er mußte den Talisman des Waldes meinen. Wie konnten die Fischmänner etwas durchführen, was den Pili so lange nicht gelungen war? »Beim Großen Drachen! Ist das wahr?«

»Ja, Herrin.«

Thayla funkelte Stal wütend an. »Du Narr! Du hast die Fischmänner ungehindert weiterziehen lassen, obwohl sie den größten Schatz der Welt dabei hatten!«

»Thayla ...«, begann Rayk.

Die Königin blickte ihn eisig an. Sie sagte jedoch nichts.

Rayk brauchte ihren Rat nicht. Er brüllte Stal an: »Sammle alle deine Truppen! Wir müssen zahlenmäßig viel stärker als der Feind sein. Ich werde sie persönlich gegen die Fischmänner führen. Wenn wir Glück haben, erwischen wir sie, ehe sie den großen See erreichen.« Stal lief sofort los. Der König schaute Thayla an.

»Du mußt sie erwischen«, sagte Thayla. »Wenn der Magier des Sees den Talisman in die Finger bekommt, ist er für uns mit Sicherheit verloren.«

»Herrin!« rief der Junge vom Käfig her. »Habt Ihr Euer Versprechen vergessen, mich freizulassen?«

Thayla würdigte ihn nicht eines Blickes, als sie antwortete: »Sei nicht töricht, Junge. Du bleibst hier.«

»Ihr habt einen Eid geschworen!«

»Ich habe gelogen. Regle das mit deinem Gott, wenn du ihn in vier Tagen siehst.«

Kleg hatte mit einem ruhigen Rückmarsch gerechnet; aber er hatte etwas nicht berücksichtigt, was kein Selkie je voraussehen konnte: das Wetter!

Sie hatten die Wüste vor kurzem verlassen und waren bereits im Vorgebirge, da braute sich ein Sturm zusammen. Kleg spürte die Feuchtigkeit in der Luft. Einerseits war sie ihm willkommen; aber ein Unwetter konnte sie aufhalten, falls es sich über ihnen entlud.

Schwarze Wolken mit purpurroten Säumen türmten sich auf. Blitze zuckten im Herzen des Unwetters. Die Trommeln der Götter hallten über die Selkies dahin. Windböen kündigten die graue Regenwand an. Dicke Tropfen fielen auf die staubige Erde. Als die geballte Kraft des Unwetters um sie herum tobte, war die Welt plötzlich finster geworden. Man sah kaum eine Handbreit weit. Die blöden Packtiere blieben störrisch stehen und weigerten sich, weiterzugehen, selbst als die Selkies sie mit Speerspitzen antrieben.

Kleg grinste dem Sturm ins Gesicht. Wenn man ihm nicht entkommen kann, muß man eben das Beste daraus machen, dachte er. Jetzt rauschte der Regen so heftig herab, daß Kleg am liebsten die Gestalt gewechselt hätte, um sich als Fisch in den tiefer werdenden Pfützen zu vergnügen. Natürlich tat er es nicht; aber der Gedanke war sehr verlockend.

Sie befanden sich so hoch, daß keine Gefahr bestand, von einer Flutwelle fortgespült zu werden. Allerdings hatten sich die kleinen Bäche, die sie beim Hinweg überquert hatten, in reißende Flüsse verwandelt. Für einen Selkie war ein Fluß kein Hindernis, und wenn die Packtiere sich zu schwimmen weigerten, würden sie für ihre Reiter als Abendessen dienen, nachdem diese die Gestalt gewechselt hatten. Das geschähe den elenden Biestern recht und wäre es wert, den Rest des Wegs zu Fuß zu gehen, befand Kleg. Er der Schöpfer zählte diese Tiere nicht nach, und ihr Schicksal wäre ihm gleichgültig, sobald er den Talisman in Händen hielt, der jetzt noch in Klegs Beutel steckte.

Kleg lächelte und genoß den Regen.

Die Baumleute hatten zwei Dutzend Bewaffnete dabei, Frauen und Männer ungefähr zu gleicher Hälfte. Außerdem hatten sie seltsame Spürtiere, die wie große gefleckte Katzen aussahen. Conan hatte solche Tiere noch nie gesehen. Sie hielten die Katzen an der Leine, die aus einem guten Dutzend dicker Lederstreifen bestand. Jeder Katzenführer hielt zwei oder drei Tiere.

Cheen und Tair legten ein gutes Tempo vor; aber Conan hatte keine Mühe, mit den beiden Schritt zu halten. Er bot ihnen sogar an, vorauszugehen. Cimmerier kletterten zwar nicht so gut wie diese Baumleute; aber als Spurenleser war er unübertroffen. Conan erkannte mühelos, wo die Selkies entlanggezogen waren, selbst im Sand des Pili-Territoriums.

Da Cheen und Tair ihren Bruder und den Talisman so schnell wie möglich zurückhaben wollten, stimmten sie Conans Vorschlag zu. Der Cimmerier setzte sich sofort an die Spitze und folgte der Spur der Selkies, als wäre sie eine breite Straße.

»Hüte dich vor den Hunden der Pili!« rief Cheen ihm nach.

»Ja, das werde ich tun!« rief Conan zurück.

Beinahe hundert Pili rückten aus. Unterstützt wurden sie von halb so vielen drachenähnlichen Korga. Die Korga rannten auf der Spur der Fischmänner voraus, die Pili im Laufschritt hinterher. Königin Thayla blickte ihnen nach. Hoffentlich würde ihr vertrottelter Gatte diese verfluchten Fischmänner einholen!

Lächelnd kehrte Thayla zurück in ihre Gemächer. Wenn die Männer länger als vier Tage wegblieben, versäumten sie das große Mondfest. Das war traurig; aber nicht für die, welche zurückgeblieben waren. Besonders sie als Königin würde die besten Happen bekommen, auch die, welche normalerweise dem König zustanden. Aber dieser Wind verhieß nichts Gutes. Man mußte sich schadlos halten, so gut man eben konnte. Bei diesem Gedanken lief ihr das Wasser im Mund zusammen.

Sieben

Conan hatte einen Vorsprung von einem halben Tag vor den Baumleuten, als er auf die Spuren der Begegnung zwischen den Selkies und einer anderen Gruppe stieß. Im Osten tobte ein furchtbares Gewitter. Er hörte das Donnergrollen. Aber hier hatte der Wind die Spuren im Sand kaum verwischt. Hinter der Düne war eine Schar hervorgekommen, deren Fußabdrücke sich von denen der Selkies unterschieden. Auf den ersten Blick sahen sie wie Menschenspuren aus; aber bei näherer Untersuchung stellte der Cimmerier kleine Unterschiede fest. Pili, vermutete Conan, da hier ihr Territorium lag.

Der Cimmerier suchte den Ort genau ab. Hier waren zwei Selkies mit einem Pili zu Fuß zusammengetroffen. Ein Selkie hatte etwas Schweres getragen. Seine Sohlen waren auf dem Weg zum Treffpunkt tiefer in den Sand eingesunken als später auf dem Rückweg. Und die Spuren des Pili waren tiefer, als er zu seiner Gruppe zurückkehrte. Conan entdeckte noch einen Eindruck im Sand. Die Mulde war zu klein für einen ausgewachsenen Mann, aber groß genug für einen Jungen, den man dort hingelegt hatte. Was oder wer es auch gewesen war, die Pili hatten es oder ihn mitgenommen.

In zivilisierter Lebensart kannte der Cimmerier sich vielleicht nicht gut aus; aber im Spurenlesen war er ein Meister. Die Selkies hatten hier etwas an die Pili übergegeben. Aber als sie aufgebrochen waren, hatte Cheen ihm erzählt, daß die Selkies und die Pili sich nicht ausstehen konnten. Daher konnte man davon ausgehen, daß die Pili die Selkies sofort angreifen würden, vor allem wenn sie diese auf ihrem heimatlichen Territorium vorfänden.

Conan erhob sich aus der Hocke neben den Eindrücken und blickte nach Norden, wohin die Spuren der Pili führten. Die Echsenwesen fraßen Menschenfleisch, hatte Cheen erklärt. Conan konnte sich vorstellen, daß es zu einem Handel gekommen war, wobei der Junge Hok eine Rolle als Preis gespielt hatte.

Wohin sollte er sich jetzt wenden? Die Spur der Pili führte nach Norden, die der Selkies nach Osten. Sie hatten den Jungen und den Samen gestohlen. Wenn aber jetzt die Pili Hok hatten, war dieser womöglich in noch größerer Gefahr als zuvor. Wahrscheinlich würden die Selkies ihn leben lassen, bis sie ihn ihrem Herrn und Meister gebracht hatten. Die Pili dagegen könnten ihn vorher fressen.

Conan kam zu dem Schluß, daß der Same sich ewig halten würde, der Junge aber nicht. Er mußte nach Norden gehen.

Conan riß einen dürren Ast von einem Busch und brach ihn in mehrere Teile. Daraus legte er auf dem Boden einen Pfeil aus, welcher zur Spur der Pili zeigte. Darunter machte er eine kleine Figur, die Hok darstellen sollte. Ein zweiter Pfeil deutete zur Spur der Selkies. Unter ihm formte er die Umrisse eines Samenkorns. Wenn Cheen und die anderen die Bilder sähen, wüßten sie, welchen Weg Conan genommen hatte und auch warum. Mit etwas Glück würden sie die Astbilder finden, ehe der Wind alles mit Sand bedeckt hatte.

Der Cimmerier nahm einen Schluck Wasser aus dem Schlauch, den er über der Schulter trug, rückte den

Schwertgurt zurecht und machte sich auf den Weg nach Norden.

Das Unwetter, das die Selkies aufhielt, war nur eins von vielen. Kleg fluchte zwar über die Verzögerung, aber er konnte nichts dagegen unternehmen. Ein Gott konnte vielleicht den Regen abstellen. Ein Selkie jedoch konnte nichts tun als abzuwarten.

Mehrere Teiche waren vor wenigen Stunden noch flache Pfützen gewesen, jetzt aber ziemlich tief. Da sie hier notgedrungen festsaßen, fand Kleg, sie könnten sich den Aufenthalt auch gemütlich gestalten.

»Bring einen der Scrats!« befahl er einem Selkie. Er mußte brüllen, um das Rauschen des Regens zu übertönen. »Stoß ihn von dieser Anhöhe in den Teich!«

»Aber Erster ...?« begann der Selkie erstaunt.

Kleg lächelte breit, wobei man seine vielen Zähne sah. »Vielleicht freuen sich deine Brüder über ein bißchen Schwimmen – mit einem kleinen Imbiß zum Abendessen.«

Jetzt lächelte auch der Selkie. »Jawohl, Erster, sofort!«

Thayla kehrte aus der Küche zurück, wo sie ihre Anordnungen für die Vorbereitungen zum Mondfest gegeben hatte. Da hörte sie Lärm. Hatte ihr Gatte den magischen Talisman so schnell in seinen Besitz gebracht?

Die Königin hielt eine junge Dienerin auf, die vom Haupteingang der Höhlen kam. »Was bedeutet der Lärm da draußen?«

Die Dienerin war bis auf einen schmalen ledernen Lendenschurz nackt. Ihre knospenden Brüste versprachen künftige Freuden. Sie verneigte sich tief und antwortete: »Die Korga, Mylady.«

»Ich dachte, der König hätte alle Korga mitgenommen.«

»Nicht alle, Mylady.«

Thayla wollte selbst nachsehen, warum die Biester so zischten und grunzten.

Im Freien blies der warme Wüstenwind, aber mit einem Hauch von Feuchtigkeit. Anscheinend regnete es im Osten, weit weg. Hier war Regen eine Seltenheit. Höchstens ein- oder zweimal pro Jahreszeit fielen Tropfen, niemals sehr stark.

Der Aufseher über die Korga brüllte sieben dieser mannsgroßen und zumeist dummen Echsen an, welche in ihrem Zwinger hinter dem hohen Zaun aufgeregt umherliefen.

»Ruhig, ihr dämlichen Biester!«

Der Korgaaufseher war ein alter Pili. Er war bereits alt gewesen, als Thayla ihn zum erstenmal gesehen hatte. Sie war da noch ein Kind gewesen. Er schien sich in allen den Jahren nicht verändert zu haben. »Was ist los, Rawl?«

Der alte Pili zuckte mit den Schultern. »Ich weiß es nicht, Mylady. Die Korga riechen irgend etwas da draußen.«

»Und was wirst du tun?«

Wieder zuckte er mit den Schultern. »Nichts. Der König hat mir befohlen, diese Meute im Zwinger zu lassen.«

»Der König ist nicht hier, ich schon. Laß die Korga heraus und spür auf, was sie verrückt macht, damit wir wieder Ruhe haben.«

»Wie Ihr befehlt, Königin Thayla.«

Rawl öffnete das Tor des Zwingers. Die Korga stürzten heraus. Sie streckten die dicken Schwänze nach hinten aus, um beim Laufen das Gleichgewicht zu wahren. Eigentlich sahen sie komisch aus. Thayla hatte für die Drachen nicht viel übrig. Wenn es nach ihr gegangen wäre, hätte sie sie nicht bei den Höhlen geduldet. Die Biester fraßen ungemein viel. Aber die männlichen Pili schätzten sie. Wahrscheinlich weil die Männer den Korga im Denken und Handeln so ähnlich sind, dachte sie. Es standen zum Schutz der Höhlen ausreichend Truppen zur Verfügung. Da brauchte man diese blöden Drachen wirklich nicht. Thayla vergösse keine Träne, wenn die Korga nicht zurückkämen. Dieser Gedanke war verlockend.

Conan sah die Gestalten schon in weiter Ferne, lange ehe sie bei ihm waren. Seine strahlendblauen Augen verrieten ihm, daß er bald mit den drachenähnlichen Hunden der Pili zusammentreffen würde. Er rollte die breiten Schultern, lockerte die Muskeln und zückte das Schwert. Ein kurzer Blick in die Runde sagte ihm, daß es nirgendwo Deckung gab. Links von ihm erhob sich ein kleiner Hügel, kaum dreimal so hoch wie er selbst. Diese Anhöhe brächte ihm jedoch beim Kampf einen kleinen Vorteil. Ihm blieben nur noch wenige Minuten. Dann wären die Ungeheuer da. Schnell lief er zum Hügel und die Anhöhe hinauf.

Kurz vor dem Kamm fiel der Cimmerier beinahe in ein Loch. Er hatte es im sandigen Boden nicht gesehen. Die Grube war ziemlich tief, ungefähr seine Größe, und die Seiten waren steil. Seltsam! Beim Anblick dieser Grube hatte er das Gefühl, etwas Ähnliches schon früher gesehen zu haben; aber ihm fiel nicht ein, wo.

Conan ging um die Falle herum und erreichte die Spitze des Hügels. Vielleicht stürzte ein Korga in das Loch, wenn er so schnell lief, daß er es nicht rechtzeitig bemerkte. Natürlich konnte das Biest wieder herausklettern; aber inzwischen hatte der Cimmerier mehr Zeit, die anderen zu erledigen.

Der Cimmerier schwang das Schwert in den Händen, bis es sich richtig anfühlte. Sieben Drachenhunde.

Keine guten Aussichten! Nun denn! Wenn das sein letzter Kampf sein sollte, dann würde er sein Leben so teuer wie möglich verkaufen. Er wollte mit vielen dieser Ungeheuer vor Crom treten. Conan hoffte, daß Crom die letzte Begegnung vergessen hatte; aber sie war noch frisch, und es war unwahrscheinlich, daß der Gott sich nicht mehr daran erinnerte.

Jetzt kamen die Echsen zischend und grunzend näher. Sie schienen den Wechsel des Geländes nicht zu bemerken. Ohne langsamer zu werden, setzten sie mit großen Sprüngen die Anhöhe herauf. In den Schuppenmäulern blitzten die scharfen, spitzen Zähne.

Conan schwang das Schwert hoch über dem Kopf. Vielleicht konnte er zwei mit einem Schlag spalten, wenn er kräftig genug zuschlug.

Offenbar war ihm an diesem Tag ein Gott wohlwollend gesonnen; denn das erste Ungeheuer stürzte blindlings in die Grube vor Conans Füße. Der Cimmerier lächelte, obwohl er dem Tod ins Antlitz schaute. So ein blödes Vieh!

Kaum hatten die anderen Korga gesehen, was ihrem Anführer widerfahren war, blieben sie sofort stehen und umringten das Loch.

Conan trat nach links, als das grelle Sonnenlicht sich in den Fängen des nächsten Korga spiegelte. Als das Ungeheuer auf ihn lossprang, schwang der Cimmerier die gebläute Klinge mit aller Kraft. Das Schwert sang in der Luft und trennte den Kopf des Drachenhunds feinsäuberlich vom Rumpf. Der kopflose Körper lief weiter, aber an Conan vorbei.

Blitzschnell fuhr der Cimmerier herum. Die Klinge beschrieb einen Bogen und schlitzte dem nächsten Angreifer den Bauch auf. Eingeweide quollen hervor. Die Echse starrte verwundert nach unten und vergaß Conan.

Doch die restlichen vier Echsen hatten ihn beinahe

erreicht. Wieder schwang der Cimmerier entschlossen die Klinge hoch über dem Kopf. Wenn er Glück hatte, konnte er noch einen, vielleicht sogar zwei Gegner töten.

Da schrie der Korga in der Grube. Es war ein langer Schrei, der so jäh endete, als hätte man ihn mit einem Rasiermesser abgeschnitten.

Conan riskierte einen Blick zur Grube, nachdem ein Korga sich selbst auf der ausgestreckten Schwertspitze aufgespießt hatte.

Etwas kroch aus dem Loch. Aber das war nicht der Korga, der hineingefallen war.

Jetzt fiel Conan ein, wo er schon einmal etwas Ähnliches gesehen hatte. Damals war das Scheusal viel kleiner gewesen. Es gehörte zur Familie der Spinnen und nährte sich von Ameisen und anderen winzigen Insekten, die das Pech hatten, in die Sandgrube zu fallen.

Doch das Ungeheuer, das jetzt herauskroch, war riesig und sah aus wie eine Spinne aus dem Traum eines wahnsinnigen Gotts. Es war schwarz, behaart und augenlos, hatte aber armdicke Kinnladen, aus denen Gift tropfte. Außerdem hatte es mindestens acht Beine.

»Crom!«

Schneller, als man es für möglich gehalten hätte, kroch das Monster den Hügel herauf und griff den nächsten Korga an. In der klaren Wüstenluft hörte Conan laut das Knacken, als die Riesenspinne den Korga entzweibiß.

Die restlichen Korga zischten und preßten sich verängstigt aneinander. Die Todesspinne kroch rasch auf sie zu. Einer rannte weg. Aber das eklige Monster war viel schneller als das Schuppentier.

Conan lief sofort in die Gegenrichtung.

Vielleicht zog diese haarige Höllengeburt das Fleisch

der Drachenhunde dem Fleisch von Menschen vor; aber er hatte keine Lust, das herauszufinden. Soll es sich an den Korga erst einmal sattfressen! Während er lief, nahm er sich vor, besser aufzupassen, wohin er trat.

Kleg watete lächelnd in den Teich. Es regnete immer noch, allerdings nicht mehr so stark. Als ihm das Wasser bis zur Brust und dann bis an den Hals reichte, war der Regen unwichtig geworden.

Er ließ sich unter die Wasseroberfläche sinken und begann mit dem Gestaltwandel.

Beim ersten mit Wasser gefüllten Atemzug wuchsen ihm Kiemen aus dem Hals. Die Knochen streckten sich, Gelenke knackten, dann veränderte sich sein Körper. Die Beine wurden länger und verschmolzen zu einer Einheit. Die Füße formten sich zu einem langen Schwanz mit Flossen. Die Arme verschwanden im schlanken Körper und wurden ebenfalls zu Flossen. Aus dem Rücken ragte eine spitze Flosse heraus. Die Augen traten zurück, der Mund weitete sich zu einem Maul. Sägezähne schoben sich aus dem härter werdenden Zahnfleisch.

In wenigen Sekunden war die Verwandlung abgeschlossen. Was eben noch der menschenähnliche Kleg gewesen war, war jetzt doppelt so lang und mit einer Haut, rauh wie Bimsstein, bedeckt. In keinem Meer schwamm ein tödlicheres Wesen.

Mit einem Schwanzschlag trieb Kleg den verwandelten Körper durchs Wasser. Neue Sinnesorgane teilten ihm mit, daß der Scrat direkt vor ihm lag und wild um sich schlagend auf sein Schicksal wartete.

Und sein Schicksal war ... gefressen zu werden!

Um Kleg herum verwandelten sich seine Brüder ebenfalls. Sie wurden wie er und wollten auch etwas von dem Scrat abbekommen; aber Kleg war als erster dort. Er riß den Rachen auf und biß tief in das Opfer hinein.

Im nächsten Augenblick färbte sich das klare blaue Wasser karmesinrot, und von dem Scrat war nichts mehr zu sehen.

Acht

Dimma schwebte durch die Hallen seines Palastes zur Schatzkammer hin, wo er seine Kostbarkeiten aufbewahrte. Hier lag auch sein wertvollster Besitz: die acht Zutaten, aus denen sein Erlösungszauber bestand. Nur ein einziges Teil fehlte noch. Aber bald würde sein Erster mit diesem Stück zurückkehren!

Ah, endlich wieder einen festen Körper haben! Niemals wieder Angst haben, daß die Kälte und die Auflösung in Nebelschwaden kamen! Sobald er wieder einen Körper hätte, auf den er sich verlassen könnte, würden sich einige Dinge in seinem Reich ändern! Er würde kraftvoll einherschreiten und alles wegfegen, was sich ihm in den Weg stellte. Dann konnte er über alles, was er sah, die Herrschaft übernehmen! Schließlich praktizierte er seine Magie seit fünfhundert Jahren. Nein, er würde nicht die gleichen Fehler wie früher machen. Dann war er nicht länger Dimma der Nebelmagier, sondern Dimma der Zerstörer! Vielleicht würde er sich zum König machen, vielleicht sogar Seg gestatten, seine Königin zu sein – natürlich nur, bis sie ihn langweilte. Danach würde er sich eine Schöne im heiratsfähigen Alter suchen, die ihren Platz einnehmen konnte. Und nach dieser wieder eine andere und wieder eine andere… Nach den langen Jahren der Tatenlosigkeit gab es viel zu tun. Vergnügen genießen, Heere vernichtend schlagen, Dörfer, Städte, ja sogar Länder unterjochen. Alles nach Lust und Laune von Dimma dem Zerstörer.

Ja, diese Aussichten behagten dem Zauberer, und er liebte den Klang dieses Namens: Dimma der Zerstörer.

Conan sah vor sich eine Felsgruppe. Das mußte die Behausung der Pili sein. Die Spur der dreizehigen toten Korga führten geradewegs darauf zu. Es sah aus, als hätte ein Gott nach Belieben Felsen in der Wüste aufgetürmt.

Der Cimmerier ging in die Hocke und spähte zu den Felsen hinüber. Die Pili hatten einen Ort gewählt, von dem aus sie in alle Richtungen Ausschau halten konnten. Unbemerkt konnte sich niemand nähern. Mit Ausnahme einiger dürrer Büsche war das Gelände um die Felsen in einer Entfernung von einer halben Stunde schnellen Marschierens völlig kahl. Wenn man die kärgliche Deckung der dürren Büsche ausnutzte, war es nur einem wirklich fähigen Mann möglich, den Pili einen überraschenden Besuch abzustatten. Bei Tageslicht war das für drei oder mehr Menschen unmöglich, selbst wenn der Wachposten halbblind war.

Das ist der Schlüssel, dachte Conan. Im Schutz der Nacht konnte er sich anschleichen, vorausgesetzt, er blieb so, daß ihm der Wind entgegenwehte und er auf wilde Tiere aufpaßte. Und vorausgesetzt, daß die Pili nachts auch nicht besser sahen als Menschen. Es war riskant, aber schließlich wollte der Cimmerier in Shadizar ein erfolgreicher Dieb werden. Irgendwo mußte er ja anfangen, sich einzuarbeiten.

Conan legte sich hinter ein Gebüsch und wartete. Bald würde es dunkel. Bis dahin konnte er schlafen.

Kleg hatte seinen Hunger gestillt und glich wieder einem Mann. Er blickte zum klaren Himmel hinauf. Der Regen hatte endlich aufgehört. Die Luft an diesem Spätnachmittag war kühl. Bald wäre es dunkel. Er beschloß, daß sie am Morgen weitermarschieren könnten. Soviel Zeit blieb.

Thayla warf sich im Bett hin und her. Die Königin war rastlos. Sie hoffte inständig, daß ihr leicht schwachsinniger Gemahl den Baumleuten den Talisman wegnehmen würde; aber es gab keine Garantie auf einen Erfolg. Niemand konnte bestreiten, daß die Pili zahlenmäßig immer schwächer wurden. Mit dem magischen Talisman jedoch konnten sie sich irgendwo niederlassen, weit genug von den Menschen entfernt, um wieder ein mächtiges Volk zu werden. Dann konnte sie als Königin dafür sorgen, daß sie alles bekam, was ihr zustand. Aber bis dahin war das Leben noch sehr unsicher.

Thayla warf die seidene Decke ab und lag nackt auf dem Bett. Ihr wohlgeformter, üppiger Körper war der kühlen Nachtluft preisgegeben. Sie brauchte einen Mann! Unbedingt und sofort! Aber keiner von den Männchen, welche ihr Gatte zurückgelassen hatte, genügte im mindesten ihren Ansprüchen. Die besten und stärksten Männer hatte Rayk mitgenommen. Thayla war sicher, daß er das absichtlich getan hatte, damit sie auf keinen Fall ihre Gelüste befriedigen konnte. Als verheiratete Frau durfte sie nach dem Gesetz der Pili mit keinem Mann außer ihrem Gatten das Lager teilen; aber Thayla betrachtete das als reine Formalität und hatte sich nie darum gekümmert. Tatsache war jedoch, daß alle guten Pili-Männer mit dem König fortgegangen waren und hauptsächlich Greise, Frauen und Kinder zurückgeblieben waren. Gut, es gab noch einige kräftige junge Burschen; aber diese hatten keinerlei Erfahrung als Liebhaber. Thayla hatte keine Lust, heute nacht einem neuen Mann alte Tricks beizubringen.

Nein, Thayla wollte einen Liebhaber mit Kraft, Anmut und Ausdauer. Und sie wollte ihn jetzt!

So ein Pech, dachte sie. Vielleicht brachte ein Gebet zum Großen Drachen die Erfüllung ihrer Wünsche? Ein Geschenk der Götter?

Die Königin der Pili rollte sich auf den Bauch und preßte die seidenen Kissen an den Busen. Die Götter helfen denjenigen, die sich selbst helfen, dachte sie und seufzte. Welchen dieser langweiligen jungen Burschen sollte sie sich von ihrer Zofe herholen lassen?

Langsam und vorsichtig schob Conan sich näher an die Felsengruppe heran. Er bewegte sich mit dem Können eines erfahrenen Jägers auf der Pirsch. Selbst seine scharfen Augen hatten Mühe, in der stockdunklen Nacht Einzelheiten in der Wüste zu erkennen. Doch dann erleichterten ihm die Pili sein Vorhaben.

Eine Fackel steckte an der Felswand. In ihrem flackernden Schein sah der Cimmerier den Eingang zu einer Höhle und einen Wachposten.

Conan legte sich flach auf den Boden und überlegte.

Aus der Entfernung sah der Wachposten wie ein Mensch aus: ein kahlköpfiger Mann, der einen kurzen dunklen Waffenrock trug. Riemen liefen ihm kreuzweise über die Brust. In dem fahlen Licht wirkte seine Haut bläulich, aber Conan war da nicht sicher. Der Pili hielt einen kurzen dünnen Speer in der Hand. Dieser schien seine einzige Waffe zu sein. Eigentlich sah der Speer mehr wie ein langer Pfeil aus. Conan suchte nach einem Bogen. Da sah er neben dem Posten ein hölzernes Katapult liegen. Der Mann lehnte an der Felswand und schien zu dösen.

Der dunkle Höhleneingang beunruhigte den Cimmerier mehr als der einzelne Wachposten. Diese Orte mochte er überhaupt nicht, vor allem nach den soeben überstandenen Abenteuern mit Riesenwürmern, Blutfledermäusen und anderen ekligen Biestern in einem unterirdischen Labyrinth. Aber er war gekommen, um Hok zu befreien, und wenn der Junge in der Höhle war, mußte er hinein, ob er wollte oder nicht. Es war höchst unwahrscheinlich, daß die Pili ihm den Jungen herausschicken würden, wenn er höflich darum bat.

Der Cimmerier schlug einen Halbkreis nach rechts. Er bewegte sich übervorsichtig. Beim geringsten Geräusch in der Wüste erstarrte er sofort. Endlich hatte er die Felswand links vom Wachposten erreicht. Langsam schob Conan sich näher, bis er so weit war, daß der Posten ihn unbedingt sehen mußte. Der Mann hatte während dieser Zeit zweimal ausgespuckt und einmal das Gewicht vom linken auf den rechten Fuß verlagert. Nein, Wachsamkeit schien nicht die Hauptugend dieses Pili zu sein.

Conans Plan war ganz einfach. Er nahm einen Stein, der kaum größer war als seine Faust, in die rechte Hand. Mit der linken warf er einen Kieselstein am Wachposten vorbei. Wenn der Pili den Kopf wegdrehte, um nach der Ursache des Geräuschs zu schauen, würde Conan aufspringen und dem Kahlkopf den Stein auf den Schädel schmettern.

Der Kiesel prallte am Felsen ab und rollte in die Dunkelheit.

Der Posten rührte sich nicht. Das Geräusch schien ihn nicht zu beunruhigen.

Nun ja, vielleicht knackte es nachts in den Felsen oft, wenn sie sich nach der Gluthitze des Tages zusammenzogen, und der Mann war an derartige Geräusche gewöhnt. Daran hätte Conan denken müssen.

Jetzt nahm der Cimmerier einen etwas größeren Stein und warf ihn hinüber.

Das Ergebnis war das gleiche.

Vielleicht hörte der Pili schlecht?

Conan nahm einen Stein, der beinahe so groß war wie der, welchen er als Waffe benutzen wollte. Damit würde er mit Sicherheit die Aufmerksamkeit des Postens erregen. Er warf.

Der Stein knallte neben den Füßen des Postens auf den felsigen Grund. Aber der Pili reagierte immer noch nicht.

Jetzt stand Conan auf und ging näher. Wenn der Mann die Steine nicht gehört hatte, würde er auch die Schritte des Cimmeriers nicht hören.

Eine halbe Spanne vor dem Posten hob Conan den Stein, um zuzuschlagen. Doch dann hielt er inne.

Der Wachposten, mit dem Rücken an den Felsen gelehnt, schlief im Stehen. Conan wedelte mit einer Hand vor dem Gesicht des Mannes umher. Dann grinste der Cimmerier und hob den Stein. Gleich würde der Mann noch tiefer schlafen.

In der Höhle steckten in unregelmäßigen Abständen Fackeln an den Wänden. Conan lief den Gang entlang. Es roch hier etwas süßlich und modrig. Kein unangenehmer Geruch! Es war auch wärmer als draußen. Bis jetzt war alles viel einfacher gewesen, als er erwartet hatte. Nun mußte er nur noch den Jungen finden und mit ihm fliehen.

Nein, sie würde die Zofe nicht wecken, um ihr einen der jungen Burschen zu bringen, entschied Thayla. Das kostete mehr Mühe, als die Sache wert war. Statt dessen erhob sich die Königin vom Bett und legte einen Umhang um. Vielleicht würde ihr ein Spaziergang in der kühlen Nachtluft guttun. Die Korga waren noch nicht zurück, konnten sie also nicht anzischen. Der alte Rawl war besorgt, weil die Korga noch nicht wieder da waren; aber Thayla war es völlig einerlei.

Sie trat auf den Gang vor ihrem Schlafgemach ...

Da sah sie einen Menschen über einen Quergang huschen.

Thayla erstarrte. Er hatte sie nicht gesehen. Da war sie ganz sicher.

Ein Mensch? Ein Mann? In den Höhlen? Wie?

Thayla wollte Alarm schlagen, tat es dann aber nicht. Vielleicht bildete sie sich das Ganze nur ein. Vielleicht trübte das heiße Begehren ihr Sehvermögen, gaukelte ihr Trugbilder vor und ließ Phantome durch die Gänge huschen. Sie lächelte traurig. Ja, so war es wohl! Wie peinlich wäre es, wenn sie die Pili aufscheuchte und diese ihr später melden müßten, daß sie vom Traumbild der Königin keine Spur entdecken konnten.

Thayla huschte zu dem Quergang, der in die Halle führte, wo ihr Traummann verschwunden war. Sie erwartete, nur Leere zu sehen.

Aber da war er! Gerade lief er um eine Biegung. Wieder hatte er sie nicht gesehen.

Thayla schüttelte den Kopf. Sie konnte den leichten Moschusgeruch riechen, den Menschen verströmten. Sie hatte den unvorstellbar kräftigen Körper dieses Hünen gesehen, hörte seine Schritte auf dem Steinboden! Nein, es war kein Traum! Den Mann gab es wirklich! Noch nie hatte sie einen Mann mit so breiten Schultern und muskelbepackten Armen und Beinen gesehen. Und die blauschwarze Mähne!

Thayla bebte am ganzen Körper. Was suchte der Mann hier in der Höhle?

Sie folgte ihm. Es war unwichtig, was er hier wollte. Die Götter hatten ihr zugelächelt und ihren Wunsch erfüllt. Selbst wenn alles ein Traum war, wollte sie diesen Traum bis zur Neige auskosten.

Conan spürte einen kalten Luftzug und blieb stehen. Vorsichtig spähte er umher. Nein, er hatte sich wohl getäuscht. Bis jetzt war er an Kammern vorbeigekommen, in denen Pili schliefen; aber Hok hatte er noch nicht gefunden.

Seine Suche führte ihn tiefer hinein in den Schoß des Berges.

Thayla ging zu einer Schlafkammer und weckte einen jungen Pili, der mehr Muskeln als Verstand hatte.

»Meine Königin?«

»Sei still und komm mit!«

Der junge Bursche gehorchte wortlos.

Conan schlich weiter durch die verschlungenen Gänge. Da sah er den Eingang zu einer großen Halle. Er betrat sie.

An einer Wand stand ein Käfig, und darin sah er den schlafenden Hok.

Schnell lief der Cimmerier zum Käfig. Endlich!

Die Käfigtür war mit mehreren Riegeln verschlossen, die man von innen nicht erreichen konnte. Conan schob leise die Riegel zurück. Er wollte den Jungen noch nicht wecken, damit dieser nicht vor Überraschung einen Schrei ausstoßen konnte.

»Bleib hier stehen!« befahl Thayla. »Und nimm das!« Sie drückte dem jungen Burschen eine lange, armdicke Stange in die Hände, mit der die Pili die nistenden Fledermäuse von der Decke holten.

Dann trat die Königin der Pili auf die Schwelle der Gefängnishöhle.

»Ho, Mann!« sagte sie.

Beim Klang der weichen Stimme fuhr Conan herum und riß das Schwert aus der Scheide.

Eine Frau stand im Eingang. Sie war kahlköpfig und trug einen durchsichtigen Umhang. Jetzt streifte sie diesen vor seinen Augen ab. Der Stoff bauschte sich malerisch zu Füßen der nackten Gestalt.

Conans Augen wurden groß. Das Weib hatte keine

Haare auf dem Kopf; aber ansonsten fehlte es ihr an keinem weiblichen Reiz. Ihre Brüste waren voll und schwer, die Hüften einladend breit. Sie reckte ihm verführerisch die Arme entgegen. Sie war wohl eine Pili, aber deshalb nicht weniger schön. Conan hatte wenige Frauen gesehen, die mehr zu bieten hatten als diese.

Die Frau – nein, die Pili – lächelte ihn an.

»Komm her!« lachte sie. »Ich habe etwas für dich.« Sie strich sich über die Hüfte und über die Brüste.

Conan war nicht so dumm, sich mit einer Frau mitten im feindlichen Lager einzulassen; aber er mußte sie unbedingt zum Schweigen bringen. Die Pili drehte sich um und verschwand auf in Gang. Rasch lief er ihr hinterher.

Sie schritt mit verführerischem Hüftschwung vor ihm her. Der Anblick ihrer Rückseite und Beine ließ den Cimmerier nicht kalt…

Und dann wurde die Welt plötzlich flammendrot und pechschwarz. Schmerzen raubten ihm die Sinne.

Neun

Die Selkies wollten gerade aufbrechen, als einer von der Nachhut angelaufen kam. »Erster! Die Echsenmänner kommen!«

Kleg packte den keuchenden Selkie an den Schultern. »Was redest du da für einen Blödsinn?«

Der Selkie holte tief Luft. »Ein ganzes Heer, Erster. Tausende!«

»Narr! Es gibt keine tausend Pili.«

»Na gut, Hunderte!«

»Möge doch jemand einen Speer in diesen Schwachkopf jagen!«

»Dutzende, Erster. Das schwöre ich auf mein Geburtsei!«

»Zeig's mir!«

Schnell stiegen sie auf die nächste Anhöhe. Kleg spähte in die Ferne.

Beim Gemächt des Schöpfers! Der Selkie hatte recht! Das waren sieben oder acht Dutzend Echsenmänner. Dazu noch die komischen Drachen, die sie als Jagdhunde benutzten. Sie marschierten genau auf dem Pfad, auf dem gestern die Selkies gekommen waren. Was hatten diese Pili vor? Offensichtlich war es eine kriegerische Unternehmung. Zwischen dem Territorium der Pili und dem Dorf Karatas am Rand des Heimatsees befanden sich aber keinerlei Dörfer oder Städte. Gut, vielleicht wollten die Pili Karatas erobern und plündern; aber das war höchst unwahrscheinlich, da das Dorf auf drei Seiten von einer hohen Palisade umgeben war und die vierte Seite durch den Sargassosee geschützt war. Nein, diese Echsenmänner führten etwas anderes im Schilde, und Kleg hatte eine Ahnung, was: Es ging um ihn und seine Abteilung! Da die Selkies zahlenmäßig weit unterlegen waren, sah es nicht gut für sie aus. Aber warum? Sie besaßen nichts, was die Echsenmänner möglicherweise haben wollten? Nichts Wertvolles ...

Kleg schlug sich mit der Hand an die Stirn. Natürlich – der Talisman! Und woher wußten die Pili, daß Kleg den Talisman besaß? Klar, Kleg, Erster Diener des Schöpfers, angeblich der klügste aller Selkies, hatte es ihnen praktisch *erzählt*! Er hatten ihnen den verdammten Jungen übergeben, der zweifellos geplaudert hatte, ehe er verzehrt worden war. Der Junge hatte gesehen, wie Kleg den verfluchten Samen einsteckte. Verdammt!

Kleg lief schnell nach unten. Die Echsenmänner waren nicht schneller als die Selkies. Sie waren noch mindestens eine Stunde entfernt. Wenn Kleg mit seinen Leuten sofort aufbrach, konnten sie diesen Vorsprung vielleicht bis zum Sargasso halten. Dort konnten sie mit der Hilfe anderer Bewohner der Riesenpflanze rechnen. Sollte dennoch ein Pili weiter vordringen, zog er sich den Haß des Schöpfers zu, eine bestenfalls unangenehme, wahrscheinlich aber eine tödliche Aussicht.

Sollten die Echsenmänner den Vorsprung von einer Stunde jedoch aufholen, sah es für die Selkies schlecht aus. Aber Kleg *mußte* den Talisman seinem Herrn und Meister überbringen!

Er faßte einen Entschluß. Nach dem Ablenkungsmanöver bei den Baumleuten war ihm noch ein gutes Dutzend Selkies geblieben; doch taktisch richtig eingesetzt, müßten sie ihren Zweck erfüllen. Er rief sie zusammen.

»Wir werden von Echsenmännern verfolgt«, erklärte Kleg. »Sie sind uns zahlenmäßig so überlegen, daß auf einen von uns acht Feinde kommen. Wir dürfen aber um keinen Preis bei unserer Mission versagen. Daher gehe ich voraus und überlasse es euch, die Echsenmänner aufzuhalten.«

Seine Worte führten zu der nicht unerwarteten Reaktion der Selkies. Sie maulten. So wie jeder Soldat, der je gelebt hatte.

»Aber wartet!« fuhr Kleg fort. »Einen halben Tagesmarsch entfernt kommt ein Fluß, den das Unwetter gestern bestimmt reißend und tief gemacht hat. Dorthin werden wir gemeinsam marschieren. Dann könnt ihr eure Gestalt wechseln und im Wasser auf die Echsenmänner warten.«

Bei diesem Befehl erhellten sich die Mienen seiner Selkies. Sie waren an Land nicht ungeschickt; aber im Wasser waren sie den Echsenmännern haushoch überlegen. Jeder Selkie vermochte mit Leichtigkeit ein Dutzend oder mehr erledigen. Jedenfalls glaubten das die Selkies. Kleg versüßte den Befehl noch weiter. »Sobald ihr die Echsen vernichtet habt, könnt ihr nach Hause zurückkehren. Ich kann Ihn den Schöpfer bestimmt davon überzeugen, daß er jedem von euch zwei neue Frauen und Zugang zu den besten Weideplätzen gewährt.«

Gedämpfter Jubel wurde laut. Der Weg zum Herzen eines Selkies führte durch den Magen, und wenn dieser Zugang nicht reichte – nun, die andere Belohnung führte bestimmt zum Erfolg. Fressen und Weibchen! dachte Kleg. Es war immer das gleiche.

»Kommt! Abmarsch, damit wir den Feind gebührend empfangen können.«

Conan erwachte. Er trieb in dunklen Gewässern dahin. Im ersten Augenblick wußte er weder, wo er war, noch wie er hierher gekommen war. Der Kopf tat ihm schrecklich weh. Hatte er zuviel Wein getrunken?

Der Cimmerier setzte sich auf. Jetzt sah er, daß er in einem Käfig saß, neben ihm der junge Hok.

Aha, jetzt erinnerte er sich wieder. Da war eine wunderschöne nackte Frau gewesen, die ihm gewinkt hatte. Das war das letzte, woran er sich erinnerte, ehe der Himmel über ihm einstürzte.

»Ah, mein schöner starker Mann ist endlich wach«, hörte er eine Stimme.

Conan drehte sich um. Da war sie wieder – die nackte Frau. Nein, keine Frau, eine Pili! Allerdings sah er wenig Unterschiede, abgesehen von dem fehlenden Haar und der bläulichen Haut. Sie trug wieder den hauchzarten roten Umhang, den er zuletzt vor ihren Füßen gesehen hatte.

Man hatte weitere Fackeln angezündet, so daß die Höhle hellerleuchtet war. Als die Pili sah, daß der Cimmerier sie anschaute, bewegte sie sich so, daß der Umhang sich vorn öffnete und Conan ihre Brüste und andere Reize sah, welche ihm beim ersten Mal nicht aufgefallen waren.

»Ich sehe, daß du mich attraktiv findest«, sagte sie.

So ist es in der Tat, dachte Conan. Sie konnte es nicht übersehen. Er wechselte schnell die Stellung im Käfig.

Die Pili lachte laut auf. Als sie näher kam, sah Conan ihre Katzenaugen mit den schmalen rautenförmigen Pupillen. Ihr Gesicht war nicht häßlich. Allerdings blickte er weniger auf diesen Teil des Körpers, da sich beim Gehen andere Teile interessanter als das Gesicht bewegten.

Conan hätte durch die Stäbe des quadratischen Käfigs greifen können; aber die Pili blieb außer Reichweite stehen. »Ich bin Thayla, die Königin der Pili«, sagte sie. »Willkommen in unseren Höhlen.«

»Haltet ihr eure Gäste immer in Käfigen?«

»Für gewöhnlich. Aber ich fürchte, daß du bald herausgelassen wirst. Wie darf ich dich nennen, du schöner starker Mann?«

»Ich bin Conan der Cimmerier.«

»Sind alle Männer in Cimmerien so… so groß?« Conan hatte das Gefühl, daß sie einen gewissen Hintergedanken hegte. Aber nein, er irrte sich wohl.

»Nein.«

»Dann kann ich mich ja ausgesprochen glücklich schätzen, daß ich dich bekommen habe«, sagte sie. »Warum bist du hergekommen?«

»Um den Jungen zu holen.« Er nickte zu Hok hinüber. »Die Selkies haben ihn gestohlen.«

»Hm. Nun, vielleicht könnten wir einen Handel schließen.«

»Ich besitze nichts Wertvolles außer meinem Schwert«, erklärte Conan.

Thayla lächelte. »In der Tat, das ist eine mächtige Waffe.«

Conan blickte zu dem Schwert, das hinter der Königin auf dem Boden lag; aber die Königin schaute ihn an.

Was wollte die Königin von ihm? Er wußte, daß die Pili Menschen aßen; aber der Hunger in ihren Augen war nicht der, welcher durch Essen zu stillen wäre.

Was beim Ausrücken der Selkies ein kleines Flüßchen gewesen war, rauschte jetzt nach den Regenfällen gewaltig. Auf den schaumgekrönten braunen Wellen sausten Äste in atemberaubender Geschwindigkeit dahin. Selbst nach dem Gestaltenwandel würden die Selkies Mühe haben, sich in dieser Strömung zu halten. Es würde kein leichtes Unterfangen sein. Das war Kleg klar.

Der Führer der Selkies schickte einen Späher aus, um die Ankunft der Echsenmänner zu melden. Kleg wollte bis zum letzten Augenblick warten, ehe sich seine Selkies für den Angriff in die reißenden Fluten stürzten.

Kleg watete sofort in den Fluß. Die Strömung war sehr stark. Wohlig überließ er sich der Umarmung des Wassers und wechselte so schnell wie möglich die Gestalt. Dann schwamm er ans andere Ufer. Es war trotz seiner Kräfte sehr schwierig. Er erklomm erst mehrere hundert Spannen flußabwärts das Gegenufer.

Nachdem Kleg die aufrechte Gestalt wiedergewonnen hatte, ging er zu der schmalsten Stelle des Flusses, wo die Echsenmänner höchstwahrscheinlich die Durchquerung versuchen würden. Da die Verfolger Landbewohner und schlechte Schwimmer waren, würden sie wohl eine Art Fähre bauen müssen. Ein waghalsiger Echsenmann mußte ans andere Ufer schwimmen und eine Leine spannen. Mit Hilfe eines behelfsmäßigen Floßes könnten sie sich dann an der Leine hinüberhangeln. Unweit davon gab es Bäume; aber dennoch würde der Bau des Floßes mehrere Stunden dauern. Damit gewann Kleg einen ausreichend großen Vorsprung, um der Verfolgung zu entkommen. Wenn das Floß kenterte, würden einige Echsen mit Sicherheit den Selkies zum Opfer fallen. Dann würden die Echsen wieder viel Zeit verlieren, das Floß fahrtüchtig zu machen oder ein neues zu bauen. Kleg rechnete mit einem Vorsprung von mindestens einem halben Tag, vielleicht sogar mehr.

Der Erste aller Selkies lächelte. Er winkte seinen Leuten zu und deutete flußaufwärts, damit sie die Strömung einberechnen konnte. Dort sollten sie sich im Gebüsch verstecken und auf die Echsen warten. Sobald das Floß gebaut war, sollten sie ins Wasser gehen und angreifen. Es war ein guter Plan, befand Kleg.

Da er der Urheber dieses hervorragenden Plans war, fühlte sich Kleg berechtigt, noch etwas zu bleiben und die Ausführung zu beobachten. Eine Stunde mehr oder weniger spielte bei dem großen Vorsprung keine Rolle. Falls es Überlebende gab, konnten sie ihn niemals einholen, sollten sie sich überhaupt die Mühe machen.

Kleg suchte sich einen bequemen Platz und wartete mit gewisser Schadenfreude auf das bevorstehende Schlachtfest.

Die Königin ließ Conan und Hok im Käfig zurück und ging davon.

»Sie werden uns *fressen*!« sagte Hok.

»Vielleicht nicht«, meinte Conan. »Die Königin hat angedeutet, daß wir möglicherweise eine Übereinkunft treffen.«

»Sie lügt! Sie hat gesagt, daß ich freigelassen werde, wenn ich ihr erzähle, was die Fischmänner in unserem Wald wollten. Ich habe es ihr verraten; aber dann hat sie mich nur ausgelacht, als ich sie bat, den Käfig zu öffnen.«

Conan nickte. Man konnte der Königin also nicht trauen. Das war gut zu wissen.

»Noch hat man uns nicht verspeist, mein Junge«, sagte er. »Wir werden sehen, was passiert.« Er fegte einige Steinchen beiseite und streckte sich im Käfig aus.

»Was machst du?« fragte Hok erstaunt.

»Ich werde ein bißchen schlafen.«

»Wie kannst du schlafen? Wir müssen einen Weg nach draußen finden!«

»Der Weg führt durch diese Tür dort, mein Junge. Wenn sie kommen und öffnen, können wir den Käfig verlassen. Da ich aber furchtbar müde bin, werde ich bis dahin schlafen.«

»Aber-aber-aber ...«

»Weck mich, wenn sie uns anknabbern wollen.«

Dann schloß der Cimmerier die Augen und fiel in einen leichten Schlaf. Der Junge hatte Angst. Das war durchaus berechtigt. Aber im Augenblick konnte Conan nichts tun. Vielleicht würde er später seine Kraft noch brauchen. Er war sicher, daß die Königin der Pili noch nicht bereit war, schon jetzt aus ihm Suppe zu kochen. Sie hatte vorher noch andere Pläne mit ihm.

Drei Zofen huschten in Thaylas Gemächern umher und machten alles sauber.

»Frische Kissen!« befahl die Königin. »Nehmt dicke. Und verbrennt Räucherstäbchen, die scharfen schwarzen. Beeilt euch!«

Während Thayla zuschaute, wie die Dienerinnen ihr Schlafgemach herrichteten, spürte sie ein aufgeregtes Flattern im Bauch. Ein solcher Hüne von Mann würde ihr zweifellos großes Vergnügen bescheren! Sie konnte es kaum erwarten. Vielleicht behielt sie ihn ein paar Tage bei sich, bis ihr Gatte zurückkehrte. Den Jungen konnten sie zum Mondfest verspeisen; aber dieser Riese aus dem Norden würde nicht gegessen, bis sie ihn bis zu völliger Erschöpfung benutzt hatte. Ganz gleich, wie lange das dauern würde!

Die Königin freute sich unsäglich auf diese Aufgabe.

Die Dinge liefen nicht nach Klegs Plan.

Die Echsenmänner hatten sich nicht die Mühe gemacht, mit einem Schwimmer eine Leine über den Fluß zu spannen. Nun, das war kein großes Problem. Wenn sie genügend Flöße bauten, um alle überzusetzen, oder es ihnen nichts ausmachte, ein Floß für die nächste Überquerung wieder von weiter unten heraufzuschleppen, war ihm das auch recht; denn das kostete viel Zeit.

Aber was war das? Die Echsenmänner trafen keine Anstalten, Bäume zu fällen. Statt dessen holten sie allerlei Dinge aus den großen Kisten, die sie mitgebracht hatten. Vielleicht Zelte? Hatten sie vor, hier so lange zu bleiben, daß sie ein Lager aufschlugen?

Kleg lächelte in seinem Versteck jenseits des Flusses. Das war hervorragend. Er hatte praktisch gewonnen...

Augenblick mal! Was taten sie jetzt?

Ein Dutzend Echsen lief umher. Jede trug so etwas wie einen Blasebalg. Was ...?

Die Echsen pumpten Luft in die Zelte – nein, keine Zelte, sondern große Ledersäcke. Sie waren so genäht, daß sie leicht aufgeblasen werden konnten. Sie ähnelten etwas plattgedrückten ovalen Eiern...

Sie wollten den Fluß nicht auf einem Floß, sondern mit Hilfe dieser Schwimmblasen überqueren. Damit würden seine Selkies weniger Probleme haben als mit einem Holzfloß. Ein Biß – und die Ledersäcke platzten wie Seifenblasen!

Das mußte Kleg sehen! Es würde ein wahres Schlachtfest werden!

In wenigen Minuten war über ein Dutzend Schwimmblasen prall. Acht oder neun Echsen sammelten sich bei jeder Schwimmblase und schoben diese an den Uferrand. Kleg wurde ganz aufgeregt. Wie schön wäre es jetzt, wenn er auch durchs Wasser gleiten und an dem großen Fressen teilnehmen könnte!

Aber die Echsenmänner ließen die Blasen nicht ins Wasser gleiten, wie er erwartet hatte. Einer brachte einen großen irdenen Topf. In diesen tauchten sie die Spitzen ihrer Wurfpfeile. Irgendein Ritual?

Klegs Augen wurden groß, als er erkannte, was dort geschah.

Die Pfeilspitzen kamen glühend rot aus dem Topf.

Gift!

Jetzt begannen die Echsenmänner mit der Überfahrt. Drei oder vier paddelten auf jeder Schwimmblase, die anderen vier oder fünf standen da, die Katapulte mit den Giftpfeilen in der Hand, und beobachteten das Wasser.

Kleg konnte es nicht fassen. Inzwischen hatte der Späher den Selkies die Ankunft der Feinde gemeldet, und seine Leute schwammen inzwischen bereits im Fluß und bereiteten den Angriff vor. Um in die Schwimmblasen zu beißen, mußten die Selkies sich auf den Rücken legen. Dabei war der Bauch schutzlos preisgegeben. Die Blasen tanzten hoch oben auf den Wellen. Die Selkies mußten dicht an die Oberfläche kommen, um hineinbeißen zu können.

Kleg war klar, daß er eigentlich sofort loslaufen mußte, um einen möglichst großen Vorsprung herauszuholen; aber er saß wie angewurzelt da und konnte die Augen nicht abwenden.

Die erste Schwimmblase trieb schnell flußabwärts. Plötzlich schleuderten die Echsenmänner mit lautem Kriegsgeschrei die vergifteten Pfeile ins Wasser.

Die Schwimmblase verlor Luft. Die Echsen schrien, als sie ins Wasser fielen. Dann sah Kleg vier von seinen zwölf Selkies, den Bauch nach oben, dahintreiben; die langen Pfeile steckten in ihnen.

Noch mehr Schwimmblasen wurden zu Wasser gelassen, noch mehr Pfeile abgefeuert. Einige Echsen stürzten in die Fluten, weil ihr schwimmender Untersatz Luft verlor; aber die meisten paddelten aufs gegenüberliegende Ufer zu.

Jetzt gelang es Kleg, auf die Beine zu kommen. Mindestens die Hälfte der Echsenmänner würde die Überfahrt überleben; aber wahrscheinlich würden alle seine Selkies mit den Fischen schlafen, wenn alles vorüber wäre.

Kleg hatte sich verrechnet. Jetzt waren die Verfolger nur noch Minuten hinter ihm.

Er lief um sein Leben.

ZEHN

Als Conan aufwachte, fühlte er sich angenehm gestärkt. Hok betrachtete ihn nervös. Er wollte den Jungen beruhigen.

»Keine Angst, Hok. Ich habe einen Plan«, sagte er.

Hoks Augen wurden groß. »Wirklich?«

»Ja. Wenn uns die Echsenmänner holen wollen, müssen sie die Tür öffnen. Wir tun dann so, als ob wir uns gehorsam fügen. Sobald wir draußen sind, überwältige ich sie, und wir fliehen.«

Der Junge starrte ihn mit offenem Mund an. »*Das* ist dein Plan?«

»Ist doch ganz einfach, oder?«

»Einfach schwachsinnig paßt besser«

»Ich bin bereit, mir andere Vorschläge anzuhören«, murrte Conan, verärgert über Hoks Antwort.

»Warum verwandeln wir uns nicht in Vögel und fliegen weg? Oder in Eichhörnchen? Das ist genauso erfolgversprechend wie dein Plan.«

»Für einen so kleinen Jungen hast du eine reichlich scharfe Zunge, Hok!«

»Für einen so großen Mann scheint dein Verstand erstaunlich klein ...«

»Ssscht! Da kommt jemand.«

Hok verstummte. Beide lauschten auf die Schritte, die näher kamen.

Es war die Königin, und sie war allein.

»Ich bin gekommen, um dich in meine Gemächer einzuladen, mein schöner starker Conan.«

»Die Einladung nehme ich mit Freuden an«, sagte Conan. »Wenn Ihr jetzt die Tür öffnet ...«

»Oh, du kannst dich darauf verlassen: Ich werde sie für dich ganz weit öffnen.« Die Königin lächelte.

Conan mußte sein Lächeln nicht vortäuschen. Das gelang ja auf Anhieb!

Die Königin der Pili hob die rechte Hand und ballte eine Faust. »Aber zuvor brauche ich eine Garantie, daß du auch willig bist.« Sie warf dem Cimmerier Staub ins Gesicht.

Ehe Conan so recht wußte, wie ihm geschah, hatte er den Staub bereits eingeatmet. Er mußte niesen; aber es war zu spät. Der Staub der Königin raubte ihm das Bewußtsein. Sein letzter Gedanke war noch: Vielleicht ist die Flucht doch schwieriger, als ich dachte.

Als der Cimmerier diesmal erwachte, lag er auf seidenen Kissen neben der Königin der Pili. Wie sie war er völlig nackt. Er fühlte sich ziemlich erschöpft.

Die Königin lächelte ihn an. »Ah, endlich erwacht mein starker Held.«

Conan starrte sie verständnislos an. Seine Gedanken waren wirr. Sie hatte ihn mit ihrem Zauberstaub betäubt. Danach hatte sie ihn offenbar in ihr Schlafgemach geschafft.

»Du warst phantastisch«, sagte Thayla und strich ihm mit den Fingerspitzen über die Schulter. »Keiner war je besser.«

»Ich habe doch nichts getan«, stieß der Cimmerier hervor.

»Du bist zu bescheiden. Du mußt dich doch erinnern!«

»Ich weiß nur, daß Ihr mir Staub ins Gesicht geworfen habt.«

»Und danach nichts mehr? Also, wenn du dich so benimmst, wenn du schläfst, bin ich wirklich gespannt, was du in wachem Zustand leistest.«

Conan schüttelte den Kopf, um wieder klar zu denken. Wovon redete die Königin?

Thayla rollte sich zu ihm und zeigte ihm genau, was sie gemeint hatte.

Kleg rief die Verwünschungen von zehntausend Göttern auf die Echsenmänner herab; aber er blieb nicht lange genug, um mit eigenen Augen zu sehen, ob diese Flüche sich erfüllten. Anfangs hatte er noch überlegt, sich irgendwo zu verstecken. Mit Sicherheit war es schwieriger, einen einzelnen Selkie aufzuspüren als ein Dutzend; aber er hatte keine Ahnung, wie gut die Pili im Spurenlesen waren. Daher wollte er das Risiko lieber nicht eingehen. Nein, Geschwindigkeit war sein bester Verbündeter. Ein Selkie konnte bestimmt so schnell vorwärtskommen wie eine Abteilung Echsen, besonders wenn diese nur auf Beute aus waren, er aber um sein Leben rannte.

Kleg bahnte sich den Weg durch dichten Wald, als sich der Tag dem Abend zuneigte. Seinen Atem mußte er bei der körperlichen Anstrengung schonen; aber seine Gedanken waren unentwegt damit beschäftigt, neue Verwünschungen auf seine Verfolger herabzurufen.

Conan erhob sich vom Bett der Königin. Er war ziemlich müde. Rasch zog er sich an. Die Wirkung der Droge war längst verflogen; aber die Königin war jetzt erst eingeschlafen.

Er fand sein Schwert unter einem Kissen, das irgendwann durch den Raum geflogen war. Wahrscheinlich waren vor der Tür Wachen postiert; aber sie hatten offenbar strikten Befehl, nur auf ausdrückliche Aufforderung einzutreten. Wäre nur Lärm das Signal gewesen, hätten sie schon ein dutzendmal hereinstürmen müssen.

Conan grinste. Er konnte nicht behaupten, daß der Besuch bei der Echsenfrau unangenehm gewesen war. Es fiel ihm ausgesprochen schwer, in ihr keine Menschenfrau zu sehen, vor allem wenn er daran dachte, wie sie sich benommen hatte.

Der Cimmerier steckte den Kopf durch den Eingang des Schlafgemachs. Ja, da standen zwei Wächter. Einer links und einer rechts von der Tür. Leise sagte Conan: »He, hört mal her! Die Königin läßt euch etwas ausrichten.«

Die beiden Wachen schauten sich an, dann den Cimmerier.

Conan winkte ihnen, näher zu kommen. Er grinste wie ein Verschwörer.

Die beiden Wachposten grinsten zurück. Offensichtlich hielten sie sich für Männer, die sich mit Weibergeschichten auskannten. Dann beugten sie sich vor.

In diesem Augenblick packte der Cimmerier sie im Genick und schlug ihre Köpfe zusammen. Die beiden sanken wie Ochsen unter dem Beil des Metzgers bewußtlos zu Boden.

Eilends lief Conan den Gang hinunter, um Hok zu holen.

Als Thayla erwachte, lächelte sie. Wer hätte gedacht, daß ...?

Wo war er?

Jäh setzte sie sich auf. Conan war weg! Wie war er entkommen?

»Wachen! Zu mir!«

Nichts. Thayla sprang aus dem Bett und lief zur Tür.

Die beiden Posten lagen bewußtlos auf dem felsigen Boden der Höhle.

Beim Großen Drachen!

»Zu den Waffen!« schrie Thayla. Sie mußte ihn finden, und zwar schnell. Es war unmöglich, daß ein Mensch frei umherlief, der darüber reden konnte, was er mit der Königin der Pili angestellt hatte. Wie schrecklich, wenn er das auch noch den falschen Ohren erzählte!

Den Ohren ihres Gatten!

»Zu den Waffen!«

Conan lief mit Hok durch die Wüste nach Osten.

»Wie hast du die Flucht geschafft?« fragte Hok. »Hast du die Königin mit deinem Schwert erledigt?«

»Spar dir den Atem fürs Laufen, Junge.«

»Zum Zuhören brauche ich nicht mehr Luft.«

»Dann frag deine Schwester, wenn du sie siehst. Nein, frag lieber deinen Bruder Tair.«

Wenn Kleg die ganze Nacht weiterlief, konnte er am Morgen das Dorf Karatas am heimatlichen See erreichen. Dort war er in Sicherheit. Obwohl in dem Dorf viele Menschen lebten, gab es auch einige seiner Art dort. Außerdem waren alle Einwohner Ihm dem Schöpfer untertan. Sobald er am Sargasso war, wollte er seine Gestalt wechseln und im See zum unterirdischen Eingang des Palastes schwimmen. Den Talisman konnte er dabei sicher zwischen den Zähnen halten. Es gab zwar einige Wesen, die sogar einen verwandelten Selkie angriffen; aber nicht viele. Und keiner würde es wagen, Kleg im offenen Wasser anzufallen. Ja, noch ein paar Stunden, dann wäre er in Sicherheit.

Als die Dunkelheit die Erde grau und schwarz färbte, lief Kleg unter Aufbietung aller seiner Kräfte weiter dahin. Daheim konnte er sich ausruhen, jetzt aber bedeutete eine Verzögerung den sicheren Tod.

Erst als Thayla ganz sicher wußte, daß weder Conan noch der Junge in den Höhlen waren, rief sie ein Dutzend der noch vorhandenen Pili-Männer zu einem Suchtrupp zusammen.

»Wir müssen unbedingt den entflohenen Mann und den Jungen finden«, erklärte sie. »Das ist sehr wichtig.«

Einige Männer lachten; aber Thayla warf ihnen einen so vernichtenden Blick zu, daß sie schnell verstummten. »Falls die beiden *nicht* wieder eingefangen werden, sage ich dem König, daß ihr sie habt entkommen lassen.«

Die jungen Pili machten betroffene Gesichter. Thayla wußte, was in ihren Köpfen vorging: Was auch immer geschah – sie war die Königin, und sie hatte den König dort fest im Griff, wo Männer besonders empfindlich sind. Wem also würde der König glauben, wenn es hart auf hart ging?

»Ich werde selbst den Suchtrupp anführen«, fuhr Thayla fort. Dann machte sie eine Pause, um die Ungeheuerlichkeit einsinken zu lassen, daß eine Frau den Oberbefehl über Männer führte. Falls einer von ihnen Einwände hatte, äußerte er sie nicht. Die Königin traute den jungen Pili nicht. Sie wollte mit eigenen Augen sehen, daß der Cimmerier tot war, nicht nur davon hören.

»Gut, brechen wir auf!« erklärte die Königin der Pili.

Und so geschah es.

Dimma war in der Schatzkammer. Plötzlich hatte er eine schreckliche Vorahnung. Sein erster Diener befand sich in Gefahr.

Mittels seiner Willenskraft bewegte Dimma sich zur Tür. Auf diese Weise konnte er sich langsam fortbewegen. Allerdings lenkte ihn jeder Windhauch in eine andere Richtung. Er würde es sicherlich spüren, wenn

Kleg tot war. Dies schien aber nicht der Fall zu sein. Wenn Kleg den magischen Samen in seinen Besitz gebracht hatte, würde er auch alles dransetztten, diesen seinem Herrn zu bringen. Sollte Dimma ihm einige Selkies entgegenschicken, um ihm zu helfen, falls sein Leben in Gefahr war? Dem Nebelmagier bedeutete das Leben eines Selkie nichts, selbst wenn es sich um den Ersten handelte. Auch dieser konnte jederzeit ersetzt werden. Immer gab es Selkies, die in diese Stellung aufrücken konnten.

Alle, die Dimma dienten, kannten die Strafe für Versagen. Sie sollten es keine Sekunde lang vergessen. Man konnte gar nicht genug Exempel statuieren, um die Selkies daran zu erinnern. Wenn Kleg versagt hatte, würde man die Reste seiner Leiche so aufhängen, daß alle sie sehen mußten. Sollte er seinen Auftrag aber erfolgreich beenden haben, würde er ehrenvoll und mit Ruhm bedeckt in die Tiefe des Sees entlassen werden. Was konnte sich ein Selkie mehr wünschen als den Dank seines Gottes?

Elf

Conan und Hok waren nicht weit gelaufen, als sie die Verfolger bemerkten. Der Cimmerier wollte das Schwert zücken, hielt jedoch inne.

»Wart mal!« sagte Conan.

Ein Gruppe von zehn Gestalten näherte sich ihnen rasch. Plötzlich erschien auf Hoks Gesicht ein strahlendes Lächeln.

»Cheen!«

In der Tat waren es die Baumleute, wie Conan sogleich erkannt hatte.

Im nächsten Augenblick waren Bruder und Schwester wieder vereint. Cheen schloß Hok sogleich in die Arme. Alle lächelten und waren glücklich.

Cheen umarmte auch den Cimmerier. »Ich danke dir, Conan, daß du meinen Bruder gerettet hast!«

Trotz der gerade überstandenen Nacht mit der Echsenkönigin wurde Conan bei Cheens Umarmung warm. Auch er schlang die Arme um die Frau und drückte sie an sich.

Cheen löste sich aus Conans Armen und blickte ihm forschend ins Gesicht. »Wir beratschlagten gerade, wie wir in die Höhlen der Pili hineingelangen könnten, als wir dich und Hok weglaufen sahen. Wie ist dir die Flucht gelungen?«

»Die Königin hat ihn mitgenommen«, sagte der Junge, ehe Conan antworten konnte. »Mir will er aber nicht erzählen, wie er es geschafft hat; aber die beiden waren lange weg und ...«

»Das erkläre ich euch alles später«, unterbrach ihn Conan rasch. »Jetzt halte ich es für das beste, wenn wir schleunigst aufbrechen.«

Cheen schaute ihn erstaunt und zweifelnd an; aber dann nickte sie. »Ja, Tair und der Rest sind den Spuren der Selkies gefolgt. Sie werden unsere Hilfe brauchen.«

»Und die Echsenmänner werden uns mit Sicherheit auch verfolgen«, meinte Conan.

»Zumindest haben wir die Hälfte unseres Ziels erreicht«, sagte Cheen und fuhr Hok durchs Haar. »Ich bin froh, daß ich dich wiederhabe, kleiner Bruder.«

Sie machten sich auf den Weg.

Kleg lief die ganze Nacht lang weiter. Das war auch gut so; denn die Verfolger waren kaum weiter als eine halbe Stunde hinter ihm. Wußten sie überhaupt, daß es ihn gab? Bei der Durchsuchung der toten Selkies hatten sie den Talisman nicht gefunden. Zweifellos würden die Echsenmänner die Suche nach diesem kostbaren Gegenstand nicht aufgeben.

Als die Morgendämmerung anbrach, wurden Klegs Schritte kürzer. Trotz seiner großen Kraft hatte die Flucht ihn ziemlich erschöpft. Doch jetzt lag das Ziel dicht vor ihm. Die hohe Palisade von Karatas erhob sich vor ihm im morgendlichen Dunst.

Östlich des Dorfes lag ein felsiger Hügel. Bei näherem Hinschauen entpuppte sich der Hügel als ein riesiger Monolith. In den ersten Strahlen der verschlafenen Sonne sah man, daß der Felsbrocken tiefschwarz und glänzend war. Gegen das Grün von Bäumen und Gras wirkte er wie ein dunkler Fleck auf dem blassen Arm eines Albinos. Kleg wußte, daß das Dorf seinen Namen von diesem Naturwunder erhalten hatte. Karatas hieß ›Schwarzer Fels‹ in der Sprache der Menschen, die sich als erste in dieser Gegend niedergelassen hatten.

Kleg lief mit letzter Kraft auf die hohe Holzwand zu. Der magische Talisman schlug ihm in seinem Lederbeutel am Gürtel gegen den Bauch. Fast war er in Sicherheit! Zugegeben, er hätte irgendwo in den Kratersee tauchen und sich durch die Sargasso-Pflanze einen Weg zum Dorf bahnen können. Aber diese unerforschte grüne Welt barg viele Gefahren. Die sichersten Tunnel begannen dort, wo das Dorf ans Wasser stieß. Sobald Kleg sich im Dorf befände, konnten die Echsenmänner die Verfolgung aufgeben. Für einen einzelnen Pili würden die Wächter das Tor vielleicht öffnen, niemals aber für eine Schar Bewaffneter. Die Dorfältesten von Karatas wollten innerhalb ihrer Palisaden keinen Ärger mit Fremden. Das wußten die Pili ebenfalls.

Die Palisadenpfähle ragten vor Kleg in die Höhe. Er stand vor dem kleineren Tor, das ins Dorf führte.

»Ho, Wache!«

Ein fetter bärtiger Mann mit einem kochtopfähnlichen Rundhelm beugte sich über das Geländer und schaute zu Kleg herunter. »Ja, hier ist die Wache. Wer da?«

»Kleg, Erster Diener des Schöpfers, bittet um Einlaß!«

Der Posten zog den Kopf zurück. Gleich darauf quietschte der lange Bronzeriegel, der die kleine Tür verschlossen hielt, in den Halterungen. Dann schwang die mit Eisen beschlagene Tür in den geölten Scharnieren nach außen auf. »Komm herein, Erster!«

Kleg lächelte, als er das Dorf betrat. Man kannte ihn hier. Niemand wollte Ärger mit seinem Herrn und Meister bekommen, auf dessen Gnade sie alle angewiesen waren. Wenn Er der Schöpfer es wollte, konnte er auf magische Art und Weise das Dorf so leicht hinwegwischen, wie ein Selkie einen Wasserkäfer zerquetschte. Das wußten alle, die in Karatas lebten.

Nachdem sich das Tor hinter Kleg geschlossen hatte, fühlte er sich erleichtert. Ehe er in den Sargasso ging, wollte er sich hier etwas ausruhen, etwas essen und trinken. Er konnte es sich leisten, einen Ruhetag in einer Herberge einzulegen, da das Ende seines Auftrags so nahe war. Ja, morgen würde er dann vor seinen Herrn treten und ihm den Talisman der Baumleute überreichen.

Conan sah die Oase in der Ferne. Er, Cheen und die anderen waren in der grauenvollen Hitze schon lange durch die Wüste marschiert, als er den grünen Fleck der Bäume entdeckte, welche um einen Teich standen, der von einem Brunnen gespeist wurde. Dort wollten sie sich etwas ausruhen.

Die Männer und Frauen der Baumleute füllten ihre Wasserschläuche, nachdem sie ihren Durst gestillt und sich in der Kühle etwas erholt hatten. Cheen nahm den Cimmerier beiseite.

»Ich möchte so schnell wie möglich weiter, aber wir sollten doch bis zum Abend hierbleiben und ausruhen«, sagte sie. »Die Wüste trinkt das Leben eines jeden, der während des Tages durch diese Gegend marschiert.«

Conan nickte. Er hatte kein Anzeichen dafür entdecken können, daß die Pili sie verfolgten. Und Cheen hatte recht: Die Wüste durchquerte man besser im kühlen Licht des Mondes als in der Bruthitze seiner heißen Schwester, der Sonne.

»Aber jetzt erklär mir, was Hok über die Königin der Pili sagte«, bat Cheen und legte die Hand auf Conans Arm. »Dort drüben ist ein stilles Plätzchen. Siehst du, unter dem blühenden Busch? Dort stört uns keiner.«

Conan betrachtete die Rundungen von Cheens Busen unter der dünnen Bluse, die sehnigen Glieder und ihr strahlendes Lächeln. Vielleicht mußte er die Erzählung mit einer Demonstration erläutern. Obwohl er beschlossen hatte, sich mit keiner Frau näher einzulassen, erschien ihm in diesem Augenblick der Gedanke durchaus verlockend.

»Ja, warum nicht?« Er lächelte zurück.

Thaylas Spurenleser war auf die Stelle gestoßen, wo Conan und der Junge mit anderen Baumleuten zusammengetroffen waren. Jetzt war diese Abteilung zahlenmäßig ebenso stark wie ihre eigene. Die Pili nahmen sofort die Verfolgung auf; aber wenige Minuten später erhob sich ein starker Wind. Im Nu waren die Spuren der beiden Flüchtlinge und ihrer neuen Kameraden im Sand verweht.

Königin Thayla führte ihre Truppe durch die Wüste. Wut und Angst brachten ihr heißes Blut zum Brodeln. Wie konnte dieser Mann es wagen, sie zu verlassen, ehe sie mit ihm fertig war? Und was würde geschehen, wenn ihr Gatte diesen Cimmerier zufällig irgendwo traf?

Ein Mann trat zu ihr. »Sollten wir nicht zur Oase ziehen, Mylady?«

Die Königin schüttelte den Kopf. »Wir sind Pili. Wir können die Wüste ohne Wasser durchqueren.«

»Verzeiht, Mylady, das ist wahr. *Wir* können das, aber die Menschen haben vielleicht …«

»Wir werden an der Oase vorbeigehen«, erklärte Thayla. »Dadurch gewinnen wir einen Vorsprung und können ein Falle aufbauen.«

»Aha, das ist sehr klug«, meinte der junge Pili.

Thayla machte sich nicht die Mühe, auf seine Schmeichelei einzugehen. Wenn sie wirklich klug gewesen wäre, könnte sie sich jetzt an köstlichem Braten aus Menschenfleisch mästen und müßte nicht in der Wüste dem Abendessen hinterherjagen.

Dimma ließ von dem Palast im Sargasso einen magischen Ruf erschallen. Ihm gehorchten sehr viele übernatürliche Geschöpfe, die ihre Existenz früheren Kunststücken des Nebelmagiers verdankten. Aus der Tiefe des Sees krochen die Sirenen herauf. Die Aale der Macht gesellten sich zu ihnen. Schließlich kam noch der gigantische, allesverschlingende Kralix.

Die Sirenen waren halb Fisch, halb Frau. In der Luft vereinten sich ihre Stimmen zu einem Konzert, welches gleichsam hypnotisch alle anlockte wie offener Honig die Fliegen. Wenn ein unvorsichtiger Mensch den Sirenen in die Fänge geriet, war er kurz darauf tot. Die dämonischen Sängerinnen waren nämlich Blutsauger. Über ein Dutzend schwamm jetzt herauf, um dem Ruf ihres Herrn und Meisters Folge zu leisten.

Die Aale der Macht wurden, wenn sie ausgewachsen waren, so lang wie ein großer Mann und so dick wie sein Arm. In jedem Aal steckte genügend Energie, um Blitze hervorzubringen, die denen eines Gewitters durchaus gleichkamen. Berührte man einen Aal im Wasser, erhielt man einen starken Stromschlag, welcher kurz betäubte und dann tötete. Von diesen Aalen folgten zwanzig dem Ruf Dimmas.

Der Kralix war ein Einzelstück. Er war doppelt so groß wie ein Ochse, seine Haut schimmerte grünlichgrau mit einigen Flecken. Er verschlang Pflanzen oder Fleisch mit gleichem Appetit. Außerdem war er an Land ebenso schnell wie im Wasser. Äußerlich glich er einem Wesen, das Wolf, Bär und Kröte als gemeinsame Eltern gehabt haben mochte, falls die drei sich je gepaart hätten. Sein Fluch war, daß er weder Freude noch Schmerz empfinden konnte. Der Kralix fühlte nur Hunger. Wenn er diesen stillen konnte, fraß er so lange, bis er fast das Bewußtsein verlor. Das Ungeheuer war ein amphibischer Alptraum. Kein anderes Geschöpf im See kam ihm an Kraft gleich, und auch an Land gab es nur wenige.

Dimma schickte seine Diener in die Sargassowelt. Sie sollten sich zu dem Dorf begeben, das am Ufer lag. »Geht nach Karatas«, befahl er. »Sucht dort meinen Ersten Selkie und eskortiert ihn zu mir.«

Gehorsam machten sich alle auf den Weg.

Dimma schwebte in den Thronsaal. Die Sirenen und die Aale mußten im See bleiben; aber der Kralix konnte sich auch an Land bewegen. Sein Auftauchen im Dorf würde für einiges Aufsehen sorgen. Dimma lächelte bei diesem Gedanken. Wenn der Kralix genügend Zeit hatte, konnte er sich sogar durch die Palisade fressen. Dimma hatte ihm die Essenz des Ersten gegeben, damit er ihn aufspüren konnte. Wo auch immer Kleg war – der Kralix würde ihn finden. Und wehe jedem, der sich diesem Monster in den Weg stellte …

Unter dem blühenden Busch in der Oase lag der Cimmerier. Er stützte sich auf einen Ellbogen und lächelte Cheen an. Wie erhofft, hatte er seinen Bericht über das Abenteuer mit der Echsenkönigin mit einer Demonstration beenden können, bei der Cheen begeistert mitgemacht hatte.

Auch Cheen lächelte. »Seit wir uns zum erstenmal begegnet sind, habe ich mir Fragen über dich gestellt.«

»Und jetzt?«

»Jetzt ist meine Neugier gestillt, auf sehr angenehme Weise.«

Conan fragte sich, wie es mit dem zweiten Teil ihrer Suche weitergehen sollte, nachdem sie Hok ja wiedergefunden hatten. »Was ist mit dem magischen Talisman?«

Cheen setzte sich auf und zog sich an. Conan tat das

leid, denn er fand sie ohne Kleidung sehr viel hübscher. Frauen mit den Muskeln an den richtigen Stellen gefielen ihm. Sie waren attraktiv und nützlich.

»Ich stehe mit dem Samen in unsichtbarer Verbindung«, sagte Cheen. »Wo auch immer er ist, ruft er mich, wenn ich genügend nahe bin.«

Das würde die Aufgabe ein wenig erleichtern. Das sagte er auch Cheen.

Cheen hatte sich fertig angezogen. »Wir sollten uns noch etwas ausruhen«, sagte sie. »Wenn die Sonne sich schlafenlegt, ziehen wir weiter.«

Conan nickte. Er legte sich auf das Polster aus Blättern und war Sekunden später tief eingeschlafen, ohne daß ihn Träume quälten.

Kleg saß allein in der Ecke einer kleinen Herberge, die aus irgendeinem Grund, an den sich niemand mehr erinnerte, *Zum Hölzernen Fisch* hieß. Der Wirt war ein kräftiger kahlköpfiger Mann mit Pockennarben, nicht mehr jung. Er stellte eine Platte mit gekochtem Aal und rohen Muscheln sowie einen Krug mit Kral vor den Selkie. Das war ein starker, würziger Trank, den Kleg und seine Artgenossen sehr schätzten. Kleg hatte gehört, daß Menschen sich über Kral beschwerten, weil er für sie wie der Inhalt eines Nachttopfs schmeckte. Für einen Selkie war das Getränk frisch und süß, weitaus besser als die essigähnlichen Weine, die die Menschen zu trinken pflegten.

Kleg fühlte sich so wohl wie seit Tagen nicht mehr. Er hatte etwas zu essen, zu trinken und eine Kammer für einen Tag. Wenn sein Hunger und Durst gestillt war, konnte er sich dort ausschlafen, während der Sand des Tages nach unten rieselte. Am kühlen Abend wollte er aufstehen, ein paar alte Freunde besuchen und im Morgengrauen den letzten Teil seiner Reise zurücklegen. Ja, diese Ruhepause hatte er sich wirklich verdient. Ein einziger Tag mehr bedeutete nichts im Vergleich zu der Zeit, in der er diese wichtige Mission durchgeführt hatte. Mochte Er der Schöpfer über Klegs Langsamkeit schimpfen. Bei der Freude über den Erfolg bedeuteten diese Worte nichts. Außerdem würde Er der Schöpfer nicht wollen, daß Kleg den kostbaren Talisman beim Schwimmen verlor, weil er zu müde und zu erschöpft war. Damit konnte er seinen Herrn bestimmt überzeugen.

Nachdenklich kaute der Selkie auf einem Stück Aal herum. Der Aal war schlecht gekocht und grauenvoll gewürzt; aber das spielte nun auch keine große Rolle mehr. In wenigen Tagen würde Kleg in völliger Freiheit im Sargasso umherschwimmen und sich an frischer Beute laben, die mit warmem Blut gewürzt war. Bei diesem Gedanken lächelte Kleg. Im flackernden Schein der Kerzen blitzten die weißen Zähne.

Zwölf

Thayla hielt ihren Plan, die Oase zu umgehen und dann den Flüchtigen und neuen Gefährten eine Falle zu stellen, für großartig. Die Königin der Pili war zuversichtlich, daß der Kampf kurz und blutig sein würde. Hinterher würde es mehr Fleisch geben, als ihre Leute seit vielen Monden gegessen hätten. Aus der Katastrophe würde ein Triumph werden. Wenn ihr törichter Gatte zurückkam, brodelte der Beweis für ihr ungehöriges Benehmen im Kessel oder röstete am Spieß. Ja, in der Tat, mit so viel Fleisch, wie diese Schar lieferte, nachdem sie ihr in die Falle gegangen wäre, hätte sie einen Triumph, mit dem sie ihren Gemahl viele Jahre lang unter Druck setzen konnte, besonders falls es ihm nicht gelingen würde, den Talisman der Baumleute zurückzubringen.

Wenn ein Reisender den kürzesten und vernünftigsten Weg von hier nach Osten wählte, mußte er mehrere Wanderdünen überwinden. Diese hatte er allerdings in weniger als einer halben Stunde hinter sich gebracht. Die trügerischen Sanddünen lagen jetzt vor Thayla und ihrer Schar. Bis zur Spitze waren diese feinen Sandberge über zwölfmal so groß wie ein Pili. Der Wind veränderte ständig ihre Gestalt, manchmal von Tag zu Tag. Dadurch bewegten sich die Dünen langsam aber sicher dahin. Wo sie sich jetzt befanden, waren sie vor zwanzig Wintern noch nicht gewesen. Zwischen den Dünen bildeten sich Täler. Diese wurden zu natürlichen Pfaden.

Als Thayla die Wanderdünen erreichte, folgte sie ein Stück dem breitesten Pfad. »Hier«, erklärte sie. Dann wies sie ihren Leuten die geeigneten Stellungen zu.

»Du, du und du! Ihr klettert dort hinauf und versteckt euch auf dem Kamm. Ihr steigt dort drüben hinauf. Ihr vier sucht dort oben Deckung. Und ihr drei kommt mit mir hierher.«

Das Dutzend Pili wurde so aufgestellt, daß die Flüchtigen von allen Seiten umstellt wären, sobald sie das Tal betreten hätten.

»Ach ja, für jenen von euch, der den Riesen durchbohrt, der aus unserer Höhle geflohen ist, gibt es eine Sonderbelohnung.«

Mit diesem Versprechen hatte die Königin sichergestellt, daß alle Männer sich auf Conan konzentrierten. »Sollte er jedoch abermals entkommen, werde ich aus euren Häuten eine Decke für die Korga-Zwinger machen lassen.« Das genügte.

Thayla war sicher, daß der Angriff ihrer Männer von der Höhe herab ihr einen Vorteil verschaffte. Wenn sie nicht alle Feinde erledigten, würde zumindest dieser Cimmerier den sicheren Tod finden. Das war am wichtigsten.

Als die Sonne sich langsam zur nächtlichen Ruhe niederließ, stieg Thayla selbst auf eine Düne und wartete.

Conan und seine kleine Gruppe von Baumleuten marschierten in der Nacht durch die Wüste. Ihre Wasserschläuche waren voll, die kühle Luft war angenehm. Unter dem fahlen Licht des Mondes erkannte der Cimmerier eine Reihe von Hügeln in der Ferne.

»Die Wanderdünen«, sagte Cheen. »Das bedeutet, daß wir bald das Ende der Wüste erreicht haben. Bei Tagesanbruch haben wir sie hinter uns.«

Conan betrachtete die Dünen. Dabei lief es ihm so

eiskalt über den Rücken, wie es die Nachtluft allein nicht vermochte. »Das gefällt mir überhaupt nicht«, sagte er.

Cheen blickte den Cimmerier überrascht an. »Ich verstehe nicht, was du meinst.«

»Wenn man nachts gefahrlos marschieren will, ist das nur möglich, wenn man weit schauen kann«, erklärte er. »Aber diese Dünen dort vorn versperren uns den Blick.«

»Na und?«

»Na und? Wir haben bis jetzt noch kein Anzeichen gesehen, daß die Pili uns verfolgen.«

»Für dieses Glück sollten wir der Grünen Göttin dankbar sein. Vielleicht haben die Pili beschlossen, euch nicht zu verfolgen.«

»Möglich; aber die Königin der Pili ist meiner Meinung nach keine Frau, die uns straflos fliehen läßt.«

»Und zu welchem Schluß führt dich deine Besorgnis?«

Conan zuckte mit den Schultern. »Die Pili wissen, daß wir sie in der Weite der Wüste aus großer Entfernung sehen könnten und uns dann auf Verteidigung einstellen würden. Aber in diesen Sandhügeln können sie sich verstecken und warten, bis wir ganz nahe sind. Wir würden dann in eine Falle laufen.«

»Du machst dir unnötige Sorgen. Es ist höchst unwahrscheinlich, daß in diesen Dünen Pili auf der Lauer liegen.«

»Unwahrscheinlich vielleicht; aber nicht unmöglich.«

»Was sollen wir deiner Meinung nach tun?«

»Einen Bogen um die Dünen machen.«

»Das ist keine gute Idee. Wenn wir außen herumgehen, kostet uns das mehrere Stunden. Wir müßten mindestens einen halben Tag länger in der Wüstensonne schmoren.«

Conan schüttelte den Kopf. Warum mußte er sich in letzter Zeit pausenlos mit Frauen streiten? Die Frauen hatten anscheinend Spaß daran, glühend ihre Meinung zu verteidigen. Es war doch besser, einen halben Tag lang in der Wüstensonne zu schmoren, als die Knochen auf ewig im Sand bleichen zu lassen! Aber das sagte er nicht laut. Statt dessen lockerte er das Schwert in der Scheide und schwor sich, durch diese Dünen mit besonderer Vorsicht zu gehen, ganz gleich, was Cheen sagte.

Der Mann, der mutterseelenallein am Haupttor von Karatas Wache schob, langweilte sich. Das konnte man ihm auch schlecht verübeln. Schließlich war das Dorf zum letztenmal in den Zeiten seines Großvaters von einem äußeren Feind bedroht worden. Das Dorf stand unter dem Schutz des Nebelmagiers. Vielleicht hätten Banditen sich von der hohen Palisade nicht abschrekken lassen, aber vor Dimmas Macht hatten sie Angst. Die Gegend hier war so abgelegen, daß kein König mit seinem großen Heer oder ein feindlicher Magier sich wegen eines unbedeutenden Dorfs am Ufer eines großen Sees die Mühe machen würde, dieses Dorf zu erobern, zumal es dort keine Schätze zu holen gab. Naja, was haben wir schon zu bieten? dachte der Posten – und sein langweiliger Dienst ließ ihm viel Zeit zum Nachdenken, obgleich sein Kopf eher mühsam arbeitete. Ein paar üppige Frauen, gute Weine und ein bißchen Gold. Alle drei Dinge stellten keine so vielversprechende Beute dar, daß ein König eine Armee ausrüsten und damit anrücken würde.

Der Posten hatte diesen Gedankengang schon mehrmals während dieser Wache verfolgt. Als ein einzelner Pili im silbrigen Mondschein vor der Palisade auftauchte, war er nicht beunruhigt. Im Bart des alten Wachpostens glänzten bereits Silberfäden. Er hatte den

Beruf angetreten, als ihm gerade ein leichter Flaum auf den Wangen gesprossen war. Ein betrunkener Bauer, der ihn mit verfaulten Melonen beworfen hatte, war der gefährlichste Gegner seiner langen Dienstzeit gewesen.

Der alte Wächter hatte schon mehrmals Echsenmänner zu Gesicht bekommen. Allerdings verirrten sie sich selten in diese Gegend. Ungefähr ein halbes Dutzend hatte während seiner Wache das Tor passiert. Daher geriet der Mann beim Anblick des einen Pili nicht in Panik, obwohl dieser sich mit eindrucksvoll königlicher Haltung näherte.

»Ho, Wache?«

»Ja, hier!« rief der Posten hinab. »Was wollt Ihr hier?«

»Ich muß einem Fischmann eine dringende Botschaft überbringen. Gestatte mir, einzutreten.«

Obwohl der Echsenmann ein langen Speer trug, witterte der Posten keine Gefahr. Er zog an dem Hebel, der den Riegel des kleinen Tors zurückschob. Die Tür schwang auf.

Der Pili drehte sich um und rief etwas in die Dunkelheit. Dabei verwendete er eine Sprache, die der Posten nicht verstand.

»Was ...?« begann der Posten. Weiter kam er nicht. Entsetzt sah er, wie wenigstens zwanzig Echsenmänner mit Speeren auf das Tor zuliefen. »He!«

Der Alte wollte den Hebel zurückschieben; aber die grünliche Bronze war plötzlich glitschig. Das war eine üble Sache!

»Hier!« ertönte eine Stimme.

Der Posten schaute nach unten. Da stand der erste Pili direkt hinter dem Tor. Der Soldat überlegte noch, ob er fragen, drohen oder höflich bitten sollte, als ihn der Pfeil des Echsenmanns mitten in die Brust traf. Ein heißer Schmerz durchschoß ihn, doch nur einen

Augenblick lang. Dann hörte der Schmerz auf, alles wurde gefühllos.

Der letzte Gedanke des alten Wachpostens war seltsam. Nach so vielen unendlich langweiligen Jahren war endlich etwas Aufregendes geschehen.

Kleg erwachte, als die Dunkelheit bereits ihren Mantel über das Dorf gebreitet hatte. Er fühlte sich viel besser. Rasch stand er auf und wusch sich. Eine große Waschschüssel stand zu diesem Zweck bereit. Dann verließ er die Kammer, die im zweiten, dem obersten Stock der Herberge lag. Er wollte noch eine Mahlzeit zu sich nehmen, ehe er ausging.

Als der Selkie den Treppenabsatz erreichte, blickte er ganz zufällig durch das kleine Fenster hinaus. Der samtene Himmel war mit Sternen übersät. Wie zahllose funkelnde Nadelspitzen leuchteten sie neben der Mondsichel. Die kühle Nachtluft trug den Geruch des Sees durchs Fenster herein. Kleg fühlte sich hervorragend, bis er noch einmal nach unten schaute.

Auf der engen Gasse zwischen der Herberge und dem Laden mit Lederwaren huschten mehrere Gestalten dahin. Im Schein der Fackel, die neben dem Eingang der Herberge steckte, erkannte der Selkie mit seinen scharfen Augen, daß diese Schemen weder Menschen noch Selkies waren.

Es waren Pili.

Kleg wurde es eiskalt, doch kam das nicht von der Nachtluft, die durchs Fenster hereinwehte.

Pili! Wie konnten sie hier sein? Der Torposten hätte nie eine Abteilung Bewaffneter hereingelassen. Waren sie über die hohe Palisade geklettert? Hatten sie das Tor zerschmettert?

Aber eigentlich spielte es keine Rolle, wie sie ins Dorf gelangt waren. Wichtig war, warum sie hier waren. Ja, sie sind hinter dir her, da besteht kein Zweifel, sagte sich Kleg.

Einen Augenblick lang ergriff ihn Panik. Diese Abteilung Pili bewegte sich so mühelos und schnell durchs Dorf wie Kot durch einen Wurm. Es konnte sich nur um Minuten handeln, bis sie ihn aufgestöbert hatten.

Unwillkürlich griff er zum Beutel am Gürtel, der den magischen Samen enthielt. Sollten die Pili ihm aus irgendeinem Grund das Leben schenken, nachdem sie den Talisman gefunden hatten, würde ihm das auch nichts nützen. Im Gegenteil – ein schneller Tod durch den Speer oder vergifteten Pfeil war bei weitem angenehmer als das, was Er der Schöpfer ihm zufügen würde, wenn er ohne den Talisman zurückkehrte. Er mußte fliehen!

Ja, nichts wie weg! Zum See! Obwohl die Pfade in den verschlungenen Pflanzen im Dunkeln sehr gefährlich waren, mußte er es riskieren. In der verwandelten Gestalt hatte er dort im Wasser größere Aussichten zu überleben als hier auf zwei Beinen. Auch wenn es den Pili gelungen war, eine Bresche in die Palisade ums Dorf zu schlagen, würde eher die Sonne in der Wüste erkalten, als daß sie so gut schwimmen lernten, daß sie einen Selkie einholen konnten!

Vorsichtig schlich Kleg die Treppe hinunter.

Da ertönte unten eine laute Stimme. »Wir suchen einen Fischmann! Ist bei euch einer? Rede, oder du bekommst meinen Speer zu spüren!«

»O-o-b-ben«, lautete die zittrige Antwort.

Kleg erstarrte. Bei den Schwarzen Tiefen des Sargossa! Er saß in der Falle!

Ein großer Pili rutschte die Sanddüne herab und landete neben der Königin. Thayla hatte diesen Burschen bereits als Liebhaber vorgemerkt, sobald er etwas älter wäre.

»Sie kommen!« meldete er aufgeregt.

Thayla nickte. »Genau, wie ich geplant habe. Du weißt, was du zu tun hast?«

»Ja, meine Königin.«

»Dann mach dich bereit!«

Der junge Pili nickte und kletterte wieder nach oben zu seinen beiden Kameraden. Die Königin folgte etwas langsamer. Sie wollte vom Kamm dieser Düne aus zusehen, wie ihre Männer die Feinde angriffen. Zahlenmäßig waren beide Gruppen ungefähr gleich stark. Sie aber hatten den Vorteil des Überraschungsmoments. Es war auch gut, daß es Nacht war; denn im Dunklen gerieten alle leicht in Verwirrung. Die Pili sahen und hörten allerdings auch nicht besser als die Menschen.

Selbst wenn viele oder alle ihrer jungen Pili starben, war es Thayla auch gleichgültig. Wichtig war nur, daß sie bekam, was sie wollte.

Jetzt freute sie sich schon, das Blutbad mit eigenen Augen zu beobachten. Zweifellos wären die Reptilien-Vorfahren der Königin mit dem Lächeln zufrieden gewesen, zu dem sich Thaylas Lippen bei diesem Gedanken kräuselten.

Immer noch lächelnd bezog die Königin der Pili eine Stellung, von wo aus sie das Schlachtfeld überschauen konnte.

Conan schlich sich von den anderen weg und schlug einen Bogen nach rechts. Vielleicht hatte Cheen recht. Dann machte er sich unnötig Sorgen – wie ein Kind, das in der Dunkelheit Angst vor Gespenstern hat. Der Cimmerier hatte aber durch die Begegnung mit Crom gelernt – sofern das nicht eine durch den Zaubertrank hervorgerufene Illusion gewesen war –, daß ein unüberlegter Sprung ins Ungewisse sehr gefährlich sein konnte. Hätte er bei der Zeremonie in den Bäumen nicht das Seil um den Knöchel gehabt, wäre sein Gehirn über die Wurzeln am Boden verteilt worden. Conan der Cimmerier war kein Mann, der einen Fehler zweimal machte, sobald er ihn als solchen erkannt hatte. Wenn jemand immer nur Kraft und nie den Verstand benutzte, wurde er mit Sicherheit nicht alt. Und Conan wollte noch eine ganze Weile leben.

Der Dünensand war feiner als der Sand, auf dem sie dahinmarschiert waren. Conan gab sich große Mühe, daß es bei seinen Schritten nicht knirschte. Er hatte den Wind im Rücken. Die Sandkörner verbissen sich wie winzige Zähne in die Haut und versuchten unter die Kleidung zu gelangen. Die Wüste roch trocken und schien ohne Leben zu sein. Conan schnupperte; aber der süßlich-modrige Geruch der Echsen, den er aus den Höhlen und dem Käfig kannte, stieg ihm nicht in die Nase.

Conan hatte bereits die Hälfte der Düne erklommen, als seine scharfen blauen Augen die drei dunklen Punkte oben auf dem Kamm entdeckten. Erst dachte er an irgendwelche Pflanzen oder Sträucher. Doch als er vorsichtig weiterkletterte, sah er, daß das ein Irrtum war.

Das waren drei Pili-Krieger, die angestrengt auf die andere Seite der Düne hinabblickten.

Der Cimmerier erriet, was die Aufmerksamkeit der drei so fesselte: Die Baumleute marschierten in die Falle.

Behutsam und lautlos zog Conan das Schwert aus der Scheide. Er war bereits dicht hinter den dreien, die jetzt in der Hocke saßen, als der Wind sich drehte und ihn verriet.

»Igitt, was stinkt denn so?« fragte ein Pili.

»Ich bin's nicht«, antwortete ein anderer.

»Der Gestank kommt mir irgendwie bekannt vor«, meinte der dritte. »Wie ... das ist ein Mensch!«

Die drei drehten sich um.

Da Conan nicht mehr vorsichtig sein mußte, lief er so schnell wie mögliche nach oben.

»He, ihr Pili, da oben!« rief er. »Hütet euch, ich komme!«

Die Pili schrien überrascht auf.

Einer sprang auf und schleuderte den Speer auf den Cimmerier. Der höhere Standpunkt war für ihn von Vorteil. Doch Conan bückte sich blitzschnell. Zwar rutschte er etwas aus; aber er blieb unverletzt. Auch der Pili hatte den Halt verloren und kugelte schreiend die Düne hinunter.

Der zweite Pili hob nur noch die Waffe, ehe die gebläute Klinge Conans durch die Luft zischte und dem Echsenmann den Kopf vom Rumpf trennte. Sein Blut schoß in den Sand. Gierig sog die Wüste den Lebenssaft auf.

Der dritte Pili wollte fliehen, war aber nicht schnell genug. Conans Schwertspitze drang ihm in den Rükken. Der tote Gegner rollte die Düne hinab, den überraschten Baumleuten vor die Füße.

Conan blieb stehen und verschaffte sich einen Überblick: Die Baumleute waren durch seinen Schrei bereits gewarnt worden. Sie stiegen die Dünen herauf. Mehrere Pili stürmten nach unten. Sie schwenkten Speere und brüllten. Ein Mann der Baumleute wurde von einem Speer am Bein getroffen. Der junge Hok war schon halb oben. Cheen folgte ihm auf dem Fuß. Jetzt schleuderte einer der Baumleute den Speer und wurde durch den Schmerzschrei eines Pili belohnt, den der Speer getroffen hatte.

Conan lächelte. Ein einfacher Kampf, bei dem die Kräfte fast gleich verteilt waren! Ja, davon verstand er etwas! Das war nach seinem Herzen! Er stieß einen wilden Kampfschrei aus und stürmte mit gezückten Schwert nach unten, um die Feinde zu vernichten.

Dreizehn

Kleg überlegte, welche Möglichkeiten er hatte. Es waren sehr wenige. Unten im Schankraum der heruntergekommenen Herberge lauerten Pili. Allerdings wußte er nicht, wie viele es waren. Eins stand fest: Sie wußten, daß er sich in der Herberge aufhielt. Jetzt befand er sich im zweiten Stock, von dem nur eine einzige Treppe nach unten führte. Stieg er die Stufen hinunter, bedeutete das höchstwahrscheinlich den Tod. Er konnte sich verstecken und hoffen, daß sie ihn nicht fänden. Wären ihm Flügel gewachsen, hätte er wegfliegen können. Spränge er durchs Fenster nach unten auf die Pflastersteine, bräche er sich zumindest die Beine, wenn nicht noch mehr.

Die Lage sah nicht gut aus.

Kleg zog den langen Dolch aus dem Gürtel, den er gewohnheitsmäßig dort trug, und beschloß, sein Leben so teuer wie möglich zu verkaufen und so viel Pili-Blut zu vergießen, wie er nur konnte. Er war nicht sicher, ob Er der Schöpfer ihn auch jenseits der Todesbarriere in den Grauen Ländern erreichen konnte; wenn das aber möglich war, würde er ihm nicht entrinnen. Wenn Kleg in dieser Nacht in Karatas sterben mußte, dann wollte er allen zeigen, wie tapfer er für seinen Herrn und Meister kämpfte, ehe er sein Leben aushauchte.

Plötzlich drang von unten ein lautes Krachen herauf. Dann schwankte die Herberge. Ein Erdbeben? Alle schrien durcheinander. Offenbar war eine Panik ausgebrochen. Dann hörte er Holz splittern. Da unten herrschte totales Chaos.

Was in der Welt …?

Vorsichtig schlich Kleg mit gezücktem Dolch ein paar Stufen hinunter.

Als er um die Treppenbiegung im ersten Stock bog, flog bei den letzten Stufen ein Stuhl durch die Luft, gefolgt von einem Pili – ohne Kopf.

Was ging hier vor?

Kleg stieg weiter nach unten. Dann bot sich ihm ein in der Tat beängstigender Anblick.

Die östliche Wand der Herberge war mehr oder weniger eingestürzt. Die Decke hing über einem riesigen Loch. Ein halbes Dutzend Pili kroch umher und stieß mit den Speeren gegen ein Ungeheuer aus einem Alptraum.

Das Monster sah teilweise wie ein Bär aus, aber auch wie eine Kröte, und offensichtlich hatte sich auch ein Wolf oder großer Hund bei der Zeugung beteiligt. Es war riesig! Im aufgesperrten Rachen waren vorn nadelspitze Zähne zu sehen, die nach hinten in dicke scharfe Zahnplatten übergingen. Das Biest kaute auf etwas herum. Klegs Magen verkrampfte sich, als er sah, daß es sich um den Kopf eines Pili handelte. Schmatzend verspeiste das Ungeheuer den Leckerbissen. Speichel lief ihm aus dem Maul.

Die Speere der Pili trafen, störten das Monster aber nicht sonderlich. Dann schnappte es plötzlich zu und hatte einem Pili das rechte Bein abgebissen.

Der Echsenmann schrie auf; aber der Schrei beeindruckte das Ungeheuer ebensowenig wie die Speere, die in seinem Körper steckten, ohne daß Blut floß. Gelassen wie eine dicke Kuh kaute das Ungeheuer vor sich hin.

Kleg sah, daß der Weg zur Tür der Herberge frei

war. Eine bessere Gelegenheit zur Flucht würde sich kaum wieder bieten. Er rannte zum Ausgang.

Die Pili waren so beschäftigt, daß sie ihn gar nicht bemerkten. Doch die tückischen roten Augen des Monsters folgten dem Selkie.

Da dämmerte Kleg die Erkenntnis: Das Biest war seinetwegen gekommen!

Auf keinen Fall war das Ungeheuer ein Freund der Pili. Hatten die Baumleute es ausgeschickt?

Jetzt hatte Kleg die Tür erreicht. Im nächsten Augenblick war er auf der Straße. Eine Menschenmenge bewegte sich auf die Herberge zu.

»He, was soll der schreckliche Krach...?«

»Wer macht da drinnen so einen Höllenlärm?«

»Paß doch auf, du Narr!«

Kleg schenkte den Leuten keine Beachtung. Abgesehen von dem Kerl, mit dem er zusammenstieß. Doch diesen stieß er nur zur Seite. Wenn diese Schwachköpfe die Herberge betreten wollten, nur zu! Sie würden als weiteres Futter für das Ungeheuer dienen. Vielleicht würde es ihn dann nicht verfolgen.

Eigentlich war es unwahrscheinlich, daß die Baumleute ein solches Monster ausgeschickt hatten. Da es aber offensichtlich kein Haustier der Pili war, gab es nur eine logische Antwort: Er der Schöpfer hatte es gesandt. Aber warum? Um Kleg zu helfen? Oder um ihn zu verschlingen? Vielleicht konnte der magische Talisman, der ihm gegen den Bauch schlug, eine Reise durch die Eingeweide des Monsters unbeschadet überstehen, und deshalb hatte Er der Schöpfer es geschickt.

Kleg wußte nicht, welche Antwort auf seine Fragen die richtige war. Er hatte auch kein Interesse, hier so lange zu bleiben, bis er es herausgefunden hatte. Das scheußliche Ungeheuer, das Pili wie Appetithäppchen verspeiste, sah nicht so aus, als ob man mit ihm vernünftig diskutieren könnte.

Kleg lief auf die Docks zu. Er gab sich keine Mühe mehr, leise zu sein. Geschwindigkeit war jetzt lebenswichtig. Wenn er nur das Wasser erreichte! Dann wäre er in Sicherheit!

Da kam ihm urplötzlich ein ganz neuer Gedanke: Wenn Er der Schöpfer dieses Ungeheuer nach ihm ausgeschickt hatte, konnte er doch auch noch andere geschickt haben! Warteten vielleicht weitere Monster auf ihn im Sargasso?

Der Selkie wurde langsamer und blieb stehen.

Oje, wäre ihm dieser Gedanke doch nie gekommen!

Vielleicht lagen Monster auf der Lauer, um ihn zu fressen!

Kleg machte kehrt und betrat eine schmale Gasse zwischen einer Schmiede und einem halbverfallenen Tempel. Ehe er Hals über Kopf ins Wasser rannte und sich in den Rachen eines weiteren Monsters stürzte, wollte er erst in Ruhe über alles nachdenken.

Thayla schäumte vor Wut. Vor ihren Augen zerfiel die Falle, die sie sich ausgedacht hatte! Jemand hatte Alarm geschlagen! Der Trick mit der Überraschung, Kern ihres Plans, hatte versagt. Die Baumleute liefen größtenteils unversehrt vor ihren Männern eine Düne hinauf! Wo waren die drei Kerle, die sie dort oben postiert hatte?

Da war einer! O ihr Götter! Er rollte, flog den Abhang hinunter. Und wer war das? Dieser Barbar! Er stand oben auf der Düne, stieß einen Schrei aus und schwang das Schwert. Jetzt lief er nach unten. Die Baumleute scharten sich um ihn.

In der Dunkelheit fielen Pili und Menschen. Speere klirrten, Verwundete schrien. Und Conan war überall. Mit dem Breitschwert mähte er ihre Pili nieder, als würde er einen Pfad durchs Gebüsch bahnen. Beim großen Grünen Drachen, die Klinge schwang nach rechts, nach links, wieder nach rechts!

Es war ein Gemetzel. Es waren mehr Pili als Menschen gefallen. Der ursprüngliche Vorteil der Pili war wie Sand im Wüstensturm verflogen. Dieser Berserker, den sie mit in ihr Bett genommen hatte, schlug soeben wieder einen ihrer Männer fast entzwei. Dort drüben sank einer, vom Speer der Baumleute durchbohrt, in den Sand. Thayla sah voller Entsetzen, daß ihre jungen Krieger getötet wurden, nicht die Feinde.

Erst als Conan dem letzten Pili hinterherjagte, kam ihr zu Bewußtsein, daß sie selbst in Gefahr war. Suchten sie nach einem weiteren Pili?

Schnell glitt Thayla vom Kamm der Düne nach unten. Hoffentlich fand der schreckliche Riese sie nicht!

Als die Königin der Pili verzweifelt nach einem Versteck suchte, tobten in ihrer Brust Angst, Verachtung und Wut.

Was sollte sie tun?

Conan erwischte den fliehenden Pili mit wenigen Sprüngen. Das Breitschwert sang das Lied vom Tod, als es den Unglücklichen traf. Der Echsenmann sank zusammen.

Der Cimmerier drehte sich um. Sein wildes Blut kochte. Er hielt nach weiteren Flüchtigen Ausschau.

Nein, leider! Es gab keine Pili mehr, die er hätte verfolgen können.

»Conan, bist du unverletzt?«

Cheen lief zu ihm.

»Ja, was ist mit den anderen?«

Die beiden musterten die Baumleute. Fünf waren den Speeren der Pili zum Opfer gefallen. Eine erste Zählung ergab, daß beinahe ein Dutzend Echsenmänner tot umherlag.

»Sollten wir nachsehen, ob noch mehr Pili da sind?« fragte Hok seine Schwester.

»Ich glaube nicht«, antwortete Cheen. »Unser Ziel ist der heilige Same. Wir sollten uns hier nicht länger aufhalten. Was meinst du, Conan?«

Der Cimmerier glättete bereits die Scharten in seiner Klinge mit dem Wetzstein. Er nickte Cheen zu. »Ja, marschieren wir weiter! Ich glaube kaum, daß diese Echsenmänner uns noch einmal belästigen.« Er deutete mit der Klinge auf die Gefallenen im Sand. »Wenn die Königin merkt, daß wir ihre Soldaten getötet haben, liegt ihr Land längst hinter uns.«

Sie begruben schnell die Toten und verbanden die Wunden der Verletzten. Dann verließ Conan mit den Baumleuten den Kampfplatz.

Dimma schwebte durch die stillen Hallen. Er war entmutigt. Seiner Meinung nach hatte er alles getan, was er nur tun konnte. Sein Erster Selkie wäre eher gestorben, als daß er versagt hätte. Er hatte ihm so viel Hilfe geschickt, wie es sinnvoll gewesen war. Jetzt konnte er nur noch warten! Nach fünfhundert Jahren zählten ein paar Tage nichts, und Dimma fühlte das Ende seiner Qualen fast so deutlich, als hätte er einen Körper aus Fleisch und Blut besessen, mit dem er auch die Liebkosungen einer Frau gefühlt hätte. Wenn er seine feste Gestalt gehabt hätte, hätte er selbst hinausziehen, sich tapfer den Stürmen stellen und mit eigenen Augen sehen können, was geschah. Doch in seiner derzeitigen Form trieb ihn jeder Windhauch vor sich her wie ein Hirte seine Lämmer. Trotz seiner starken magischen Kräfte konnte Dimma nichts dagegen ausrichten.

Diese Hilflosigkeit machte ihn wütend. Er plante, sich furchtbar an der Welt zu rächen, wenn er wieder einen festen Körper hatte. Seine jahrhundertelangen Qualen verlangten nach Rache. Ströme von Blut und

Berge von Knochen würde er als Bezahlung verlangen. Diejenigen, die ihre Körper als selbstverständlich betrachtet hatten, würden leiden, weil er, Dimma, dieses einfache Vergnügen nicht hatte genießen können. Bis seine Rache nicht gestillt war, würde er keine Ruhe finden und darüber nachdenken, was er als nächstes tun könnte.

Aber wo und wie sollte er beginnen? Nun ja, eine schreckliche Seuche, um alle Einwohner Koths zu töten, wo der Fluch eines sterbenden Zauberers Dimma getroffen hatte. Ja, das war ein vortrefflicher Anfang.

Der Nebelmagier fühlte sich besser, sobald er über eine Orgie der Vernichtung und Zerstörung nachdachte. Ja, bald, sehr bald.

Kleg steckte wirklich in der Klemme. Auf der einen Seite war das Dorf mit den Pili, die sein Blut trinken und ihm den Talisman stehlen wollten. Deshalb sollte er besser in den See steigen, in die Sicherheit des Sargasso. Auf der anderen Seite trachtete ihm zumindest ein Monster nach dem Leben, vielleicht noch mehr. Genaues wußte er nicht. Er der Schöpfer hatte Motive, die das Begriffsvermögen eines Selkie überstiegen. Es war durchaus möglich, daß das Wasser gefährlicher als das Dorf war.

Kleg lehnte an den rohen Bohlenwand der Schmiede und dachte über das Problem nach. Was sollte er nur tun? Sollte er sich den Dämonen stellen, die er kannte? Oder denen, die er nicht kannte? Eines war sicher: Er mußte sich schnell entscheiden. Das Ungeheuer würde ihn wieder finden – oder die Pili. Oder beide. Seine Hoffnung zu überleben war weniger als gering.

Los, Kleg, entscheide dich! Was wirst du tun?

Vierzehn

Die Königin der Pili war keine Frau, die sich schnell entmutigen ließ. Obwohl alle ihre Krieger getötet worden waren – einer war bewußtlos, aber da er so reglos dagelegen hatte, hielt man ihn für tot –, hatte sie nicht die Absicht, die Verfolgung aufzugeben. Auch die Baumleute hatten die Hälfte ihrer ursprünglichen Stärke verloren. Sie waren nur noch fünf, Conan und den Jungen nicht mitgerechnet. Sieben gegen zwei! Ein direkter Angriff kam natürlich bei der Minderzahl nicht in Frage; aber trotzdem würde Thayla am Schluß irgendwie gewinnen!

Noch wußte sie nicht, wie es ihr gelingen sollte, Conan tot zu sehen; aber eines Tages würde die Gelegenheit kommen. Da war sie sicher.

Thayla ging zusammen mit dem jungen Burschen weiter, der nur bewußtlos gewesen war. Sie hielt sich weiter hinter den Baumleuten, als sie sich dem Rand der Wüste näherten. Wären sie erst einmal in den grünen Gegenden da vorn angekommen, könnten sie den Abstand verringern. Vielleicht könnten sie und der junge Blad einen Feind nach dem anderen erledigen. Damit würden ihre Aussichten auf Erfolg langsam steigen. Früher oder später würde ihr schon etwas einfallen.

Kleg traf eine Entscheidung. Welche Gefahren auch in seinem Geburtssee lauerten, dort war er in seiner verwandelten Gestalt besser in der Lage, mit ihnen fertig zu werden als hier an Land. Das Ungeheuer in der Herberge war zwar riesig und angsteinflößender als ein Selkie im Wasser; aber es konnte in dieser Gestalt unmöglich schneller sein. Es lebten im Sargasso zwar noch einige kleine Geschöpfe, die einem schwimmenden Selkie Ärger bereiten konnten; aber sie waren nicht sehr zahlreich. Er würde sich erst sicherer fühlen, sobald er doppelt so groß wie jetzt und mit einem Maul voll scharfer Zähne bewaffnet war und sobald ihm seine Muskeln mehr Geschwindigkeit verliehen, als er auf dem trocknen Land mit diesen Stummelfüßen erreichte und wo er sich nur mit einem Fuß verteidigen konnte. Er mußte ja auch nicht den direkten Weg zum Palast nehmen.

Ja, das war die richtige Lösung des Problems.

Kleg fühlte sich besser, nachdem er eine Entscheidung getroffen hatte. Vorsichtig ging er zu den Docks. Dabei hielt er sich im Schatten und gab sich alle Mühe, nicht gesehen zu werden. Sobald er das Wasser erreicht hatte, brauchte er nur ein kurzes Stück zu schwimmen, um zum Sargasso zu gelangen. Ja, das war auf alle Fälle die klügere Entscheidung.

Kurz vor dem Ziel nahm Kleg den Gürtel und den Lederbeutel ab. Dann befestigte er den Gürtel wieder um den Hals. Der Gürtel bestand aus einem elastischen Material, das sich genügend dehnte, um auch dem viel größeren Körper zu passen, den der Selkie in der verwandelten Gestalt hatte. Er der Schöpfer war in allen Dingen gründlich.

Nur wenige Schritte vor dem Wasser tätschelte Kleg den Beutel am Hals. Wie leicht der Talisman war! Er spürte kaum, daß der Beutel etwas enthielt. Schnell schüttelte er den Beutel und wartete, das Klappern zu hören, das ihm in den letzten Tagen so vertraut geworden war.

Aber der Talisman klapperte nicht.

Durch das Schütteln öffnete sich plötzlich der Beutel. Wie konnte das sein? Er hatte ihn doch sorgfältig zugebunden!

Jetzt geriet der Selkie in Panik. Er griff in den Beutel und suchte nach dem Talisman.

Das magische Samenkorn war weg!

Die Menge, die vor der Herberge *Zum Hölzernen Fisch* auf der engen Straße stand, schrie vor Überraschung auf, als plötzlich ein Monster durch die Vordertür brach und dabei die halbe Wand einriß.

An einer Seite der Gruppe stand ein Hutzelmännchen, kaum größer als ein Knabe. Er hieß Seihman. Einst war er ein starker und abenteuerlustiger Bursche gewesen. Jetzt aber nannte man ihn nur Seihman das Schwein, da er für die Eber und Schweine sorgte, welche einem reichen Bewohner des Dorfes gehörten. Das war keine sehr rühmliche Aufgabe, aber er sicherte sich dadurch sein Essen und den Wein – hauptsächlich den Wein –, und das war entschieden besser als zu verhungern oder – was noch schlimmer gewesen wäre – zu verdursten.

Als das grausige Ungeheuer durch die Wand der Herberge brach, verhielt sich Seihman wie die anderen Schaulustigen: Er wollte weglaufen. Die Menge um ihn stob auseinander wie dicke Regentropfen auf glattem Pflaster. Seihmans beste Jahre lagen schon länger zurück. Jetzt lief er so schnell wie möglich, versuchte dabei aber, den Dämon im Auge zu behalten. Obwohl Seihman blitzschnell losgeprescht war, schneller als viele jüngere Männer, hatte er Pech. Nach drei Sprüngen trat er auf etwas Hartes, Rundes und rutschte aus. Dann lag er flach auf dem Rücken.

Die Menge verschwand wie Rauch im Wind. Seihman lag plötzlich mutterseelenallein auf der Straße.

Das Ungeheuer war nicht nur groß genug, um ihn mit einem Bissen zu verschlingen, sondern es war auch nahe genug, um im nächsten Augenblick zuzubeißen.

»Mitra, verschone mich!«

Seihman hatte seit zwanzig Wintern keinen Kupferling oder eine Minute für einen Tempel Mitras aufgewendet; aber jetzt schwor er stumm, daß er diese Versäumnisse wieder gutmachen werde, wenn der Gott ihm diese kleine Bitte erfüllte und ihm das Leben rettete.

Das Biest, häßlicher als alles, was Seihman bisher im Leben gesehen hatte, beäugte den auf dem Boden liegenden Mann ohne großes Interesse. Dann machte es kehrt und trollte sich in Richtung See.

Seihman setzte sich auf. »Oh, gesegnet seist du, Göttlicher Mitra! Ich stehe tief in deiner Schuld.«

Kaum war das Ungeheuer verschwunden, blickte Seihman aufs Pflaster, um zu sehen, worauf er ausgerutscht war.

Was? Dieses komische längliche Ding? Eine Art Kern... aber einen so großen Kern hatte er noch nie gesehen. Ein Samenkorn?

Seihman hob den Samen auf und hielt ihn nachdenklich in der Hand. Vielleicht war das Ding irgendwie wertvoll? Er verstaute den Samen in seiner schmutzigen Tunika, direkt über dem faltigen Bauch. Morgen würde er ihn dem alten Talow zeigen, dem Gemüsehändler. Vielleicht wußte Talow, zu welcher Pflanze er gehörte und ob er etwas wert war. Vielleicht könnte er ihn sogar verkaufen. Möglicherweise brachte ihm der Fund einen großen Krug billigen Weins ein.

Ehe die Neugierigen zurückkamen, schlurfte Seihman zu seiner Schlafstelle hinter den Schweinekoben. In Gedanken spann er an einer Geschichte, die er seinem Freund, dem Ziegenhirten, erzählen würde, wenn sie das nächste Mal gemeinsam einen lüpften: Ja, ich habe das Ungeheuer mit eigenen Augen gesehen, das den *Hölzernen Fisch* zerstört hat. Es kam direkt auf mich zu; aber ich bin nicht von der Stelle gewichen. Ganz allein stand ich da und starrte ihm entschlossen in die tückischen Augen, bis es den Schwanz einzog und weglief.

Nun ja, eigentlich kam das der Wahrheit ziemlich nahe.

Der Morgen dämmerte am wolkenlosen Himmel und ergoß sein fahles kaltes Licht über das Land am Fluß.

Die Regenfluten hatten die meisten Spuren der fliehenden Selkies weggewaschen. Dennoch fanden Conan und die Baumleute am reißenden Fluß viele Hinweise, daß die Fischmänner dagewesen waren.

Fünf Selkies lagen tot am Ufer. Es gab zwei Arten dieser seltsamen Geschöpfe. Die eine hatte Conan bereits im Wald der Riesenbäume gesehen. Allerdings waren sie jetzt aufgedunsen, lila angelaufen und von Fliegen umschwärmt. Die andere Sorte Selkie war ein Fisch, doppelt so groß wie ein Mensch, mit langem, spitz zulaufendem Schwanz und Flossen. Auch sie waren aufgebläht und voller Fliegen. In zwei Körpern steckten Speere. Es roch stark nach Gift. Kein Aasfresser hatte sich an die Leichen herangewagt. Nur die blöden Fliegen hatten keine Scheu vor dem vergifteten Fleisch, was die meisten mit dem Leben bezahlen mußten.

»He, schau mal her!« rief Hok.

Der Cimmerier trat zu dem Jungen. Hok zeigte auf Fußabdrücke im trocknenden Schlamm. Ja, die kannte Conan aus der Wüste: Pili!

Aha! Man brauchte kein Genie zu sein, um zu verstehen, was sich hier abgespielt hatte. Die Pili und die Selkies hatten miteinander gekämpft, und die Pili hatten augenscheinlich einige der Fischmänner erledigt.

Cheen trat neben Conan. »Flußabwärts gibt es auch tote Pili«, berichtete sie.

»Und es sieht ganz so aus, daß am jenseitigen Ufer die Spuren der Pili weiterführen; aber von hier aus kann ich es nicht sicher sagen«, meinte der Cimmerier.

»Du hast gute Augen«, sagte Cheen.

»Wir sollten ein Floß bauen und übersetzen. Jemand hat das schon vor uns getan.« Er zeigte auf eine Plattform aus Holz, die am gegenüberliegenden Ufer lag.

»Ja, das sieht nach unserer Machart aus. Tair ist immer noch vor uns«, erklärte Cheen.

»Wir sollten uns beeilen, um ihn einzuholen.«

»Meinst du, daß es noch mehr von diesen Scheusalen im Fluß gibt?« Sie deutete auf einen großen Fisch und schüttelte sich.

»Wahrscheinlich nicht. Warum hätten sie bleiben sollen – falls überhaupt welche überlebt haben?«

Sie bauten ein Floß. Das ging viel schneller, als Conan gedacht hätte. Diese Baumleute verstanden es wirklich, mit Holz und Lianen umzugehen. In wenigen Stunden waren sie fertig.

Die Überfahrt verlief ohne Zwischenfälle.

»Wenn wir noch einen Tag weitermarschieren, müßten wir zu einem Dorf am Sargasso-See kommen«, sagte Cheen, als sie das Floß verließen. »Jedenfalls habe ich gehört, daß es dort eine Ansiedlung gibt. Selbst war ich nie dort.«

»Und danach?«

»Der Nebelmagier wohnt in dem Pflanzendschungel auf dem See. Er besitzt mittendrin einen schwimmenden Palast. Niemand ist je von dort zurückgekommen, abgesehen von seinen seltsamen Tiermenschen.«

»Hoffentlich erwischen wir die Selkies vorher«, brummte Conan.

»Ja, hoffentlich.«

Thayla und Blad zählten die toten Pili, die sie auf dem Uferstreifen fanden. Es war über ein Dutzend, und nur der Große Drache mochte wissen, wie viele von der Strömung flußabwärts getrieben worden waren. Thaylas Gemahl befand sich nicht unter den Leichen. Sie wußte nicht, wie sie darauf reagieren sollte. Blad betrauerte seine toten Kameraden; aber die Königin hegte gemischte Gefühle: Wäre der König unter den Toten gewesen, hätte sie ihre Jagd beenden können. Dann wäre sie jetzt Königin und könnte sich irgendeinen Burschen als Prinzregenten erwählen – vielleicht sogar den jungen Blad – und den Rest ihres Lebens in dem Luxus verbringen, den sie sich auf Kosten der Pili leisten konnte.

Solange Rayk jedoch lebte, bestand die Gefahr, daß er von ihr und Conan erführe. Sie hatte zwar derartige Verdächtigungen schon mehrmals überstanden, weil der betreffende Übeltäter jedesmal verspeist war, ehe er dem König die Fragen beantworten konnte. Selbst ein Schwachkopf wie Rayk konnte von einem Stück Suppenfleisch keine Antworten mehr erhalten. Doch Conan lebte – und ihr Gemahl ebenfalls! Und solange dieser Zustand sich nicht änderte, schwebte sie in Gefahr.

»Wir brauchen ein Floß«, sagte Thayla zu Blad. »Bau eins, damit wir ans andere Ufer kommen.«

»Sofort, meine Königin.«

»Jetzt brauchst du deine Kräfte, aber vielleicht fällt mir eine passende Belohnung für deine treuen Dienste ein, wenn wir den Fluß überquert haben, mein lieber Blad.« Die Königin lächelte. Warum sollte ich ihn nicht ganz persönlich an mich binden? dachte sie.

Der junge Bursche blickte sie an. »Ich brauche keine Belohnung, Mylady.«

Thayla streifte die Reisekleidung ab. Dann entledigte

sie sich auch der Unterwäsche. Nackt stand sie vor Blad. »Nein, du verdienst eine Belohnung. Aber du mußt dich beeilen.«

Als Thayla sich wieder ankleidete, lächelte sie. Sie hatte noch nie erlebt, daß sich ein Pili so blitzschnell an die Arbeit machte.

Wo war der Talisman?

Diese Frage dröhnte in Klegs Kopf, bis er das Gefühl hatte, der Schädel werde ihm zerspringen. Wie konnte er ihn verlieren? Wann? Wo?

Auf dem Weg zurück zur Herberge ging der Selkie zum hundertstenmal alle Ereignisse und Orte des vergangenen Tages durch. In der Kammer, wo er geschlafen hatte, war der Talisman noch im Beutel gewesen. Er hatte nachgeschaut. Irgendwie hatte er den Beutel dann nicht richtig verschnürt, so daß der magische Samen herausgefallen war.

War das geschehen, als er die Treppe hinunterlief? Oder als er zum erstenmal das Ungeheuer erblickte? Oder als ...?

Moment! Auf der Straße war er doch mit diesem Dummkopf zusammengestoßen. Er hatte den Kerl beiseite gestoßen ...

Ja! Das war's! Dabei mußte der Talisman herausgefallen sein.

Vielleicht hatte in der Dunkelheit niemand das Samenkorn bemerkt? Es war ja graubraun, unauffällig und sah wie ein sehr großer Obstkern aus.

Wenn es aber hell wurde, mochte jemand den Samen entdecken und womöglich mitnehmen.

Kleg ging schneller, hielt sich aber so gut wie möglich im Schatten der Häuser und wählte enge Gassen. Bald würde die schützende Dunkelheit dem Tageslicht weichen. Einige Pili waren mit Sicherheit dem todbringenden Rachen des Monsters entkommen. Allerdings durften sie sich auch nicht offen im Dorf zeigen. Ein einziger Pili fiel nicht auf. Aber bei einer Gruppe Echsenmännern mit Speeren würden die Wachen sogleich herbeieilen. Das wußten die Pili auch.

Der Erste Selkie überquerte eine Seitenstraße. Schnell ging er an einem alten Mann vorbei, der Futter in einen Schweinekoben schüttete. Der Alte starrte Kleg an; aber der Erste sagte nichts, ging auch nicht langsamer.

Was war mit dem Monster? Kleg hatte es bei dem nächtlichen Gang durchs Dorf nicht gesehen, bezweifelte jedoch, daß die Pili oder sonst jemand es getötet hatten.

Oje, alles war so schrecklich kompliziert geworden! Er mußte den Talisman finden – und zwar schnell!

Seihman schaute auf, als der Selkie vorbeiging. Dann schüttelte der Alte den Kopf. In letzter Zeit ereigneten sich seltsame Dinge im Dorf. Da war dieser Dämon in der Herberge, dann ein Selkie auf der Straße, noch vor dem ersten Hahnenschrei. Außerdem hatte er einen dieser Echsenmänner herumschleichen sehen. Das alles zusammen ergab ein schlechtes Omen. Er mußte vorsichtig sein und nirgendwo auffallen, sonst würde er in das Unglück hineingezogen, das sich seiner Meinung nach zusammenbraute.

Der Schweinehirt leerte den letzten Eimer in den Trog und stellte ihn neben dem Zaun ab. Es war Zeit, etwas zum Frühstück zu trinken. Der Ziegenhirt mußte auch jeden Augenblick auftauchen. Vielleicht konnte er ihn dazu bewegen, ihm Wein zu spendieren, wenn er ihm von dem Monster erzählte.

Ach ja, er sollte den Kern, den er gefunden hatte, zum alten Talow bringen und ihn für einen oder zwei Kupferlinge verkaufen.

Seihman faßte in die Tunika, um den Samen herauszuholen.

Hoppla! Nicht da! Hmmm. Offenbar hatte er ihn irgendwo verloren. Nun ja, da konnte man nichts machen! Wahrscheinlich war der Kern sowieso nichts wert.

Fünfzehn

Kleg konnte sich an keinen schlimmeren Tag in seinem Leben erinnern. Als Er der Schöpfer ihn mit dem Küchenmädchen erwischt hatte, war das auch kein Zuckerschlecken gewesen. Auch damals, als er aus Ungeschicklichkeit einen tausend Jahre alten Wandteppich eingerissen hatte, war ihm das übel bekommen. Aber das war alles nichts im Vergleich zu jetzt.

Er war zurück *Zum Hölzernen Fisch* gegangen. Die Herberge war zerstört; aber zum Glück war das Ungeheuer verschwunden, leider auch der Talisman. Kleg suchte die Straße genau ab. Wenn er das Samenkorn hier verloren hatte – und eine andere Möglichkeit fiel ihm nicht ein –, mußte ihn jemand oder *etwas* aufgehoben und mitgenommen haben.

Die Sonne stand bereits hoch am Himmel. Der Selkie konnte nicht lange weitersuchen. Er hatte Angst, die Pili würden ihn entdecken. Kurz zuvor hatte er zwei Echsenmänner hinter einem Schuppen entdeckt. Zum Glück hatten sie ihn nicht bemerkt.

Jetzt lehnte der Erste an der Rückwand des *Hölzernen Fischs,* wo ihm ein Busch Deckung bot. Was sollte er tun? Ohne den Talisman zum Schöpfer zurückzukehren, bedeutete einen schmerzvollen, schrecklichen Tod. Daran bestand kein Zweifel. Aber *nicht* zurückzugehen war auch nicht viel besser. Kleg wußte, daß er niemals der Rache seines Herrn und Meisters entkommen könnte, ganz gleich, wie schnell oder wie weit er lief. Er konnte das Unausweichliche nur eine Zeitlang verzögern; aber so sicher, wie die Sonne jeden Tag unterging, so sicher war auch sein Untergang. Der Tod als Strafe für das Versagen würde schlimm werden; aber die Strafe für Weglaufen würde dreimal so schlimm werden, wenn so etwas überhaupt möglich war. Er der Schöpfer hatte die Selkies aus dem Schlamm auf dem Grund des Sees erschaffen und sie stärker und schneller als die Menschen gemacht, die den Großteil der Erde beherrschten. Jemand, der mit einer Handbewegung einen Fisch in einen Selkie verwandeln konnte, würde seine Geschöpfe überall aufspüren und so leicht zerquetschen wie ein Kind ein lästiges Insekt.

Nein, keine dieser Aussichten war erfreulich!

Der einzige Weg der Rettung führte über den Talisman. Aber wie? Kleg konnte nicht im Dorf umherlaufen und jeden fragen, ob er zufällig einen magischen Samen gefunden habe, den man den Baumleuten gestohlen hatte. Nein, das war wirklich nicht möglich! Vielleicht hatten inzwischen die Pili den Talisman gefunden...

Kleg schüttelte den Kopf. Warum saß er nur so in der Klemme? Er verlangte vom Leben doch nichts weiter, als daß man ihm den Umgang mit Weibchen und die Jagd auf Fische als Nahrung gestattete! Nein, es war einfach nicht gerecht, daß es ihm jetzt so elend ging. Er hatte getan, was ihm aufgetragen worden war. Das mußte doch auch Er der Schöpfer, der Alleswissende, so sehen.

Ja, vielleicht gehörte alles zu einer Probe. Der Schöpfer wollte herausfinden, wie sehr sich sein Diener bemühte, die ihm gestellte Aufgabe zu lösen.

Kleg schüttelte wieder den Kopf. Warum ich?

Die einbrechende Nacht legte bereits ihren dunklen Mantel über das Land, als Conan mit seinen Gefährten

Tair und die anderen Baumleute einholte. Es herrschte große Wiedersehensfreude, aber auch Trauer über die Toten, welche nicht mehr dabei sein konnten.

Conan hatte sich etwas abgesondert und betrachtete einen großen schwarzen Stein, der dort lag, als hätte ihn ein nachlässiger Gott fallen gelassen.

Nachdem Tair und Cheen alle begrüßt hatten, kamen sie zum Cimmerier.

»Das Dorf Karatas liegt gleich hinter dem schwarzen Felsen«, erklärte Tair. »Dort haben die letzten Selkies Zuflucht gefunden. An dem großen Fluß hat zwischen Selkies und einer Schar Pili ein Kampf stattgefunden.«

»Ja, wir haben die Spuren gesehen«, meinte Conan.

»Offensichtlich haben die Pili auch die Selkies verfolgt. Irgendwie ist es ihnen aber gelungen, hinter die Palisade ins Dorf zu gelangen.«

»Dann müssen wir ebenfalls dorthinein.«

Tair nickte. »Ja, aber da gibt es ein Problem. Der Wachposten, der sonst dort steht, ist wegen irgendeines Zwischenfalls abgelöst worden. Jetzt lassen sie keine Fremden mehr hinein. Selbst jemand, der so stark und tapfer ist wie ich, kann das Tor nicht einrennen.«

Conan zog die Brauen hoch. »Dann müssen wir eben einen anderen Weg ins Dorf suchen.«

»Soviel ich weiß, ist in die Palisade um Karatas seit ihrer Errichtung keine Bresche geschlagen worden«, erklärte Cheen. »Obwohl einige es versucht haben.«

»Ich wollte auch keine Bresche schlagen«, sagte Conan. »Was meint ihr? Könnt ihr nicht drüberklettern?«

Tair grinste übers ganze Gesicht und schlug dem Cimmerier begeistert auf die Schulter. »Bei der Grünen Göttin! Du scherzt! Es gibt nichts, was ich nicht erklettern kann.«

»Und die anderen?«

»Nun ja, sie sind nicht so fähig wie ich; aber eine hölzerne Wand ist bestimmt keine große Herausforderung. Schließlich ist die Palisade nichts anderes als ein Stoß Bäume ohne Äste.«

»Dann sollten wir eine unbewachte Stelle ausfindig machen und hinüberklettern, wenn es am dunkelsten ist«, sagte Conan.

»Ja, eine hervorragende Idee. Und sobald wir oben sind, lassen wir dir ein Seil hinunter.«

»Ich glaube, ich kann allein hinaufklettern.«

Lieber sterbe ich beim Versuch, als daß ich mich von diesen Wichten am Seil nach oben hieven lasse, dachte Conan. Die Baumleute haben auch nicht mehr Finger oder Zehen als Cimmerier. Wenn sie die Palisade erklimmen können, dann will ich verflucht sein, wenn ich das nicht auch schaffe.

»Ich schicke einen Späher aus, um eine gute Stelle auszukundschaften«, erklärte Tair. »Aber inzwischen wollen wir etwas essen und über unsere Abenteuer reden. Ich habe viel zu berichten.«

Conan grinste. Ja, da war er ganz sicher. Bis jetzt hatte er noch nie derartig von sich selbst überzeugte Leute getroffen. Die Baumleute hatten die Kunst der Prahlerei zu ungeahnten Höhen getrieben.

Thayla kaute auf einer harten Wurzel und verzog den Mund. Das Zeug war grauenvoll. Wenn sie die Wurzel preßte, kam weißliche Milch heraus, die salzig und etwas bitter schmeckte. Wenn sie die Wahl gehabt hätte, hätte sie bestimmt etwas anderes gegessen. Aber sie mußte überleben. Sie hatte keine Zeit, Fleisch zu jagen und gleichzeitig die Baumleute und den verfluchten Conan nicht aus den Augen zu verlieren.

Neben ihr lag Blad unter dem dichten Dach der Büsche. Er lächelte zufrieden. Viel war nicht nötig gewesen, um diesen Schwachkopf glücklich zu machen.

Nachdem die Königin und der junge Pili den Fluß überquert hatten, in dem so viele ihrer Kameraden gestorben waren, hatte sie Blad sehr großzügig belohnt. Nie hätte der junge Bursche in seinen kühnsten Träumen mit einem derartigen Schatz gerechnet. Jetzt gehörte er mit Leib und Seele Thayla. Es war lächerlich leicht, wie man Männer berechnen und beeinflussen konnte.

»Sie lagern, sagst du?«

»Jawohl, Mylady. Sie essen und unterhalten sich.«

Thayla verdaute diese Neuigkeit zusammen mit dem nächsten Bissen von der Wurzel. Ihr Plan, die Baumleute einzeln nacheinander zu töten, hatte sich in Luft aufgelöst, als Conan mit seiner Gruppe zu den anderen verfluchten Menschen gestoßen war. Jetzt saßen da drüben über zwanzig von ihnen. Eine falsche Bewegung von Blad, und sie spießten den Jungen auf. Thaylas Kummer über seinen Tod hätte sich in Grenzen gehalten. Für sie waren alle Männer ersetzbar – ein Pili war so gut wie der nächste. Im Mondlicht sahen alle gleich aus. Aber da Blad der einzige war, der ihr im Augenblick zur Verfügung stand, wollte sie ihn nur ungern opfern, da sie keinen brauchbaren Ersatz hatte.

»Sind wir in der Nähe des Dorfes?« fragte sie.

»Ja, meine Königin. Zu Fuß sind es nur wenige Minuten.«

Thayla überlegte. Was hatten die Baumleute vor? Das hätte sie nur zu gern gewußt. Und wo steckte dieser Tölpel von Gemahl? Das Dorf lag am Ufer eines riesigen Sees. Er mußte innerhalb der Palisade sein. Es sei denn, er befand sich im Wasser oder in dem schwimmenden Dschungel des Sees. Nein, beide Möglichkeiten erschienen ihr unwahrscheinlich. Aber was tat er im Dorf?

»Geh und beobachte die Menschen«, befahl Thayla. »Melde mir sofort, wenn sich etwas ereignet.«

Das Lächeln verschwand aus Blads Gesicht. Er hatte mit Sicherheit etwas anderes im Kopf gehabt, als allein im Gebüsch zu liegen und die Feinde zu beobachten. Thayla streichelte seinen Arm und warf ihm einen halb verschleierten, vielversprechenden Blick zu. »Ich warte hier auf deine Rückkehr.«

Da leuchtete das Gesicht des jungen Burschen wieder auf. Beinahe begeistert sprang er auf. »Jawohl, meine Königin. Ich gehe sofort.«

Nachdem er verschwunden war, schüttelte Thayla den Kopf. Nein, wirklich, Männer wurden von etwas anderem als ihrem Verstand angetrieben.

Es herrschte bereits tiefe Nacht. Der immer noch unglückliche Kleg saß in einer üblen Kaschemme nahe den Docks. Das Schild vor der Tür wies die Schenke als *Strahlende Hoffnung* aus. Der Name war ein schlechter Witz; denn weder Hoffnung noch strahlende Helligkeit gab es in dem von Ratten bewohnten Haus.

Kleg brütete bei einem Holzbecher Kral im flakkernden Schein der Tranlampen dumpf vor sich hin. Der schmutzige Schankraum war rauchgeschwängert. Ungefähr zwanzig Männer der untersten Volksschicht wurden von halb so vielen Schankmädchen der übelsten Sorte bedient. Die Planken an den Wänden waren verzogen. Ein paar zerrissene Fischernetze dienten als Versuch einer Dekoration. Eine wirklich üble Kaschemme. Kleg hatte sie nur aufgesucht, weil er hoffte, daß dort niemand nach ihm suchte.

Wieder nahm der Erste Selkie einen Schluck. Taschendiebe, Schläger und anderes Gesindel saßen um ihn herum. Doch keiner von diesem Abschaum belästigte Kleg. Man wußte, daß ein Selkie auch an Land stärker und schneller war als ein Mensch und zudem leicht in Wut geriet. Das war für Kleg indessen ein geringer Trost.

Am Nebentisch saßen zwei Männer, die offenbar ehrbarer waren als der Rest. Allerdings waren auch der Schweinehirt und der Ziegenhüter des Dorfs ziemlich betrunken, was Kleg unschwer heraushörte.

»Nein, warte! Laß mich erzählen, wie ich einen Werwolf mit meiner Schleuder getötet habe und ...«

»Nein! Verschon mich! Die Geschichte habe ich schon hundertmal gehört! Ich erzähle dir was über das Monster im *Hölzernen Fisch*!«

Der Ziegenhirt verschüttete Wein auf seine schmutzige und stinkende Schaffellweste. »Ach, hau doch ab! Wenn du's Maul aufmachst, kommen doch bloß Lügen raus!«

»Nein, nein! Ich war da, das schwöre ich dir! Es ist direkt durch die Wand vom *Fisch* gekommen. Hat das Holz wie eine Spinnwebe beiseite gefegt und ist geradewegs auf mich losgegangen. Groß wie ein Haus!« Der Schweinehirt schwenkte den Weinbecher, um seine Worte zu unterstreichen. Dabei schwappte der Inhalt in hohem Bogen auf den Tisch. »Geradewegs auf mich zu, und ich stehe da ganz allein auf der Straße. Nichts zwischen dem Ungeheuer und mir. Da habe ich zu mir gesagt: Mitra, jetzt ist dein letztes Stündlein da. Na gut, dann will ich aber als Mann sterben. Ich habe dem Biest in die Augen gestarrt. Ja, das habe ich. Soll es nur kommen! Aber dann hat es mein Gesicht gesehen und ist abgehauen!«

»Ja, ich liefe auch weg, wenn ich dich zum erstenmal gesehen hätte und wenn ich nüchtern gewesen wäre.« Der Ziegenhirte lachte schallend über seine witzige Bemerkung.

»Nein, ich habe es in Grund und Boden gestarrt! So war's! Da stand 'n Haufen Leute vorm *Fisch*; aber alle sind weggerannt – wie die Fliegen vorm Karpfen. Bloß ich bin geblieben. Ich zeig's dir, wenn er wieder auftaucht, dieser Dämon!«

Wieder lachte der Ziegenhirt, bis er nur noch krächzen konnte.

Kleg war so tief in seinem Kummer versunken, daß er anfangs gar nicht genau zugehört hatte. Doch plötzlich wußte er, worüber die beiden gesprochen hatten. Da stand der Ziegenhirt auf und meinte, daß er mal die Blase entleeren müsse. Dann ging er schwankend durch den Raum.

Kleg dachte nach. Wenn dieser Alte tatsächlich auf der Straße gewesen war, als das Monster aus der Herberge gebrochen war, hatte er vielleicht den Talisman gesehen!

Der Selkie schüttelte den Kopf. Es war zwar nur eine schwache Hoffnung; aber ein Hoffnungsschimmer war besser als gar keine Hoffnung.

Er stand auf und ging zum alten Schweinehirten.

Als dieser den riesigen Selkie sah, wurde er trotz seines benebelten Zustands blaß vor Angst.

»Ja?«

»Ich habe einen Teil deiner Geschichte gehört«, sagte Kleg und setzte sich. »Ein tapferer Mann wie du verdient wirklich Lob. Was trinkst du da?«

»Na, Treberwein, was sonst?«

Kleg winkte einer alten Schlampe in schmutzigen Fetzen, welche die Gäste bediente. »He du! Eine Flasche vom besten für meinen Freund hier!«

Das Gesicht des Schweinehirten erhellte sich vor Freude. »Aber das ist sehr freundlich von Euch, Mylord! Und das, wo Ihr doch ein Selkie seid! Nichts für ungut, ich habe immer Achtung vor Eurer Rasse gehabt, versteht Ihr?«

Kleg nickte. »Erzähl mir von deinem Abenteuer, über das ich schon soviel gehört habe.«

»Ach was? Die Leute reden darüber? Ha, da sieht

man, wie wenig dieser verblödete Ziegenhirt weiß! Ja, Mylord, es war ein schrecklicher Anblick! Und es geschah erst gestern abend!«

Dann erzählte der Alte mit Begeisterung noch einmal die wilde Geschichte, die Kleg zum Teil mitgehört hatte. Er machte eine Pause, als die Schlampe den Wein brachte, von dem er sich den Becher randvoll einschenkte und den er sogleich zur Hälfte leerte. »Ja, da stand ich also ganz allein dem Dämonen gegenüber, mit nichts anderem bewaffnet als meinem Mut …«

Plötzlich wurde es totenstill in der Schenke. Keiner sprach mehr. Kleg blickte auf. Warum schwiegen alle?

Zwischen den blakenden Tranlampen stand ein Pili auf der Türschwelle.

Der Schweinehirt hatte ihn nicht gesehen und auch die Stille in seinem benebelten Zustand nicht bemerkt. Er war immer noch ganz hingerissen von seiner mutigen Heldentat, als er weiterfuhr:

»… da bin ich auf das Ungeheuer zugegangen. Ich wollte ihm die Augen ausstechen oder …«

Kleg war sicher, daß der Pili in dem rauchigen Raum nichts Genaues erkennen konnte. Aber sobald seine Augen sich an den spärlichen Lichtschein gewöhnt hatten, würde ihm der einzige Selkie auffallen.

Unauffällig griff Kleg nach dem Dolch. Im Mann-gegen-Mann-Kampf konnte er gewinnen, zumal er den Vorteil der Überraschung hatte.

Jetzt ging der Pili weiter in den Schankraum hinein. Niemand sprach. Nur der betrunkene Schweinehirt schwelgte weiter in seinem Ruhm. Da trat ein zweiter Pili ein, gleich darauf ein dritter.

Oje. Jetzt sah die Sache anders aus.

»Wir suchen nach einem Fischmann«, erklärte der Anführer lautstark.

Mehr als die Hälfte der Gäste schaute sofort auf Kleg.

Der Pili folgte ihren Blicken zu Klegs Tisch.

»Ah! Endlich haben wir dich!«

Doch was auch immer die Pili oder Kleg als nächstes sagen oder tun wollten, wurde durch das laute Bersten der östlichen Wand verhindert. Eine Tranlampe stürzte um. Ihr brennender Inhalt ergoß sich über Tische und Bänke. Die Männer schrien und stürzten in Panik zur Tür. Die Schenke erbebte, als würde ein Riese sie wütend schütteln. Dann steckte das Monster, von dem der betrunkene Schweinehirt soeben noch gesprochen hatte, den Kopf durch die zerbrochenen Bohlen, als wären diese tatsächlich nicht dicker als das Netz einer Gartenspinne gewesen.

Der Schweinehirt, der in seiner farbenprächtigen Schilderung gerade dasselbe Ungeheuer durch die Dorfstraßen jagte, warf einen Blick auf das schnaubende Monster, das sich durch die Wand gefressen hatte, und sank bewußtlos zu Boden.

Die drei Pili konnten gegen die Panik der beinahe dreißig Männer in der Schenke nichts ausrichten, sondern wurden von der Menge nach draußen gefegt. Jetzt fing das trockene Holz dort Feuer, wo der brennende Tran ausgelaufen war.

Kleg packte den bewußtlosen Schweinehirten und trug ihn hinter den anderen ins Freie. Dann wagte er noch einen Blick zurück... Das Monster war direkt hinter ihm. Er rannte los und bog in die nächste enge Gasse ein.

SECHZEHN

Zeit und Witterung hatten die Palisade, die das Dorf umgab, nicht besonders wohlwollend behandelt. Jedem gewöhnlichen Mann wäre es schwierig, wenn nicht unmöglich erschienen, die Holzwand zu erklimmen. Für den Cimmerier war dieses Unterfangen ziemlich einfach. An vielen Stellen war das Holz angefault. Sobald man diese Stelle auskratzte, fand man ausreichend Halt für Hände und Füße. Wo das Holz dem einen Feind Widerstand geleistet hatte, waren andere eingedrungen: Wurmlöcher und Termitenschäden erleichterten Conan das Klettern ungemein. Ebensogut hätte man eine Leiter über die Brustwehr hängen können. Wenn die Dorfbewohner sich auf diese Palisade als sicheren Schutzwall gegen Feinde von draußen verließen, lebten sie wie Narren in einem Traumreich.

Obwohl Conan als Cimmerier ein ausgezeichneter Kletterer war, bewegte er sich langsam, verglichen mit den Baumleuten. Sie huschten die Palisade wie Ameisen hinauf, ebenso schnell wie ein Mensch auf einem breiten Gartenweg.

Jenseits der Brustwehr sammelten sich alle.

»Und was jetzt?« fragte Cheen.

»Jetzt gehen wir auf Selkie-Jagd«, antwortete Conan. »Kleine Gruppen, nicht mehr als zwei oder drei, damit wir keine Aufmerksamkeit auf uns lenken.«

»Ich komme mit dir«, erklärte Cheen.

»In Ordnung. Wenn eine Gruppe von euch auf Beute stößt, sollte sie die anderen zu Hilfe rufen.«

Die Baumleute teilten sich auf und verschwanden in dem seltsam stillen Dorf.

Conan ging mit Cheen durch eine Gasse, die seiner Meinung nach in den Ortskern führte. Also, wenn er ein Selkie wäre, wo würde er sich verstecken?

Die Antwort lag auf der Hand: im Wasser und auf dem Weg zurück zu dem Zauberer, der ihn ausgeschickt hätte. Aber das Offensichtliche war nicht immer die Antwort. Wenn es stimmte, was Cheen ihm erzählt hatte, wäre die Jagd zu Ende, wenn die Selkies den See und den Pflanzendschungel erreicht hätten. Conan hatte keine Lust, zu den Menschen zu gehören, die sich in den Palast gewagt hatten und nie zurückgekehrt waren. Das Leben der Riesenbäume stand auf dem Spiel; aber wenn der Cimmerier dieses Los mit der Gefahr für sein Leben verglich, war er auf den eigenen Vorteil bedacht. Es gab noch mehr Bäume, auf denen Cheen und ihre Leute leben konnten, auch wenn sie nicht so riesig waren. Aber soweit er wußte, gab es nur einen einzigen Conan, und den wollte er gern am Leben erhalten.

Conan blieb stehen und schnupperte.

»Was ist?« fragte Cheen.

»Da brennt etwas.«

»Klar, ungefähr hundert Feuerstellen und fünfmal so viele Tranlampen und Kerzen«, lachte sie. »Der Gestank sagt doch alles.«

»Nein, es ist noch etwa anderes. Hör mal!«

Cheen legte den Kopf schief und lauschte. »Ich höre nur den Wind vom See und eine Nachtvogel – warte! Das sind Stimmen.«

Conan nickte. Ja, Stimmen und dazu das Knistern eines Feuers, das nicht klein sein konnte.

Er blickte zu den niedrigen Wolken hinauf. »Da!« rief er und zeigte in eine Richtung.

Ein schwacher orangefarbener Schimmer tanzte über die Wolken.

»Was ist das?«

»Das Feuer spiegelt sich in den Wolken. Komm, schauen wir nach, was da brennt.«

Mit unbeirrbarer Sicherheit führte der Cimmerier Cheen zum Ursprung des Feuerscheins.

Der Brand hatte bereits eine ziemlich große Menschenmenge angelockt, als Conan mit der Baumfrau dort eintraf. Über hundert Menschen standen da und sahen zu, wie das Gebäude abbrannte. Ein plötzlicher Windstoß trieb die Flammen zum Nachbarhaus hinüber. Die Menge schrie aufgeregt und starrte mit großen Augen in das Flammenmeer.

Jetzt eilte ungefähr ein Dutzend Männer mit Wassereimern herbei. Einer nach den anderen lief auf das Feuer zu und schüttete den Eimer aus. Die Hitze war so stark, daß die Männer sich nicht trauten, sich allzu nahe den brennenden Häusern zu nähern. Die Hälfte des Wassers in den Eimern landete auf der Straße. Der Rest des Wassers hatte auch wenig dämpfende Wirkung auf die Flammen.

Die Feuerbekämpfer liefen fort, um noch mehr Wasser herbeizuschaffenn.

Nur wenige Schritte von Conan und Cheen entfernt stand ein Mann in einer Fellweste, der stark nach Ziegen roch. Er redete laut vor sich hin.

»Mitra kann mich zu Boden schmettern, wenn ich lüge; aber der alte Seihman hat recht. Das Biest hat wirklich in die Wand ein großes Loch gemacht. Ja, es sieht wirklich wie ein Monster aus!« Der Ziegenhirt schüttelte den Kopf. »Nein, nein, noch nie hab ich so was gesehen! Ich gehe nur raus, um kurz mein Wasser abzuschlagen, und wie ich zurückkomme, ist die Bude voller Echsenmänner, Fischmänner und Ungeheuer, die sich durch Hauswände fressen!«

Conan trat etwas näher zu dem Alten.

»Fischmänner sagst du?« sprach er ihn an.

»Ja! Nun ja, mit Sicherheit einer! Hat da dick und fett neben dem alten Seihman gesessen und Wein getrunken, wie das Monster durch die Wand gebrochen is! Dann hat er den alten Seihman über die Schulter geworfen und ist mit ihm weggelaufen.«

»Und wohin?«

Der Ziegenhirte hob die Augen und blickte direkt auf die Brust des Cimmeriers. »Mitra, du bist aber ein Riese!«

»Der Fischmann! Wohin ist er gegangen?«

Der Ziegenhirte schüttelte den Kopf. »Keine Ahnung. Wahrscheinlich ist er totgetrampelt worden. Ich hab mit mir selber zu tun gehabt. Weiß nich, wohin der gelaufen is.«

»Und wie lange ist das her?«

»Seit dem Feuer. Nich lange.«

Conan schaute Cheen an. »Das müßte der Mann sein, den wir suchen.«

»Was ist mit dem Monster, von dem er geredet hat?« fragte Cheen.

Conan zuckte mit den Schultern. »Was soll damit sein? Das geht uns nichts an. Wir suchen den Fischmann. Bestimmt laufen hier nicht viele Selkies umher, die einen alten Mann tragen. Er dürfte nicht allzuschwer zu finden sein. Komm!«

Als die beiden weggingen, sprang das Feuer auf das nächste Haus über. Wieder schrie die Menge auf.

»Meine Königin, die Menschen brechen auf.«

Thayla erwachte aus einem leichten Schlaf. »Was?«

»Sie gehen aufs Dorf zu«, antwortete Blad.

»Aber du hast doch gesagt, daß das Tor bewacht wird.«

»So ist es. Aber sie gehen nicht zum Tor.«

Thayla schüttelte den Kopf, um den letzten Schlaf zu verscheuchen. »Das will ich mir ansehen. Zeig's mir!«

Sie folgte dem jungen Pili zum Dorf. Kurz vor der Palisade sahen sie gerade noch, wie die Baumleute und der Cimmerier hinüberkletterten.

»Sie haben Mut, das muß ich zugeben«, sagte sie.

»Was tun wir jetzt, Mylady?«

»Wir folgen ihnen. Wenn sie drüberklettern können, dann schaffen wir das auch.«

So war es in der Tat. Allerdings war es für Thayla sehr schwierig. Trotz Blads Hilfestellung dauerte es ziemlich lange, bis sie den nächsten Halt für Hände und Füße fand.

Als die beiden Pili endlich die Palisade überwunden hatten, war von den Baumleuten und Conan nichts mehr zu sehen.

Thayla geriet einen Augenblick lang in Panik. Wenn ihr Gemahl noch lebte – und das war sehr wahrscheinlich –, dann befand er sich in dieser Ansammlung elender Buden, welche die Menschen als Dorf bezeichneten. Karatas war keine Metropole. Eigentlich war es unvermeidlich, daß der König der Pili und ihr Liebhaber sich begegneten. Sie mußte Conan unbedingt vorher finden und dafür sorgen, daß er schnellstens vor seine Götter trat. Aber wo steckte der Kerl?

»Schaut, Mylady, Rauch!«

Ja, eine dicke schwarze Rauchwolke lag über dem Dorf, und der orangerote Lichtschein mußte ein Feuer sein. Feuer? Die Flammen zogen gewiß auch Conans Aufmerksamkeit auf sich.

»Los, dorthin!« rief sie.

In Panik lief Kleg mit dem betrunkenen Alten über der Schulter, der nach Schweinen stank und immer noch bewußtlos war, durch die Gassen. Es bestand kein Zweifel, daß das Monster nach ihm suchte.

Schließlich hatte es sich auch durch die Wand des zweiten Hauses gefressen, in dem Kleg Zuflucht gesucht hatte. Aber wie hatte es ihn aufgespürt? Nun, wenn Er der Schöpfer es geschickt hatte, dann war das natürlich ein Kinderspiel. Dieser Gedanke bestätigte nur Klegs Meinung, daß sein Herr und Meister allmächtig war.

Er mußte den Talisman finden und zurück in den Palast laufen. Und beides mußte er möglichst schnell tun. Man konnte Feinden wie den Pili und einem dämonischen Untier in einem Dorf, das von drei Seiten durch eine hohe Palisade geschützt war und an einer Seite an den See stieß, nicht lange entgehen.

Halt, was war das?

Kleg drückte sich in den Schatten neben einer Bäckerei und starrte ängstlich auf zwei Gestalten, die nicht weit von ihm in der engen Gasse unter einer Fackel standen. Es waren ein Mann und ein Junge, beide nach Art der Baumleute gekleidet. Er war nicht ganz sicher, aber der Junge kam ihm bekannt vor. Eigentlich sahen für ihn alle Baumleute gleich aus; aber – das hätte der Zwilling des Burschen sein können, den er den Pili als Tausch für den ungehinderten Weitermarsch gegeben hatte.

Nein, unmöglich! Jener Junge war sicherlich längst in einem Topf gelandet und von den freßgierigen Pili verspeist worden.

Es spielte auch keine Rolle. Wichtig war nur, daß beide mit Sicherheit Baumleute waren. Wie kamen sie hierher? Liefen noch weitere Kameraden von ihnen durchs Dorf? Ja, bestimmt. Und alle waren zweifellos hinter Kleg her.

Bei den Schwarzen Tiefen des Sargossa! Reichte es nicht, daß zwei verschiedene Feinde ihn jagten? Jetzt waren es drei!

Kleg sank in sich zusammen. Das war zuviel!

Dann riß er sich zusammen und lief in den nächsten Hinterhof, um den Baumleuten nicht zu begegnen. Er mußte einen Platz finden, wo er dieses stinkende, besoffene Schwein wiederbeleben konnte, um herauszufinden, was der Kerl wußte. *Falls* der Alte etwas wußte, das Kleg dienlich sein konnte.

Nachdem er durch weitere Gassen und über Höfe geirrt war, fand der Erste Selkie endlich einen Stall, der bis auf zwei dürre Klepper leer war. Drinnen war es ziemlich dunkel. Durch ein Fenster weit oben fiel genug Mondlicht, damit er sich orientieren konnte. Kleg legte den Alten auf einen Ballen Stroh. Dann blickte er suchend umher. Womit konnte er den Trunkenbold wecken?

Kleg fand den Ledereimer, mit dem die Pferde getränkt worden waren. Er füllte ihn mit dem Schmutzwasser aus einem Holztrog. Dann spritzte er dem Alten Wasser ins Gesicht. Als dieser darauf nicht reagierte, schüttete der Selkie wütend den ganzen Eimer über den Schweinehirt. Endlich wurde dieser wach.

»He, aufhören! Mitra verfluche dich!«

Kleg wartete, bis der Alte sich das Gesicht abgewischt hatte.

»Wer bist du denn?«

»Ich habe dich zum Wein eingeladen, erinnerst du dich?«

»Ach ja! In der *Strahlenden Hoffnung*. Der Fischmann. Warum ist es hier so dunkel? Ich kann überhaupt nichts sehen.«

»Das spielt jetzt keine Rolle. Erinnerst du dich noch an das Ungeheuer, das dich gestern abend auf der Straße angegriffen hat?«

»Mir tut der Kopf weh. Ich brauche was zu trinken.«

»Später. Du bekommst ein ganzes Faß Wein, wenn du mir hilfst.«

»Was? Ein ganzes Faß Wein?«

»Als du das Ungeheuer gesehen hast, ist dir da noch etwas aufgefallen?«

»Noch etwas? Was denn?«

»Ein ... Samenkorn. Ungefähr so groß wie eine Männerfaust.«

»Ja, so ein Ding habe ich gesehen. Ich habe es eingesteckt, weil ich es dem alten Talow verhökern wollte, aber ...«

»Aber was?«

Trotz der Dunkelheit sah Kleg, wie sich die Züge des Alten listig verzogen. Die blutunterlaufenen Augen wurden schmal. Er lächelte verschlagen.

»Red weiter! Was ist mit dem Samen?«

»Nun ja, vielleicht ist er wertvoll.«

»Ich habe bereits erklärt: ein Faß Wein für dich, wenn du ihn mir verschaffst.«

»Vielleicht ist er aber mehr wert als ein Faß Wein. Vielleicht eher zwei Fässer?«

»Gut, zwei.«

»Na, wir wär's mit drei?«

Jetzt platzte der Selkie fast vor Wut. Jeder im Dorf wollte sein Blut trinken, und dieser stinkende alte Kerl wollte mit ihm feilschen! Kelg packte den Schweinehirt und hob ihn hoch. Dann zückte er den Dolch und preßte die Spitze gegen die Kehle des Alten. »Und vielleicht mache ich dich einen Kopf kürzer und spucke in das Loch in deinem Hals! Wenn du den Samen hast, dann gib ihn her!«

»N-n-nein, nicht töten! Ich habe ihn nicht ...«

Kleg drückte die Spitze etwas weiter ins welke Fleisch. Ein Bluttropfen erschien.

»W-w-warte! Ich hatte ihn, aber ich hab ihn verloren!«

»Wo hast du ihn verloren?«

»Ich weiß nicht. Heute morgen hatte ich ihn noch,

wie ich die Schweine gefüttert habe! Danach konnte ich ihn nicht mehr finden.«

»Wo ist dein Schweinekoben?«

»Hinter dem Schlachthaus. Vom Getreidespeicher noch zwei Straßen weiter.«

Kleg ließ ab von dem Alten, so daß dieser wieder auf den eigenen wackligen Beinen stand. »Ist das auch wahr? Hast du ihn vielleicht beim Koben verloren?«

»Ja, ich bin sicher, daß ich ihn da verloren habe.«

Kleg spürte einen Hoffnungsschimmer. Konnte es sein, daß er noch in dieser Nacht den Talisman wiederbekam und fliehen könnte?

»Und was ist mit meinem Wein?« fragte der Schweinehirt. Seine Stimme zitterte nicht mehr. Gier hatte die Angst vertrieben.

Kleg musterte den Alten. Er durfte nicht zulassen, daß der Trunkenbold anderen seine Geschichte erzählte.

»Der Wein. Ja, der steht direkt hinter dir.«

Als der Alte sich umdrehte und in die Dunkelheit spähte, packte Kleg ihn bei den Haaren und zog ihm die Klinge über die Kehle. Röchelnd sank der Schweinehirt zu Boden. Er griff sich an den Hals und starb.

Kleg blickte zum Fenster. Es wurde heller. Der Himmel leuchtete orangegelb. Das Feuer! Offenbar breitete es sich weiter aus.

Der Selkie gönnte dem Schweinehirten keinen weiteren Blick, sondern lief aus dem Stall.

Bei den Schwarzen Tiefen des Sargossa, das halbe Dorf stand in Flammen!

Er mußte zum Schweinekoben, ehe alles in Schutt und Asche lag.

Kleg lief los.

Conan erkannte die Gefahr, als das Gebäude neben der Palisade zusammenkrachte. Flammen leckten an dem hohen Holzwall hinauf. Im nächsten Augenblick würde alles lichterloh brennen.

Der Cimmerier packte Cheen am Arm. »Wir müssen das Dorf verlassen!«

»Was?«

»Das Feuer ist außer Kontrolle geraten. Das ganze Dorf brennt ab. Wir werden bei lebendigem Leib geröstet, wenn wir nicht sofort verschwinden.«

Die Menschen um ihn herum hatten offenbar ebenfalls die Gefahr erkannt. Aufgeregt schrien sie durcheinander. Conan sah, wie vier Männer die Hauptstraße zum großen Tor entlangrannten. Zu beiden Seiten loderten hohe Flammen aus den Häusern. Da neigte sich das höchste Gebäude und begrub die vier unter sich. Brennende Bohlen versperrten die Straße.

Die Flammen schlugen zum nächtlichen Himmel empor. Die Hitze versengte Conans bloße Hautstellen. Die Luft brannte ihm in der Lunge. Überall knisterten und krachten die brennenden Häuser. Funkenwirbel drehten sich wie Wüstenteufel.

Die Bewohner schrien und wehklagten, als ihnen klar wurde, daß sie alles verloren hatten. Eine wahnsinnige, lodernde Feuerwand stieg vor Conan und Cheen auf und blockierte den Weg zum Tor. Aus der Palisade schossen feurige Finger in die Dunkelheit empor.

»Der See!« brüllte Conan Cheen ins Ohr. »Wir müssen uns zum See durchschlagen!«

»Der See ist gefährlich.«

»Alles andere ist unser sicherer Tod. Komm!«

Die beiden machten kehrt und liefen in die Richtung, wo die einzige Kühlung im Dorf zu finden war. Allerdings wußte Conan nicht, ob sie den See erreichen würden, da auch aus den schweren Bohlen der Docks Rauchwölkchen aufstiegen.

Der Cimmerier schaute kurz auf. Ein Pili lief in dieselbe Richtung. Hinter dem Echsenmann rannten Tair und Hok. Alle persönlichen Fehden mußten jetzt warten. Wenn Tiere vor einer Feuerbrunst fliehen, werden sie alle zu Brüdern.

Siebzehn

Thaylas Angst, daß ihr Gemahl mit Conan zusammentreffen könnte, wich der Angst, bei lebendigem Leib geröstet zu werden. Wohin sie auch blickte – überall schlugen Flammen zum Nachthimmel empor. Das ganze Dorf brannte. Was war geschehen?

»Mylady, hier entlang!«

Thayla ließ sich von Blad mitziehen. Der junge Pili schien zu wissen, wohin sie fliehen konnten. Aber dann sah sie plötzlich eine Bresche in der Feuerwand und rief ihm zu: »Dort ist frei!«

»Da kommen wir aber zum See, Mylady.«

Thayla verstand den Einwand. Pili konnten nicht schwimmen. In der Wüste gab es dazu auch wenig Gelegenheit. Obgleich die Pili an die Hitze der Wüste gewöhnt waren, ließ sich diese mit der sengenden Glut dieser Feuersbrunst nicht vergleichen.

»Da gibt es bestimmt irgendein Wasserfahrzeug. Los, komm!«

Die beiden rannten weiter. Immer wieder stürzten Häuser krachend in sich zusammen. Funken stoben auf. Menschen schrien, die sich nicht mehr rechtzeitig vor den brennenden Bohlen in Sicherheit bringen konnten.

Thayla hatte keine Ahnung, wer dieses Inferno hervorgerufen hatte, aber sie hegte den Verdacht, daß der von ihr Gejagte irgendwie dafür verantwortlich war.

Die Königin der Pili sprang rasch beiseite, um einem

Glutregen auszuweichen, der von einem Dach herabrauschte. Über die Ursache des Feuers kannst du dir später den Kopf zerbrechen, du Närrin! schalt sie sich. Überleg lieber, wie du mit heiler Haut davonkommst!

Der Nebelmagier schwebte durch einen Korridor seines Reichs, als er die plötzliche Schwere spürte. Konnte es sein? Kehrte seine feste Gestalt so bald schon zurück?

Im nächsten Augenblick stand er mit festen Beinen auf den Steinplatten des Fußbodens.

Ein Wunder! Wenn das so schnell nach dem letzten Mal geschah, konnte es nur ein gutes Omen bedeuten! Er stand dicht vor dem Ziel!

Keiner seiner Diener war in der Nähe. Dabei brauchte er schleunigst etwas zu essen und seine Geliebte, solange er über einen festen Körper verfügte. Dimma schritt den Gang entlang und genoß die Aussicht auf kommende Wonnen. Plötzlich blieb er vor einer Kristallscheibe stehen, die in Form einer Fledermaus als Fenster geschnitten und in die Wand eingelassen war. Beinahe wäre er hingefallen, weil er so wenig daran gewöhnt war, die Beine zu gebrauchen. Er warf einen Blick durch das Fenster.

Der Kristall war nicht gleichmäßig dick, so daß er alles etwas verzerrt zeigte. Trotzdem sah Dimma an klaren Tagen gewöhnlich das Dorf Karatas am östlichen Ufer des Sees. Im Dunkel der Nacht – wie jetzt – war das Dorf für gewöhnlich unsichtbar, da die kleinen Lichter der Häuser nicht so weit leuchteten. Doch jetzt sah Dimma Karatas ganz deutlich – zumindest das, was vom Dorf noch übrig war.

Selbst aus dieser großen Entfernung war der Flammenwall beeindruckend, der das Dorf und die Feuersäule darin umschloß.

Dimma betrachtete das Schauspiel fasziniert. In seinen fünfhundert Lebensjahren hatte er die Vernichtung vieler Städte gesehen – durch Feuer, Wind oder durch Magie. Nach so langer Zeit überraschte ihn nicht mehr viel. Irgendein tölpelhafter Dorfbewohner hatte eine Tranlampe umgestoßen, worauf das auslaufende brennende Fett das zundertrockene Holz der Hütte in Brand gesteckt hatte. Blitzschnell hatte das Feuer dann auf die anderen Häuser übergegriffen. Wirklich kein außergewöhnliches Ereignis.

Dimmas Gesicht verzog sich zu einem boshaften Grinsen. Obwohl er schon oft Feuersbrünste gesehen hatte, genoß er diesen Anblick immer wieder. Die Angst und Panik der Dorfbewohner würden ihn ergötzen, könnte er sie jetzt aus der Nähe hören. Wie schön wäre es, die angstverzerrten Gesichter zu sehen! Ja, manche Dinge verloren niemals ihren Reiz.

Doch während Dimma zum brennenden Karatas hinüberblickte, kam ihm ein beunruhigender Gedanke. Sein Erster Selkie mußte dieses Dorf passieren, wenn er ihm die letzte Zutat zum Lösungszauber zurückbrachte. Hatte er das Dorf bereits hinter sich, gab es kein Problem. Auch wenn Kleg das rettende Wasser noch nicht erreicht hatte, konnte er vor dem Dorf warten, bis alles abgebrannt war. Dimma gefiel diese Verzögerung zwar nicht, aber er verstand sie. Aber was war, wenn Kleg jetzt *im* Dorf war? Was, wenn dieser Narr sich samt dem einzigen noch fehlenden Teil des Lösungszaubers, den Dimma so dringend benötigte, verbrennen ließ?

Nein, das durfte nicht geschehen!

Dimma wendete sich vom Kristallfenster ab und lief weiter. Er mußte noch mehr Diener zu dem Selkie schicken. Wenn nötig, alle Geschöpfe, die ihm untertan waren; denn nichts war wichtiger, als daß diese Mission erfolgreich abgeschlossen wurde, nichts!

Dem Zauberer gelangen jedoch nur fünf schnelle

Schritte. Der sechste blieb ihm bereits versagt. Sein Fuß berührte den Boden nicht mehr. Dimmas Körper löste sich wieder auf und wurde zu einer Dunstschwade. Laut schrie der Nebelmagier seine ohnmächtige Wut zum Himmel hinauf.

Kleg, Erster Selkie, Höchster aller Wesen, die Er der Schöpfer aus Fischen erschaffen hatte, kniete in dem mit Schweinemist vermengten Schlamm und wühlte verzweifelt mit den Händen darin herum.

Die Schweine waren weg. Kleg hatte den Pferch umgestoßen, worauf die Tiere aus Angst vor dem Feuer laut quiekend geflohen waren. Auch der Selkie war beunruhigt. Immer wieder warf er einen Blick über die Schulter zurück. Das verfluchte Monster konnte jeden Augenblick auftauchen; aber daran durfte er jetzt nicht denken.

Bei der sengenden Hitze trocknete der Schlamm schnell. Dadurch wurde die Suche noch schwieriger. Das nächste Haus stand noch nicht in Flammen; aber es rauchte und knisterte bereits bedrohlich. Es war nur eine Frage von Minuten, bis es ebenfalls der Feuerbrunst zum Opfer fallen würde.

Viel Zeit blieb ihm nicht. Das wußte Kleg. Er war von den Flammen fast eingeschlossen. Der heiße Feueratem brannte auf der bloßen Haut der Arme und im Gesicht. Wie kleine Harken gruben seine Finger im Schlamm. Er flehte zu den Göttern, daß der alte Trunkenbold die Wahrheit gesagt hatte. Der Talisman mußte hier sein! Ja, er *mußte* hier sein!

Lautes Krachen verkündete, daß das Nebenhaus Feuer gefangen hatte. Ein Hitzeschwall traf den Selkie wie der Schlag einer glühenden Faust.

Kleg warf sich mit dem Gesicht nach unten in den Schlamm. Die zähe Masse kühlte. Schnell rollte der Selkie sich darin, bis er mit einer dicken Schlammschicht bedeckt war. Das half; allerdings war ihm klar, daß er nur noch wenige Sekunden hier bleiben konnte. Dann mußte er fliehen oder sterben.

Es gab keine Rettung. Der Talisman war verloren.

Kleg tat zwei Schritte. Da trat er auf etwas Hartes. Schnell bückte er sich und grub im Schmutz. Die Form war ihm bekannt. Konnte es sein?

Das Samenkorn!

Kleg grinste, als er den Talisman aus dem Schlamm zog. Er hatte ihn!

Schnell steckte er den Samen in den Lederbeutel und verschnürte ihn diesmal sehr sorgfältig. Dann rannte er los. Vor ihm gab es nur noch eine schmale Lücke im Flammenwall. Schnell nahm er die letzte Gelegenheit wahr.

Dann roch er bereits den See. Es brannte zwar überall lichterloh; aber Kleg war sicher, daß er es bis zum Wasser schaffen würde.

Die Schlammschicht schützte ihn gegen die intensive Hitze. So schnell er konnte, rannte der Selkie zum Wasser, wo er in Sicherheit sein würde.

Conan führte Cheen, Tair und Hok ans Seeufer. Mehrere Dorfbewohner hatten die gleiche Idee gehabt. Sie umringten die kleinen Boote, die auf dem Uferstreifen lagen.

Conan ging auf ein Boot zu, in dem sechs Leute gut Platz hatten.

Ein kräftiger Mann war schneller. »Das ist mein Boot!« brüllte er und machte sich daran, das Boot ins Wasser zu schieben.

»Es ist doch für sechs Leute Platz. Wir teilen es uns«, schlug Conan besänftigend vor.

»Nein, dazu ist nicht genug Zeit!« Der Mann zog einen Dolch aus dem Gürtel. Die geschwungene Klinge war beinahe so lang wie ein Kurzschwert. »Hau ab!«

»Du hast recht. Zeit haben wir nicht!« Der Cimmerier riß sein Breitschwert heraus und schlug den Gegner nieder. Wie ein Mehlsack fiel der Mann zu Boden.

»Ins Boot!« befahl Conan.

Tair, Cheen und Hok gehorchten.

Neben ihnen gingen die teergetränkten Bohlen eines Anlegestegs in Flammen auf.

Conan stieß das Boot vom Ufer ab. Im letzten Augenblick schwang er sich hinein. Er landete neben Cheen.

Tair hatte bereits ein Ruder eingelegt. Hok mühte sich mit dem zweiten Ruder ab. Da nahm es ihm der Cimmerier aus der Hand und schob es in die Halterung. »Macht Platz!« befahl er und schob die beiden kleinen Männer beiseite.

Der Cimmerier war zwar im Rudern nicht besonders geübt; aber er machte mangelndes Können durch seine Kraft wett. Das Boot schoß vorwärts, als Conan sich richtig in die Riemen legte. Cheen bewunderte das Spiel seiner Muskeln.

Jetzt stürzte ein Schuppen auf dem Dock in sich zusammen. Aber nur wenige Funken der Feuerfontäne fielen auf das Boot.

Conan hatte von der Ruderbank aus das Dorf im Blick. Es war jetzt ein einzige Flammenmeer. Er sah die Umrisse einiger Gestalten am Ufer vor dem tobenden Inferno.

»Die Pflanzen sind nicht weit«, sagte Tair.

Conan nickte, sagte aber nichts. Zwischen dem Dorf und dem Pflanzenteppich lag ein Streifen freies Wasser, der genügte, damit das Feuer sie nicht erreichte. Es erschien ihm höchst unwahrscheinlich, daß die Wasserpflanzen Feuer fangen würden. Über die Gefahren der grünen Hölle konnte er sich später noch den Kopf zerbrechen. Jetzt war es wichtig, dem Feuer zu entfliehen.

Conan ruderte, und das Boot glitt auf dem Wasser dahin. Sie waren in Sicherheit.

Als Thayla und Blad das Ufer erreichten, lagen dort nur noch zwei Boote. Ungefähr fünfzehn Männer stritten sich darum. Sie gingen mit Fäusten und Füßen aufeinander los. Einige benutzten auch Dolche und Stöcke. In den kleinen Booten fanden höchstens fünf Menschen sicher Platz, sonst sank der Kahn.

Thayla überlegte keine Sekunde lang. Sie lief zum ersten Boot. »Blad, mach den Weg frei!«

Der junge Pili-Krieger stieß einen wilden Kriegsschrei aus und stürmte mit eingelegtem Speer los.

Die Dorfbewohner hatten offensichtlich nicht mit einer Attacke des Pili gerechnet. Blads greller, fast jodelnder Schrei jagte ihnen Angst ein. Wie erstarrt standen die Männer da und schauten die beiden Fremden an.

Zum Glück stand nur ein einzelner Mann zwischen Thayla und dem nächsten Boot. Blad durchbohrte ihn mit dem Speer und schleuderte Mann samt Waffe aus dem Weg. Dann trat er einen halben Schritt beiseite, um der Königin Platz zu machen. Blitzschnell sprang Thayla ins Boot. Blad stieß es vom Ufer ab und schwang sich ebenfalls hinein. Dann ergriff er ein Ruder und stellte sich achtern auf, wobei er den verblüfften Männern am Ufer den Rücken zuwandte. Noch einmal stieß der junge Pili seinen markerschütternden Kriegsschrei aus und schwenkte drohend das Ruder.

Mehrere Männer wateten ins Wasser, um das Boot zu verfolgen. Fünf andere liefen zum letzten Boot. Damit zogen sie Aufmerksamkeit derer auf sich, welche die Pili verfolgen wollten.

Thayla ergriff das zweite Ruder. Gemeinsam schafften es die beiden Pili, das Boot ins tiefe Wasser zu bringen.

Inzwischen prügelten sich die Männer am Ufer um das letzte Boot. Doch da brach das Dock neben dem Boot in sich zusammen und begrub Männer und Boot unter den brennenden Bohlen. Ein heißer Lufthauch streifte Thayla. Es verschlug ihr den Atem; aber sie hörte nicht auf zu rudern.

Nur ein einziger Mann hatte die Verfolgung nicht aufgegeben, wie sie jetzt sah. Er war offenbar ein guter Schwimmer. Er kam schneller vorwärts, als Thayla rudern konnte. In wenigen Minuten war er längsseits.

»Warte! Laßt mich ins Boot!«

»Blad!« befahl die Königin.

Der junge Pili schaute seine Königin an. Sie nickte bedeutungsvoll zu dem Mann im Wasser hinüber. Blad verstand.

Er sagte zu dem Mann: »Hier, nimm das Ruder!«

Als der Mann nahe genug war, um die Hand nach dem Ruderblatt auszustrecken, riß Blad es hoch und schlug dem Mann mit aller Kraft auf den Kopf.

Thayla sah ungerührt zu, wie der Mann im See versank. Blasen stiegen auf; aber der Mann kam nicht wieder hoch. Gut. Jetzt hatten sie das brennende Land hinter sich. Thayla nahm das Ruder aus dem Wasser.

»Bring uns dort drüben zu den Pflanzen, Blad!« befahl die Königin.

Sie hatte vor, dort abzuwarten, bis das Feuer niedergebrannt war. Später wollte sie wieder ans Ufer, um nach Hause zurückzukehren. Sie war ganz sicher, daß ihr Gemahl oder Conan – oder beide – im Feuer umgekommen waren. So war ihr Feldzug beendet.

Sie hatte zwar nur mit knapper Not ihr Leben retten können; aber sie fühlte sich gut.

Kleg sprang über die rauchenden oder glühenden Balken, die ihn zu rösten drohten. Der getrocknete Schlamm platzte in großen Stücken von ihm ab, bot aber immer noch einen gewissen Schutz. Jetzt lag zwischen Kleg und dem Wasser nur noch ein kleines Hindernis: eine niedrige Feuerwand, die von einem auf dem Dock umgefallenen Teerfaß gespeist wurde.

Der Selkie löste im Laufen den Beutel vom Gürtel und knotete ihn um den Hals. Er schlug ihm zwar gegen die Brust; aber jedesmal, wenn er das Samenkorn spürte, hüpfte ihm das Herz vor Freude höher.

Beim Sprung über die Feuerlinie spürte Kleg, wie die Hitze ihm die Beine versengte. Er landete nicht auf ebenem Gelände, sondern auf einem glühenden Eisenstück und verrenkte sich den Knöchel. Er hörte das Knacken und wußte, daß er sich ernsthaft verletzt hatte.

Beim nächsten Schritt wußte er Bescheid. Er konnte auf dem linken Bein nicht mehr stehen. Der Knöchel trug ihn nicht.

Da explodierte das Teerfaß hinter ihm. Brennende Teerklumpen flogen durch die Luft. Einer traf Klegs rechten Stiefel. Verzweifelt zerrte er daran und schleuderte ihn weit von sich, als er ihn endlich gelöst hatte. Jetzt mußte er auf dem gesunden Bein weiterhüpfen, das barfuß war. Zum rettenden Wasser war es jedoch nicht mehr weit. Er hüpfte weiter.

Jetzt floß ein brennender Teerbach auf den Selkie zu. Er schaute zurück. Weitere Teerfässer waren in Band geraten. Wenn alle gleichzeitig in die Luft flogen, würde er ein Bad in brennendem Teer nehmen!

Kleg hüpfte mit letzter Kraft um sein Leben.

Jetzt explodierten die Fässer; aber da tauchte er bereits in die kühlen Fluten des Sees. Ein dicker brennender Teerklumpen schlug dicht neben ihm ins Wasser. Kleg tauchte immer weiter in die Tiefe.

Da setzte auch bereits der Gestaltenwandel ein. Sehr bald brauchte er sich keine Sorgen mehr um die Gefahren zu machen, welche an Land drohten. Im nächsten Augenblick war Kleg lang, schlank und tödlich. Bis auf eine schmerzende Flosse an der linken Seite hatte er sich im ganzen Leben nie besser gefühlt.

Das einst menschenähnliche Wesen verzog das Maul mit den spitzen Zähnen zu einem breiten Grinsen und schwamm wieder in dem Gewässer, in dem es einst geboren war.

Achtzehn

Conan ruderte das Boot bis an den Rand des Pflanzenteppichs. Als das Ruder auf das Grün stieß, war es, als hätte es festen Boden getroffen.

Die vier Insassen kletterten aus dem Boot. Ja, der Untergrund schien in der Tat fest zu sein. Conan betrachtete die Blätter, die schuppenförmig um die biegsamen Stengel der Schlingpflanzen gerollt waren. Diese fingerdicken Stränge waren im Schein des brennenden Dorfs gut sichtbar. Sie verliefen wie in einem festen Gewebe kreuzförmig und trugen das Gewicht des Cimmeriers mit Leichtigkeit. Allerdings gaben sie etwas unter den Füßen nach, so daß er das Gefühl hatte, auf einem dicken elastischen Moosteppich zu gehen. Die Pflanze roch säuerlich, beinahe nach Fisch.

Mehrere Boote glitten ebenfalls auf den Sargasso zu; aber keines näherte sich der Stelle, wo Conan mit seinen Freunden stand. Vielleicht hatten sich bereits Überlebende auf das Grün gerettet, aber die Oberfläche war uneben. Es gab Hügel und flache Gräben. Der Cimmerier sah niemanden. Dieser Sargasso-Dschungel war eine seltsame Gegend.

Conan schaute zurück zum Dorf, das jetzt ein einziges Flammenmeer war. Selbst wenn das Feuer vor dem Wasser aufhörte, mußte die Hitze tödlich sein. Bis hierher spürte er den Gluthauch. Sollte noch etwas dort leben, wo Karatas gestanden hatte, würde es in Kürze bis zur Unkenntlichkeit verkohlt sein.

Plötzlich stieg eine riesige Feuersäule am Ufer empor. Sie wirbelte umher und schickte Funkenfontänen in die Luft.

Ja, sie hatten wirklich Glück gehabt! Viele andere waren nicht so schnell gewesen.

Conan beobachtete die Feuersäule noch eine Zeitlang, dann wendete er sich an Cheen. »Es sieht so aus, als ob unsere Suche hier zu Ende ist. Wenn dein magischer Talisman dort drüben war« – er zeigte zum Dorf –, »dann ist er jetzt mit Sicherheit vernichtet. Es tut mir leid.«

Cheen drehte sich beiseite. Der Cimmerier hielt ihre Regung für Trauer.

»Nein«, erklärte sie mit fester Stimme, »der Same ist nicht vernichtet.«

Verblüfft schaute Conan sie an.

Cheen blickte zu Boden. »Zumindest ein Dieb muß entkommen sein. Ich spüre immer noch die Gegenwart des Samenkorns«, sagte sie. »Aber es bewegt sich von hier fort. Da unten.« Sie deutete auf den Pflanzenteppich unter ihren Füßen.

Conan griff verstohlen zum Schwert. Doch dann hielt er inne. »In den Pflanzen?«

»Darunter. Die Selkies müssen den Samen immer noch haben. Einer schwimmt damit vom Feuer weg.«

Conan nickte. Cheens Wissen um derartige Dinge war Magie, und er mochte Magie nicht. Trotzdem war er überzeugt, daß sie die Wahrheit sagte.

Der Cimmerier wandte sich an Tair. »Deine Schwester sagt, daß der Same das Feuer unbeschädigt überstanden hat. Wenn wir ihn immer noch zurückholen wollen, müssen wir ihn in diesem Dschungel weiterverfolgen.«

Tair nickte. »Ja, so ist es. Nun, niemand soll je sagen können, daß Tair sich vor einem tückischen Unkraut und seinen Bewohnern gefürchtet hat, ganz zu schweigen von dem bösen Zauberer, der über alles herrscht.

Ich folge diesen Dieben bis in die Eingeweide der Erde, wenn es nötig ist.«

»Und ich auch«, fügte der Junge hinzu.

Conan betrachtete die riesige Fläche des Sargasso, der am Rand vom Feuerschein des Dorfs beleuchtet wurde, sich weiter hinten jedoch in der Dunkelheit der Nacht verlor. Nun ja, war er bis hierher gekommen, machten ein oder zwei Tage auch nicht mehr viel aus.

»Ich komme mit euch«, sagte er.

Tair grinste. »Gut. Gegen uns beide sind die Ungeheuer des Nebelmagiers doch machtlos.«

Conan konnte ein Grinsen nicht unterdrücken. Er war froh, daß Tair so dachte, obwohl ihn seine eigenen Erfahrungen gelehrt hatten, mit derartigen Behauptungen vorsichtiger zu sein. Aber eins mußte er dem Kleinen lassen: Er war tapfer.

»Ich finde, wir sollten warten, bis es hell wird, bevor wir weitergehen«, sagte Conan.

»Ja, du bist so weise«, stimmte ihm Cheen zu.

Conan lächelte. Weise? Das wohl kaum. Ein weiser Mann hätte sich nie auf dieses verrückte Unterfangen eingelassen. Aber andererseits hatte er nie behauptet, Weisheit erlangt zu haben. Diese Tugend konnte er noch entwickeln, wenn sein Haar die Farbe der Schneegipfel seiner Heimat zeigte, wenn seine Augen trüb und seine Ohren so stumpf wie eine verrostete alte Klinge wurden.

Falls er so lange lebte …

Die Königin der Pili und ihr junger Begleiter verließen das Boot und suchten sofort nach einem Platz, wo sie sich verstecken konnten. Blad verstand wie gewöhnlich nicht, warum die Königin das tat. Thayla hatte inzwischen keine Lust mehr, ihm alles zu erklären. Sie seufzte.

»Wir sind allein. Du hast deinen Speer verloren. Wir

haben keine anderen Waffen mehr, um uns zu verteidigen, als unsere Dolche. Jetzt stell dir vor, daß du einer der Bewohner des Dorfs da drüben bist und mit deinen Nachbarn jetzt hier hockst – falls du das Glück hattest, ein Boot zu erwischen.«

»Ja, Herrin, aber ich verstehe nicht…«

»Zweifellos fühlst du dich hundeelend«, fuhr Thayla fort, ohne auf seinen Einwand einzugehen. »Da du alles verloren hast, was du je besaßest, verspürst du vielleicht außer deinem Kummer auch eine gewisse Wut. Und dann siehst du plötzlich zwei unbewaffnete Pili, von denen einer eine wunderschöne Frau ist. Was meinst du wohl, was dir in den Sinn käme in deinem Kummer und deiner Wut, wenn du ein Mann in einer Gruppe von Männern wärst?«

Thayla sah zu, wie diese Gedanken langsam in Blads Verstand eindrangen. Es dauerte eine Weile.

»Ja, jetzt verstehe ich«, sagte er schließlich.

»Wie schön! So, dann such uns ein Versteck, bis wir herausgefunden haben, wen es außer uns sonst noch auf dieser stinkenden grünen Insel gibt.«

Vorsichtig führte Blad die Königin zu einem flachen Hügel unweit der Stelle, wo sie gelandet waren. Plötzlich blieb er stehen. Am Fuß des Hügels kauerte eine Gestalt. Blad zückte den Dolch.

»Thayla, bist du das?«

Die Stimme war unverkennbar. Selbst in der Dunkelheit erkannte Thayla ihren Gemahl. Sie erschrak. Panik ergriff sie.

Blad steckte den Dolch weg. »Mylord.«

Thayla knirschte mit den Zähnen, als der junge Bursche von Rayk zu ihr schaute. Schuld leuchtete auf seinem Gesicht wie eine Fackel. Sie hatte ihm erzählt, daß Rayk mit Sicherheit tot sei.

»Was suchst du hier?« Rayk trat ins Sternenlicht und blickte seine Gemahlin verblüfft an.

»Mein liebster Gemahl! Wie glücklich bin ich, dich zu sehen.«

Thayla schob Blad beiseite, der mit offenem Maul dastand, und umarmte ihren Gatten. Sie preßte sich eng an ihn und streichelte seine Rückenmuskeln.

»Thayla ...?«

Die Finger der Königin glitten tiefer. Dabei bewegte sie verführerisch die Hüften. »Mein Gemahl, ich dachte schon, du seist tot.«

»Beinahe wäre ich das. Aber-aber-wie-warum ...?«

Thayla Verstand arbeitete blitzschnell. Sie trat einen Schritt zurück, ließ aber die Hände auf Rayks Schultern liegen. Dabei schaute sie ihn liebevoll an – sie hoffte, daß er ihren Blick so deutete. Jetzt mußte sie ihm eine glaubwürdige Geschichte auftischen, und zwar schnell.

»Eine Bande von Baumleuten hat unser Heim angegriffen«, sagte sie und warf Blad einen warnenden Blick zu.

Der junge Pili stand immer noch mit offenem Mund da.

»Sie hatten mehrere barbarische Krieger bei sich. Solche Riesen habe ich noch nie erlebt.« Das stimmte sogar teilweise. Einen Mann wie Conan hatte sie in der Tat noch nie gehabt.

»Wir haben mit ihnen gekämpft und sie dann verfolgt.«

»*Du* auch?«

Sie richtete sich stolz auf. »Du hast kein schwächliches Geschöpf geheiratet, Rayk.«

Er nickte. »Wie wahr.«

»Wir haben sie bis zum Zungenfluß gejagt. Da stießen wir auf tote Fischmänner und tote Pili.«

»Ja, wir haben die Fischmänner beim Überqueren geschlagen; aber auch von unseren Männern mußten viele ihr Leben lassen.«

»Ich war in großer Sorge, teuerster Gatte«, sagte sie. »Ich mußte dich suchen.«

Thayla beobachtete Rayks Gesicht, während er ihrer Geschichte zuhörte. Jetzt nickte er. Die Königin atmete erleichtert auf.

»Wir hatten viele Schwierigkeiten«, sagte Rayk. »Ein Monster hat uns im Dorf angegriffen. Dabei haben wir den Fischmann mit dem Talisman verloren... Ich glaube, da besaß er ihn noch. Und dann das Feuer...«

»Wo ist der Rest deiner Truppe?« fragte sie.

Er zuckte mit den Schultern. »Keine Ahnung. Plötzlich war ich allein in einem Boot am Ufer, dann hier. Ich habe keinen mehr gesehen. Was ist mit deiner Abteilung?«

»Nur Blad ist noch übrig.« Sie nickte zu dem jungen Pili hinüber. »Er hat mich überaus tapfer verteidigt.«

Rayk blickte Blad an, der endlich den Mund geschlossen hatte. »Ich werde ihn belohnen, sobald wir wieder zu Hause sind.«

Sie war gerettet! Höchstwahrscheinlich war Conan tot, verbrannt im brennenden Dorf. Falls er das Feuer doch überlebt haben sollte, steckte er irgendwo da draußen. Sobald sie in die Wüste zurückgingen, würde sie ihn nie wiedersehen.

»Dann kehren wir nach Hause zurück, sobald das Feuer niedergebrannt ist?«

Rayk runzelte die Stirn. »Nein, natürlich nicht! Noch haben wir den magischen Talisman nicht. Ich bin sicher, daß die Fischmänner ihn in den Palast des Zauberers in der Mitte des Sees gebracht haben. Wir müssen dorthin und ihn holen.«

»Bist du *wahnsinnig*? Der Nebelmagier kocht Suppe aus uns. Das ist viel zu gefährlich.«

Rayk schüttelte den Kopf und schaute stur drein. Diesen Ausdruck haßte Thayla. »Die meisten unserer Männer sind gestorben. Wir müssen den Talisman haben, um zu überleben, jetzt dringender als je zuvor. Erinnerst du dich nicht, was du gesagt hast?«

»Aber ... das war damals. Jetzt ist es anders ...«

»Nein!« schnitt er ihr das Wort ab. »Es ist genau wie vorher. Wir müssen einen Weg finden, um mit Gewinn aus diesem schrecklichen Abenteuer herauszukommen. Ohne Hilfe sind wir zu wenige, um zu überleben.«

Thayla starrte ihn entsetzt an. O nein! Wenn Conan irgendwo in diesem Dschungel umherlief, bestand immer noch die Möglichkeit, daß ihr Gemahl mit ihm zusammentraf! Und wenn nicht, war es reiner Selbstmord, den Nebelmagier aufzusuchen.

Während sie noch krampfhaft überlegte, wie sie dieser neuen Gefahr entgehen könnte, lächelte Rayk plötzlich und zog sie an sich. »Ich habe dich furchtbar vermißt«, sagte er. »Komm, laß uns eine weiche Stelle suchen, wo wir uns hinlegen können.« Er reichte Blad seinen Speer. »Du hältst Wache!« befahl er. »Die Königin und ich müssen ... privat etwas besprechen.«

Thayla spürte Rayks Hand im Rücken. Er schob sie von Blad weg. Der junge Pili funkelte den König eifersüchtig und voller Haß an. Zum Glück bemerkte Rayk den Ausdruck im Gesicht des jungen Manns nicht, da er in Gedanken bereits mit anderen Dingen beschäftigt war.

Bei allen Göttern! Waren sämtliche Männer dieser Welt so unsagbar dumm?

Thayla warf Blad über die Schulter einen Blick zu und legte einen Finger vor die Lippen, um ihm Schweigen zu gebieten. Wütend drehte Blad sich weg.

Nein, war diese Welt nicht herrlich? Noch ein Problem konnte sie wirklich nicht gebrauchen!

Kraftvoll schwamm Kleg durch das dunkle Wasser. Ihm waren die Tunnel zwischen den dicken Wurzeln der Sargasso-Pflanze vertraut. Das Licht der Sterne oder des Mondes, selbst das der Sonne drang niemals bis in diese Tiefen vor; aber er konnte den Weg leicht sehen und fühlen. Zahllose winzige Pflanzen säumten die unterirdischen Gänge. Diese Pflanzen sandten ein kaltes inneres Feuer aus, das blasses grünblaues Licht verströmte. Aber auch ohne diese Leuchtpflanzen verfügte jeder Selkie über Organe, welche es ihm erlaubten, in beinahe völliger Finsternis noch zu sehen. Kleg hätte nicht erklären können, wie diese Organe arbeiteten; aber er bemerkte jedes Lebewesen auf annähernd dieselbe Entfernung wie bei Mondschein an Land. Je größer ein Geschöpf war, desto früher spürte Kleg seine Gegenwart.

Im Augenblick war Kleg über diese Sinnesorgane sehr froh; denn irgend etwas verfolgte ihn. Es war sehr groß, auf alle Fälle größer als er in seiner verwandelten Gestalt. Es war auch dicht hinter ihm. Obwohl Kleg so schnell schwamm, wie er nur konnte, gelang es ihm nicht, den Verfolger abzuschütteln. Das bereitete ihm große Sorgen. Er hatte eine Ahnung, *was* ihm folgte: das Ungeheuer, das er im Dorf gesehen hatte. Ganz gleich, was das Biest von ihm wollte – Kleg war nicht begeistert von der Vorstellung, daß es ihn einholte.

Kleg wußte, daß er die jetzige Geschwindigkeit nicht lange durchhalten konnte. Bald würde er müde werden. Dann mußte er langsamer schwimmen. Er hatte keine Ahnung, ob es dem Ungeheuer ebenso erging, aber er wollte sein Leben nicht aufs Spiel setzen, indem er das herausfand. Also? Was tun? Er konnte bis zu völliger Erschöpfung weiterschwimmen. Bis dahin hatte er aber den Palast niemals erreicht. Er konnte umdrehen und kämpfen; aber trotz seiner gegenwärtigen Gestalt hegte er keinen Zweifel, wie dieser Kampf ausgehen würde. Er konnte versuchen, mit dem Monster zu reden. Ha, das war wirklich ein hervorragender Gedanke!

Also, was sollte er tun?

Eine vierte Idee nahm im Kopf des Selkies langsam Gestalt an. Der verletzte Fuß war nach dem Gestaltwechsel rasch geheilt – aus ihm unbekannten Gründen heilten kleinere Verletzungen bei diesem Prozeß immer schnell. Wenn er wieder die menschliche Gestalt annähme, würde ihm der Fuß kaum noch Schwierigkeiten bereiten.

Im Wasser konnte er dem Monster nicht davonschwimmen; aber vielleicht konnte er ihm auf dem Pflanzenteppich davonlaufen! So riesig, wie das Biest war, hatte es größere Schwierigkeiten als ein Mensch, im Dschungel vorwärtszukommen. An manchen Stellen war der Sargasso so trügerisch wie ein Moor. Vielleicht konnte Kleg aus diesen gefährlichen Plätzen Nutzen ziehen. Auf alle Fälle gab es dort oben mehr Möglichkeiten, sich zu verstecken, als in diesem engen Tunnel. Alles in allem erschien es ihm sicherer, sich nach oben aufzumachen, als hier unten sein Schicksal zu erwarten.

Ja, es gab Abzweigungen, die an die Wasseroberfläche führten. Kleg würde die nächste nehmen. Vielleicht schüttelte er schon dabei den Verfolger ab. Das war zwar nicht die beste Lösung, aber im Augenblick erschien sie Kleg weniger gefährlich, als hier unten zu bleiben.

Verängstigt schwamm der Selkie weiter und suchte nach einem Fluchtweg.

Neunzehn

Dimma schwebte durch den Thronsaal. Er war wütend, beherrschte sich jedoch, sie zu zeigen. Seine Selkies hätten inzwischen zurück sein müssen. Offenbar waren sie auf Schwierigkeiten gestoßen. Wahrscheinlich hatte das Feuer am gegenüberliegenden Ufer des Sees etwas damit zu tun. Der Nebelmagier verwarf die Idee von vorhin, weitere Diener aus dem Wasser auf die Suche nach Kleg und seinen Brüdern auszuschicken. Die Aale und die Sirenen konnten alle Eindringlinge zu Wasser und im Sargasso-Dschungel fernhalten, und der Kralix würde den Ersten Selkie finden – tot oder lebendig. Wegen des geschlechtslosen Ungeheuers machte er sich keine Sorgen. Ein hünenhafter Krieger konnte den Kralix verwunden, aber kaum töten.

Was sollte er tun?

Im Augenblick nichts. Es brächte nichts, ein Heer von Seedämonen loszuschicken. Wenn Kleg noch lebte, würde er zurückkehren, wenn nicht, würde der Kralix Dimma alles bringen, was er von dem Selkie noch gefunden hatte. Eigentlich ganz einfach.

Während der langen Jahrhunderte hatte Dimma Geduld gelernt, wenn auch widerwillig. Sobald er auf Dauer einen Körper aus Fleisch und Blut hatte, konnte er sich jeder Neigung nach Lust und Laune hingeben. Bis dahin blieb ihm nichts anderes übrig als abzuwarten.

Obgleich Abwarten die weiseste Haltung war, gehörte sie nicht zu Dimmas Lieblingstugenden. Hoffentlich hatte sein Erster Selkie eine triftige Entschuldigung für die Verspätung, wenn er vor ihn trat. Es mußte schon eine wirklich hervorragende Entschuldigung sein.

Bei Tagesanbruch brannte das Feuer noch immer in Karatas, wenn auch nicht mehr so heftig. Vom Dorf war nicht viel übrig: Ein paar gemauerte Kamine hatten die Hitze überstanden, sonst kaum etwas.

Conan war sehr früh aufgestanden. Jetzt sahen er und seine Gefährten weitere Überlebende der Feuerbrunst. Männer, Frauen und Kinder hockten in Gruppen zusammengedrängt am grünen Ufer. Die meisten blickten immer noch voll Entsetzen hinüber zu den rauchenden Ruinen, die einmal ihr Zuhause gewesen waren.

»He, schaut mal, wer da kommt!« rief Tair plötzlich.

Zwei Männer näherten sich. Conan erkannte mit seinen scharfen blauen Augen, daß es Baumleute aus Tairs Gruppe waren. Von denen, die Cheen begleitet hatten, schien keiner überlebt zu haben.

Hocherfreut liefen Cheen und Tair den beiden entgegen. Hok trat neben Conan. »Brechen wir jetzt zum Palast des Zauberers auf, Conan?«

»Ja.«

»Wird das gefährlich werden?«

»Wahrscheinlich.«

Der Junge dachte kurz nach. »Nun ja, ein Menschenfresser soll er nicht sein.«

Ja, dachte Conan, das wohl nicht; aber seine bisherigen Erfahrungen mit Zauberern hatten ihn gelehrt, daß diese den Menschen oft viel Schlimmeres zufügten, als sie zu fressen. Er sagte es jedoch nicht laut, weil er den Jungen nicht beunruhigen wollte.

Tair und Cheen kamen mit den beiden Stammesbrüdern zurück.

»Nein, unglaublich, welche Geschichten die beiden erzählen«, sagte Tair und grinste. »Sie haben angeblich ein riesiges Ungeheuer gesehen, das zum Teil ein Frosch sein soll, dann noch eine wunderschöne Echsenfrau und einen Selkie! Nein, diese Angeber!«

Der Vorwurf der Prahlerei aus Tairs Mund wirkte ungemein komisch. Aber Conan interessierte diese Echsenfrau. Er befragte die beiden Männer.

»Ja, sie war eine Schönheit mit blauer Haut«, erklärte ihm der eine. Er war klein, untersetzt und dunkelhäutig. Conan erinnerte sich, daß der Mann Stead hieß. Sein Kamerad war größer und heller. Er hieß Jube.

Stead fuhr fort: »Sie hatten noch jemand bei sich. Der Junge war erwachsen, sah aber ziemlich jung aus. Wir wären ihnen nachgegangen; aber das Feuer hat uns in die andere Richtung getrieben.«

Der Cimmerier überlegte. Er war ziemlich sicher, daß es sich um die Pili-Frau handelte, die er in den Höhlen kennengelernt hatte. Es war keine unangenehme Begegnung gewesen. Unwillkürlich verzogen sich seine Lippen zu einem Lächeln. Aber er glaubte nicht, daß die Echsenfrau ihm nachgelaufen war, um ihm zu danken. Nein, wenn Pili-Frauen so reagierten wie die Frauen seiner Spezies, war sie bestimmt nicht begeistert gewesen, daß er sie ohne Warnung oder Erklärung stillschweigend verlassen hatte. Nun, wahrscheinlich war die blaue Schöne samt Begleiter im Feuer umgekommen. Conan hatte keine Pili auf dem Pflanzenteppich gesehen. Aber ein Mann konnte nicht wachsam genug sein. Er würde jedenfalls die Augen offenhalten.

In der Nähe gab es einen Hügel mit dichtem Gebüsch. Conan kletterte hinauf. Das Klettern in diesem Dschungel unterschied sich nicht sehr von dem Klettern auf festem Boden. Oben angekommen, warf er einen Blick in die Runde.

Von dem Aussichtspunkt aus konnte Conan an diesem Morgen ziemlich weit sehen. Der Palast war ohne hohe Mauern oder Türme gebaut, aber ziemlich ausgedehnt. Bei ebenem Gelände hätte man seiner Schätzung nach in wenigen Stunden dort sein können; aber bei diesem trügerischen Untergrund würde es wohl einen ganzen Tag dauern, ehe sie die Residenz des Nebelmagiers erreichten, da man nicht wußte, welche Gefahren unter dem grünen Teppich lauerten.

Conan sah weitere Dorfbewohner, die sich an verschiedenen Stellen niedergelassen hatten. Nirgends aber entdeckte er Selkies oder Pili, auch keine froschähnlichen Monster. Das wenigstens war eine erfreuliche Neuigkeit.

Der Cimmerier stieg den Hügel hinab und kehrte zu den Gefährten zurück.

Stead und Jube war es nicht nur gelungen, dem Feuer zu entkommen, sie hatten auf der Flucht auch noch einen Laden geplündert und einen großen Kranz geräucherter Würste, mehrere in Ölpapier gewickelte Stücke Rauchfleisch sowie einige Brotlaibe mitgenommen. Die sechs setzten sich und stärkten sich, ehe sie weitermarschierten. Wenigstens ziehen wir mit vollem Bauch weiter, dachte Conan. Das war ebenfalls ein Pluspunkt. Ein Hungriger machte leicht Fehler, und er war ziemlich sicher, daß jeder Fehler im Reich des Zauberers todbringend sein konnte.

Conan kaute an einem großen Stück Brot und hätte sich dazu Wein gewünscht, um den Bissen hinunterzuspülen. Er hatte keine Angst vor den Gefahren, die vor ihnen lagen. Schließlich hatte er die Begegnung mit Crom überlebt – was konnte gefährlicher sein als so etwas?

Thaylas Frühstück bestand aus rohem Fisch, den Blad mit seinem Speer erlegt hatte. Nun, eigentlich war es Rayks Speer; aber er hatte ihn dem jungen Pili überlassen. Der Fisch schmeckte nicht unangenehm, allerdings hätte sie ihn lieber gebraten gegessen. Aber der König war strikt dagegen gewesen, ein Feuer zu machen, und sie mußte ihm sogar recht geben. Wenn es um Taktik und Strategie ging, war er nicht gänzlich dumm. Das sah sie ein, wenn auch widerstrebend.

Als der König etwas abseits ging, um sich im Gebüsch zu erleichtern, ergriff Thayla die Gelegenheit und redete mit Blad.

»Was ist?« fragte er mürrisch.

»Benimm dich nicht so kindisch, Blad! Er ist mein Gatte.«

»Das habe ich die ganze Nacht hindurch gehört.«

»Aber ich begehre doch nicht *ihn*!«

»Ach ja? Dann habt Ihr Euch aber hervorragend verstellt, Mylady.«

»Du Narr! Das mußte ich doch tun, damit er keinen Verdacht schöpft, daß ich nur dich zum Gemahl begehre.«

Blad schaute sie überrascht an. »Wirklich?«

So jung und so blöde! Laut sagte Thayla: »Aber natürlich! Er ist alt und schwach. Du bist jung und stark. Wie sollte ich dich nicht lieber mögen als ihn?«

Blad platzte beinahe vor Stolz, als er das hörte.

O ihr Götter! Männer waren so leicht zu beeinflussen. »Das ist ein sehr gefährliches Unterfangen, mein Lieber«, fuhr sie fort. »Es ist durchaus möglich, daß der König es nicht überlebt. Wenn wir wieder zu Hause sind, werde ich mir einen neuen Prinzregenten suchen.« Sie legte ihm die Hand auf die Schulter und lächelte ihm vielsagend zu. »Und wer wird deiner Meinung nach der neue Mann an meiner Seite sein?«

»Mylady, vergebt mir und ...«

»Psst! Der König kommt zurück. Wir sprechen später. Du sollst nur wissen, daß ich dir gehöre, dir allein, mein tapferer Blad.«

Als Rayk vom Ruf der Natur zurückkehrte, schenkte die Königin ihm ihr verführerischstes Lächeln. Jetzt hatte sie beide Männer da, wo sie sie haben wollte. Ihr Gemahl war befriedigt und hegte keinen Verdacht wegen Blad und ihr – und noch weniger wegen Conan. Sollte er lebend mit ihr zu den Höhlen zurückkehren, würde sie eine Andeutung machen, daß Blad sich ihr unziemlich genähert habe, als sie allein unterwegs waren. Noch ehe der Junge sein dummes Maul aufreißen könnte, wäre er von Speeren durchbohrt, so daß er wie ein Stachelschwein aussähe.

Sollte jedoch dem König etwas zustoßen, brauchte sie einen Begleiter, der sie beschützte, bis sie in Sicherheit war. Dafür war Blad gut genug.

Auf alle Fälle mußte Blad früher oder später sterben. Er war der einzige, der wußte, daß sie ihren Gemahl hinsichtlich des Angriffs bei den Höhlen belogen hatte, ganz zu schweigen von dem größeren Geheimnis, daß sie, die Königin der Pili, sich ihm hingegeben und damit gegen das Gesetz verstoßen hatte.

Selbst wenn der König tot wäre, wüßte Blad, daß die Königin willig gewesen war, mit einem Mann zu schlafen, der nicht ihr Gemahl war. Das vergäße er bestimmt nicht, selbst wenn sie ihn heiraten würde. Stets bliebe er mißtrauisch, daß sie das wieder tun könnte, was sie schon einmal getan hatte. Für Thayla stand daher fest, daß Blad sterben mußte, sobald sie sich wieder in Sicherheit befand. Doch im Augenblick war es ihr sehr recht, zwei treuergebene Männer als Beschützer zu haben, anstelle von einem.

»Wir brechen sofort auf«, erklärte Rayk.

»Selbstverständlich, teurer Gemahl«, sagte Thayla.

Als der König sich umdrehte, zwinkerte Thayla Blad zu. Dieser lächelte und nickte.

Das Monster, das Kleg verfolgte, war nicht langsamer geworden, und der Selkie wurde müde. Er mußte bald einen Ausgang finden …

Plötzlich fingen Klegs Sinnesorgane etwas auf, das vor ihm im Wasser schwamm. Es schwirrte vor ihm umher. Dann erkannte er, was es war – vielmehr, wer *sie* waren: Aale!

Angst durchschoß Kleg. Die Aale blieben fast immer in der Tiefe und wurden so nur jenen Fischen gefährlich, die das Pech hatten, mit ihnen in Berührung zu kommen.

Kleg hatte in seiner Wassergestalt bereits mehrmals Kontakt mit einem Aal gehabt. Die Begegnung war keineswegs angenehm gewesen. Bei der leisesten Berührung hatten seine Muskeln unkontrollierbar gezuckt. Gleichzeitig hatte er das Gefühl von Hitze und Kälte gehabt, von einer brennenden, eisigen Lähmung. Ein einzelner Aal stellte für einen Selkie keine Lebensbedrohung dar; aber wenn Klegs Sinne ihn nicht trogen, schwamm da mindestens ein halbes Dutzend, und derartig viele waren eine tödliche Gefahr. Sobald ein Aal sich entladen hatte, war er eine kurze Zeit hilflos. Das Tier welches ihn vor langer Zeit berührt hatte, war von Kleg in der Mitte durchgebissen worden, ehe es sich wieder rühren konnte. Aber sechs Aale gleichzeitig? Das sah ungemütlich aus.

Da jagte ihn ein Monster von hinten, und vorn versperrten ihm die Aale den Weg. Wenn Kleg noch Zweifel gehabt hatte, sein Heil außerhalb des Wassers zu suchen, war dieser Zweifel jetzt ebenso ausgelöscht wie eine Kerzenflamme im Wind.

Die Pflanzendecke über dem Selkie war an dieser Stelle dünn, allerdings sah er nirgends eine Öffnung.

Er konnte nicht länger warten. In wenigen Herzschlägen würde er inmitten eines Rudels Aale und dicht vor dem Rachen des Monsters schwimmen. Kleg hatte keine Lust auf eine solche Zusammenkunft.

Kleg horchte tief in sich hinein und stieß auf erstaunliche Kraftreserven. Diese setzte er jetzt ein. Er beschleunigte und schwamm bis zum Grund des Tunnels, so daß seine Bauchflossen an die Pflanzen stießen. Dann machte er eine Wende, richtete das Maul nach oben und schoß so schnell wie möglich hinauf.

Er traf das Pflanzendach ziemlich hart.

Der dünne Belag konnte dem Stoß von Klegs Maul nicht widerstehen. Der Selkie sauste so mühelos hindurch wie eine Nadel durch ein Stück Stoff.

Seine Aufwärtsbewegung war so stark, daß Kleg mit dem ganzen Körper auf der Pflanzenoberfläche landete. Da lag er wie ein Fisch auf dem trocknen.

Schnell nahm der Selkie wieder die menschenähnliche Gestalt an. Vor den Aalen war er jetzt in Sicherheit, und vielleicht würden sie das Monster eine Zeitlang beschäftigen.

Der Lederbeutel und der Riemen hatten den Durchbruch heil überstanden. Der Talisman hing ihm sicher um den Hals. Ansonsten war er nackt, da seine Kleidung beim Gestaltwechsel in Fetzen gegangen war. Aber das spielte jetzt keine Rolle. Die Luft war warm. Er brauchte keinen Schutz gegen das Wetter. Das war seine geringste Sorge.

Der Selkie lief von dem Loch weg, das er in den Sargasso-Pflanzenteppich gerissen hatte. Jetzt mußte er so schnell wie möglich zu seinem Herrn und Meister. Vielleicht würden die Aale das Ungeheuer töten, das ihn verfolgt hatte. Vielleicht auch nicht. Kleg wollte aber auf keinen Fall warten, welche Möglichkeit eintrat.

Zwanzig

Conan führte die fünf Baumleute über den grünen Sargasso-Teppich. Er bewegte sich sehr vorsichtig. An vielen Stellen war die Oberfläche uneben. Anhöhen oder Senken versperrten ihm mehrmals die Sicht in die Ferne, daher mied der Cimmerier sie. Außerdem hatte öfter der Boden unter seinen Füßen geschwankt. Nur seine blitzschnellen Reflexe bewahrten ihn davor, durch die Pflanzendecke zu brechen und in der Tiefe zu versinken, als Beute aller möglichen Ungeheuer, die dort mit Sicherheit lauerten.

Gerade umgingen sie wieder eine dieser trügerischen Stellen, als Cheen plötzlich stehenblieb und die Augen schloß.

»Der Same«, murmelte sie. Dann lauter: »Er ist nicht mehr unter Wasser. Er ist vor uns. Dort!«

Sie zeigte nach vorn.

Ehe Conan ihn zurückhalten konnte, stürzte Jobe blindlings los. »Wo? Ich werde ihn holen.«

Nach nur drei Schritten versank Jobe in der Tiefe. »Aaah!« Wasser spritzte durch das Loch herauf, das er gerissen hatte.

Vorsichtig näherte sich der Cimmerier der Öffnung. Dann legte er sich auf den Bauch und streckte den Arm hinein. »Hier, nimm meinen Arm!«

Wasserspuckend kam Jobe hoch. In Panik hielt er Conans Handgelenk umklammert.

Langsam schob sich der Cimmerier zurück und zog Jobe mit sich. Diese Gefahr war beseitigt...

Er hatte den Unglücklichen bereits zur Hälfte herausgezogen, als ihn ein Gefühl durchzuckte, wie er es noch nie erlebt hatte. Es war ähnlich, wie wenn ihm an einem eiskalten Tag die Haare zu Berg standen; aber hier war es nicht kalt. Ein kaltes Feuer durchraste ihn. Alle Muskeln kribbelten. Er hatte das Gefühl, als gehörten sie nicht ihm, sondern einem Fremden. Dann zuckte sein Körper krampfhaft und schnellte nach hinten, so daß er vom Loch weggerissen wurde.

Jube verlor den Halt. Das war ein Glück für den Cimmerier, denn sein Griff war so schmerzlich wie eine Eisenklammer. Sobald der Kontakt abriß, hörten auch das Kribbeln und die Zuckungen auf.

Jube schrie auf, sein Leib verkrampfte sich, der Arm zuckte wie wild. Im nächsten Augenblick war er wieder im Loch verschwunden, und das schwarze Wasser schloß sich über ihm.

Conan war gelähmt. Er fand nicht die Kraft zum Aufzustehen. Aus dem Loch kam ein seltsamer summender Ton. Dann hörte das Summen auf.

Cheen und Tair liefen zu Conan, um ihm auf die Beine zu helfen. Doch er schob sie beiseite und stand allein auf. Er fühlte sich wie zerschlagen; aber ansonsten war er gesund und unverletzt.

»Crom, was war das?«

Vorsichtig kroch er zurück zum Loch und spähte hinein. Da trieb Jobe nach oben. Tair war dem Cimmerier gefolgt und wollte den Freund herausziehen; aber Conan hielt ihn zurück.

»Nein, faß ihn noch nicht an!«

»Aber er ertrinkt doch!«

»Wenn du ihn berührst, stirbst du vielleicht auch. Gib mir deinen Speer!«

Tair reichte dem Cimmerier die Waffe. Vorsichtig

stieß Conan Jube mit dem hölzernen Schaft an. Das heftige Kribbeln, das er gespürt hatte, lief entweder nicht durch Holz oder hatte aufgehört. Er schob den Schaft durch den Ledergürtel des Manns und hievte ihn halb aus dem Wasser. Noch ein Ruck, dann lag Jube auf dem grünen Teppich.

Conan zog den Speer heraus und berührte Jube sehr vorsichtig mit dem Zeigefinger. Nichts. Dann rollte er den Mann auf den Rücken.

»Er ist tot«, erklärte Cheen und sprach damit laut aus, was Conan bereits wußte.

»Ja.«

»Aber ich sehe nirgends eine Wunde, keinen blauen Flecken. Wie kann das sein?«

Jubes Gesicht war schrecklich verzerrt. Offenbar war er unter grauenvollen Schmerzen gestorben.

»Er sieht aus wie der alte Kine, nachdem ihn ein Blitz getötet hatte«, sagte Tair. »Nur das Gesicht ist nicht schwarz.«

»Ein Blitz trifft nicht unter Wasser«, erklärte Cheen.

»Vielleicht im Reich des Nebelmagiers doch«, widersprach Tair.

Conan war inzwischen wieder ans Loch gekrochen und blickte hinein. Unter der Oberfläche bewegte sich etwas. Er hob den Speer, zielte und stieß zu. Die Spitze spießte etwas auf. Schnell riß er den Speer hoch. Jetzt spürte er wieder den schrecklichen feurigen Eistanz in den Fingern, allerdings schwächer als zuvor.

Dann flog die Beute zu Boden. Conan und seine Gefährten betrachteten es neugierig.

»Das ist ja eine Schlange. Hat die Jube gebissen?« fragte der Junge.

Conan kniete neben der sich windenden Schlange, die so dick wie sein Handgelenk war. Er vermied es allerdings, mit dem Biest in Berührung zu kommen.

»Nein«, sagte er. »Das ist keine Schlange, sondern ein Aal.«

Das Ungeheuer ähnelte einem Aal, sah aber nicht so aus wie die Aale, die der Cimmerier bis jetzt zu Gesicht bekommen hatte. Aber diese Bezeichnung paßte gut.

»Ich habe noch nie von giftigen Aalen gehört«, sagte Cheen.

»Ich schon«, meinte Conan. »Aber meiner Meinung nach wurde Jube nicht gebissen. Das Biest verfügt über eine geheime Kraft, die Blitzen ähnlich ist. Ich glaube, daß schon eine Berührung tödlich ist.«

Die Bewegungen des Aals wurden schwächer. Schließlich hörten sie ganz auf.

»Nun ja«, sagte Conan, »Zauberaal oder nicht, auf alle Fälle ist es sterblich. Wir sollten aber vermeiden, ins Wasser zu fallen.«

Alle blickten auf den unglücklichen Jube.

Blad ging als erster. Er tastete vorsichtig alles mit dem Speer ab, ehe er den nächsten Schritt wagte. Rayk folgte ihm. Thayla ging als letzte.

»Teurer Gemahl, ich möchte nicht, daß du mich für überkritisch hältst ...«

»Ha!«

»... aber ich wüßte gern, was du vorhast, wenn wir den Palast erreichen«, fuhr sie fort.

»Mir wird schon etwas einfallen«, antwortete Rayk kurz.

»Das wäre das erste Mal.«

»Hüte deine Zunge!«

»Vielleicht erwartest du, daß du, Blad und ich den Palast stürmen und dem Zauberer das entreißen, was er offensichtlich unbedingt haben will.«

»Du stellst wirklich meine Geduld auf die Probe.«

»Nein, ich suche lediglich nach einer Antwort. Ich

weiß ja, daß der Talisman der Baumleute sehr wertvoll ist; aber ich halte es für unklug, den Löwen in seiner Höhle aufzusuchen.«

»Ich habe dir doch gesagt, daß mir schon etwas einfallen wird! Erst müssen wir da sein und alles betrachten, um die Situation einschätzen zu können. Und jetzt will ich nicht mehr darüber sprechen. Und von dir will ich auch kein Wort mehr hören.«

Rayk blickte stur nach vorn. Thayla war wütend. Bei allen Göttern, dieser Mann war ein größerer Narr, als sie geglaubt hatte! Offenbar hatte er vor, sie alle umzubringen. Nein, das würde sie nicht zulassen! Blad erschien ihr immer mehr als die bessere Wahl. Sobald sich die Gelegenheit bot, würde sie mit dem jungen Pili sprechen. Es sollte nicht schwer sein, ihn davon zu überzeugen, Rayk einen Speer in den Rücken zu stoßen. Rayks Tod würde alles erleichtern. In letzter Zeit war ihr Gemahl ausgesprochen anmaßend geworden. Sie wollte einen Gefährten, der formbar war. Wirklich schade, daß Blad nicht in Frage kam, da er ihr bereits mit Leib und Seele verfallen war; aber sie konnte keinem Mann trauen, der zu viel wußte, und das traf nun einmal auf Blad zu.

Nun denn, daran war nichts zu ändern. Wenn sie überleben wollte, mußte sie einige harte Entschlüsse fällen. Man konnte zwar nicht alles haben, aber man konnte es versuchen.

Von vorn ertönte ein unheimlicher, klagender Laut. Es war der Schrei eines Geschöpfs, der gleichzeitig abstieß und anzog. Thayla hatte so etwas noch nie gehört. Hätte sie den Laut beschreiben müssen, hätte sie gesagt, daß er von einem einsamen Tier stammte, das teils Wolf, teils Menschenfrau und teils Sumpfhuhn war. Es war eigentlich kein Klageschrei, sondern eine Art Gesang. Fest stand, daß es ihr kalt über den Rükken lief, als sie ihn hörte.

Die drei Pili blieben stehen.

»Was ist das?« fragte Thayla.

»Woher soll ich das wissen? Du hast genausoviel Zeit auf dieser stinkenden Pflanze verbracht wie ich.«

»Sollen wir nachsehen?« fragte Blad.

Rayk und Thayla sprachen gleichzeitig.

»Nein«, entschied sie.

»Ja«, sagte er.

»Es könnte uns helfen«, meinte der König.

»Und es könnte sein, daß wir gefressen werden«, widersprach die Königin.

»Ich fühle mich irgendwie von den Stimmen angezogen«, sagte Rayk, und Blad nickte zustimmend.

»Ja, ich spüre es auch«, bestätigte Thayla. »Und genau das ist der Grund, warum wir uns fernhalten sollten.«

Die beiden männlichen Pili schauten sich an, als wären der Königin plötzlich Flügel gewachsen und als erwarteten sie, daß Thayla jeden Augenblick davonflöge.

»Es klingt wie ein verführerisches Lied«, erklärte sie und versuchte geduldig zu bleiben.

»Woher willst du das wissen?« fragte Rayk.

»Ich weiß es nicht! Aber ich dachte, du wolltest den Talisman aus dem Palast des Nebelmagiers holen.«

»Ja, so ist es.«

»Dann mußt du dich entscheiden! Willst du den Talisman holen oder durch den Dschungel einem unbekannten Lied nachlaufen, das vielleicht den Tod bringt?«

Thayla sah, wie Rayk und Blad sich anschauten. Der Gesang zog die beiden stärker an als sie. Das war nicht zu übersehen. Männer wurden oft Opfer von Trieben, die Frauen kalt ließen. Dieses seelenvolle Lied zog die beiden Pili unwiderstehlich an.

Der König blickte in die Richtung, aus der die Laute

kamen. Thayla stieß Blad an. Sie schüttelte den Kopf, um ihm zu zeigen, daß er dem Lockruf nicht folgen sollte.

Blad war zwar nicht besonders gescheit; aber das verstand er. Sobald der König sich wieder seiner Gemahlin und dem jungen Pili zuwendete, nickte sie.

»Äh, vielleicht hat die Königin recht, Majestät. Unser Ziel ist der Talisman. Wir könnten diesen Rufen doch noch bei der Rückkehr nachgehen«, meinte Blad.

Der König funkelte erst Blad, dann Thayla wütend an. Aber er nickte, allerdings zögernd. »Na schön, holen wir erst den Talisman.«

Die drei marschierten in die dem Ruf entgegengesetzte Richtung, wo der Palast in der Ferne wartete.

Einen Augenblick lang verspürte Thayla Triumph und Genugtuung; aber das Gefühl verging schnell. Wenn man von einer unbekannten Gefahr in die nächste wanderte, stellte sich ein Siegesgefühl nicht so leicht ein.

Obwohl Kleg sich im Wasser mehr zu Hause fühlte, hatte er doch einen großen Teil seines Lebens auf dem grünen Sargasso-Teppich verbracht. Er kannte die Gefahren und wußte, wie man sie vermied. Dieses Wissen nutzte er jetzt, als er dahinrannte. Er hielt sich von den besonders dichten Stellen des Dschungels fern, besonders von denen, die ganz plötzlich trügerisch dünn waren. Oft lauerten dort Raubtiere, die so klein wie Ratten, aber auch so groß wie Hunde oder Kühe sein mochten. Letztere waren meist Krustentiere und konnten mit ihren Scheren leicht den Arm eines Selkies vom Körper trennen.

Es gab auch richtige Fallen. Nur ein geübtes Auge entdeckte die leichten Farbunterschiede auf der Oberfläche.

Was immer Kleg verfolgt hatte, bewegte sich in der

Tat auf dem Pflanzenteppich langsamer als im Wasser. Kleg gewann einen immer größeren Vorsprung. Er wäre zwar völlig erschöpft, wenn er im Palast einträfe; aber er käme wenigstens an, wenn alles weiterhin so mühelos gelänge. Kleg lächelte. Das Unternehmen war viel schwieriger, als er gedacht hatte, aber jetzt winkte zum Glück das Ende.

Da erreichte ihn ein Ruf aus der Ferne. Der Lockruf hüllte den Selkie ein wie warmer Honig.

Klegs Lächeln wurde noch strahlender. Er wußte, wer da sang: die Sirenen.

Da Kleg fast sein ganzes Leben auf oder unter dem Sargasso verbracht hatte, kannte er die Verführungskünste der Sirenen. Wie seine Brüder war er gegen den Ruf immun. Das kam teilweise daher, weil sie ihn lange kannten, teilweise auch, weil Er der Schöpfer die Sirenen so geschaffen hatte, daß sie Menschenmänner, keine Selkies anlockten. Wo ein Selkie eine leichte Anziehungskraft spürte, schmolzen die meisten Männer dahin wie Schnee an der Sonne. Ein Mann folgte dem Gesang der Sirenen, wie die Biene zur Blume flog. Er war verzückt, bis sich ihm die Fänge dieser Monster in den Hals schlugen. Diese Fänge waren hohl (der größte Zahn war ungefähr so lang wie Klegs Finger) und spitz wie Nadeln. Eine hungrige Sirene konnte innerhalb von Minuten sämtliches Blut aus ihrem Opfer saugen. Danach warf sie die blasse, tote Hülle beiseite. Kein sehr angenehmer Tod, dachte Kleg. Er hatte alles schon mehrmals gesehen. Der Anblick war grauenvoll gewesen. Es hatte eine Zeit gegeben, als die Menschen sich manchmal auf den Sargasso vorwagten. Kaum einer kehrte je nach Hause zurück.

Kleg hatte einmal einen befragt, der die Begegnung mit einer dämonischen Sirene überlebt hatte – sein Gefährte allerdings nicht. Der Mann war totenbleich geworden und hatte Abwehrzeichen gemacht, als Kleg die Sirenen erwähnte. Er hatte sie Meerjungfrauen genannt. Diesen Namen hatte Kleg nie gehört. Der Mann hatte sie beschrieben: Oben waren es wunderschöne Frauen, von den Hüften abwärts Fische. Ja, diese Beschreibung war zutreffend, fand Kleg. Wunderschön waren sie – bis sie die Fänge in ihr Opfer schlugen.

Der Selkie tat einen Sprung zur Seite, um einer dünnen Stelle auszuweichen.

Die Sirenen machten ihm keine Sorge. Selbst wenn er einer begegnete, war er viel stärker als diese Blutsauger. Außerdem erzählte man sich, daß Sirenen den Geschmack der Selkies verabscheuten.

Kleg legte die Hand auf den Beutel, der an seinem Hals hing. Da war der Talisman! Er war beinahe am Ziel. Sein Herr und Meister würde hocherfreut sein.

Dimma war in diesem Augenblick überhaupt nicht hocherfreut. Durch irgendeinen Spalt drang ein Luftzug und trieb den Nebelmagier über den dunklen Korridor. Er konnte sich nicht dagegen wehren, obwohl er sich mit aller Kraft darauf konzentrierte, den Schub aufzuhalten. Nein, er war hilflos.

Dimma kochte stumm vor Wut. Fünfhundert Jahre litt er nun schon! Es war zuviel! Bei allen Göttern, er würde die nächsten fünfhundert Jahre seine Wut an jedem auslassen, der ihm in den Weg kam. So konnte er diese unsägliche Schmach rächen. Es war nur gerecht, daß Zehntausende leiden und sterben würden, um für seine Leiden Schadenersatz zu leisten. Menschen, Tiere, Wälder – alle sollten bezahlen!

Die heiße Wut, die durch die Nebelschleier seiner Gestalt floß, verlieh ihm die Kraft, dem Windzug zu widerstehen, die ihn umhertrieb. Dimma schwebte jetzt gegen die Brise und fühlte sich so mächtig wie seit ewigen Zeiten nicht mehr.

Ja, dachte er, und sein Gemüt verdüsterte sich, du

bist stark genug, um dem Atem einer Maus Widerstand zu leisten.

Wartet nur alle, bis ich wieder aus Fleisch und Blut bin! Jede Maus im Umkreis von tausend Meilen soll sterben!

Und alle anderen auch!

EINUNDZWANZIG

Im Laufe des Tages fühlte der Cimmerier sich allmählich wohler im Sargasso-Grün. Die Sonne sandte ihre warmen Strahlen auf Conan und seine vier Gefährten herab. Conan machte einen großen Bogen um jedes Gebüsch und jede Anhöhe, wo sich jemand verbergen konnte. Seinen scharfen Augen entging auch nicht die unterschiedliche Färbung der Stellen, wo der Pflanzenteppich dünn war. Solange er diese hellere Flächen mied, schritten sie auf sicherem Boden.

Allerdings würden sie bei diesem langsamen Vorwärtskommen den Palast nicht vor Einbruch der Dunkelheit erreichen. Aber aus Sicherheitsgründen hielt Conan diese weiten und zeitraubenden Umwege für notwendig.

Als die Sonne im Zenit stand, machten sie Halt und verzehrten die Reste der Nahrungsmittel, die Jube und Stead im Dorf gestohlen hatten.

»Gut, daß ihr das mitgenommen habt«, meinte Conan und biß in eine fette Wurst.

»Ja, Jube mußte wenigstens nicht mit leerem Magen sterben«, meinte Stead.

Er sagte das, als sei es wichtig. Cheen und Tair nickten zustimmend.

Conan biß das nächste Stück von der Wurst ab. Er war nicht sicher, ob es ihm lieber war, diese Welt mit vollem anstatt mit leerem Bauch zu verlassen. Für ihn gab es nur die Wahl zwischen Tod und Leben. Solange der Mensch lebte, fand er immer etwas, um den Magen zu füllen. War er tot, nun, da sah alles anders aus. Conan hatte es jedoch nicht eilig, diese Möglichkeit zu erproben.

Aus Spaß schnitzte Hok mit dem kurzen Dolch, den Tair ihm gegeben hatte, an einer Liane herum. Er sah glücklich aus. Conan lächelte dem Jungen zu. Es brauchte nicht viel, um ein Kind bei Laune zu halten.

»Was werden wir deiner Meinung nach beim Palast vorfinden?« fragte Cheen.

Conan zuckte mit den Schultern. »Wer weiß das schon? Deinen magischen Samen, wenn wir Glück haben. Vielleicht ein paar Wertsachen, die der Zauberer nicht braucht. Oder aber hundert bewaffnete Selkies.« Er machte sich deshalb noch keine Sorgen. Für ihn war es reine Energieverschwendung, sich den Kopf über eine Situation zu zerbrechen, ehe man unmittelbar davorstand.

Ehe Tair seine Meinung sagen konnte, hörte Conan plötzlich eine geheimnisvolle, ungemein verführerische Frauenstimme. Da die Ohren des Cimmeriers schärfer waren als die seiner Gefährten, hörten diese die traurige und gleichzeitig verlockende Melodie noch nicht.

Jetzt hörte Tair auch etwas. Conan sah, wie er den Kopf drehte, um besser zu hören. Auch Hok hob den Kopf und hörte mit dem Schnitzen auf. Stead lauschte ebenfalls angestrengt. Als letzte vernahm Cheen die Stimme.

»Was ist das?« fragte Tair. »Noch nie habe ich etwas gehört, das so ... wunderschön klang.«

Ja, der Cimmerier gab ihm recht. Der Gesang beschwor Visionen von Frauen herauf, die den Verlust ihrer Männer beklagten und dringend darum baten, in ihrem Kummer getröstet zu werden. Jeder war ihnen willkommen, aber am liebsten war ihnen Conan. Konnten sie ihn denn sehen?

Tair war bereits aufgestanden. Auch Hok stand mit verklärtem Blick da. Stead ging bereits in die Richtung, aus der die Stimmen kamen. Cheen schaute den Cimmerier fragend an.

»Was tust du?« fragte sie.

Conan antwortete nicht, sondern folgte Stead. Auch Hok und sein älterer Bruder gingen los.

»Conan! Tair! Wartet!«

Irgend etwas an dem Gesang kam Conan bekannt vor; aber er wußte nicht genau, was es war. Hatte er eine ähnliche Melodie schon früher einmal gehört …

Er kam sich wie in einem Traum vor. Die süßen Stimmen gaukelten ihm eine Vision vor. Ja, er hatte eine ähnliche Melodie schon gehört, aber wo und wann? Frauen mit so herrlichen Stimmen hätte er doch niemals vergessen!

Hinter ihm rief Cheen: »Conan! Bleib stehen! Da stimmt etwas nicht! Geh nicht weiter!«

Ihr Ruf war so bedeutungslos wie das Summen einer Mücke. Der Cimmerier ging weiter. Zum Glück gab es zwischen ihm und den Frauen keine gefährlichen Stellen. Ja, jetzt sah er sie schon in der Ferne. Sie saßen am Ufer eines kleines Sees, der sich im großen Sargassoteppich gebildet hatte. Es waren drei Frauen – und sie waren nackt. Sie waren so schön wie ihr Gesang. Schwarzes Haar hing ihnen bis auf die Hüften, die Brüste waren voll und – was war das? Anstelle von Beinen hatten sie silbriggrüne Fischkörper, die in einem Schwanz mit Flossen endeten!

Ach, das spielte keine Rolle! Auch wenn sie nur zum Teil Frauen waren, reichte das. Und sie brauchten ihn doch. Das sagten sie ihm durch ihr Lied.

Conan lächelte. Ja.

Er ging schneller.

Da blieb er hängen und stolperte. Er breitete die Arme aus, um den Fall abzufangen. Aber seine Knöchel hingen immer noch fest. Wütend blickte er nach unten.

Cheen hielt seine Knöchel eisern umklammert.

»Laß mich los!« fuhr er sie an.

»Conan, nein! Etwas stimmt hier nicht!«

»Laß sofort meine Beine los!«

»Nein!«

Nein? Na, das war ja noch schöner! Sie konnte ihn nicht halten, er war viel kräftiger als sie. Schnell befreite er ein Bein und wollte ihr ins Gesicht treten, da…

…da erinnerte er sich, wo er einen ähnlichen Gesang gehört hatte.

Das war in den unterirdischen Höhlen gewesen, als er mit Elashi, der Tochter der Wüste und dem alten Krieger Tull da unten umhergeirrt war. Damals waren es todbringende Zauberpflanzen gewesen, die Conan und seine Gefährten mittels ihres verführerischen Gesangs in ihre Fänge locken wollten. Nur mit knapper Not war er damals mit dem Leben davongekommen.

Bei Crom, es war eine Falle!

»Ich bin frei von dem Zauber«, erklärte er Cheen. »Laß mich los, damit wir die anderen retten können.«

»Bist du sicher?«

»Ja, mach schon, Weib!«

Cheen ließ Conans Bein los. Der Gesang klang immer noch überaus verlockend; aber er wußte jetzt, daß die Stimmen ihm den Tod bringen würden. Auch die schönen nackten Frauen, die ihm die Arme sehnsüchtig entgegenstreckten, konnten ihn nicht mehr in Versuchung führen.

Die beiden anderen Männer und der Junge standen jedoch noch immer im Bann der Stimmen.

»Greif dir den Jungen!« sagte Conan zu Cheen. »Ich werde Tair und Stead aufhalten.«

Der Cimmerier lief los.

Thayla hatte mit Blad nicht unter vier Augen sprechen können. Ihr törichter Gemahl war seit Tagesanbruch nicht von ihrer Seite gewichen. Hatte er Verdacht geschöpft? Nein, das war kaum möglich; aber er hatte ihr keine Gelegenheit gegeben, mit Blad zu reden, ohne daß er mithören konnte, seit er sich am frühen Morgen in den Büschen erleichtert hatte. Mehrmals war sie zu diesem Zweck auch verschwunden; aber er war ihrem Beispiel nicht mehr gefolgt. Sie konnte ja Blad nicht auffordern mitzukommen, wenn sie hinter einem Busch hockte. Selbst ein Tölpel wie Rayk hätte dafür kein Verständnis aufgebracht.

Thayla verzweifelte langsam. Sie näherten sich ihrem Ziel, auch wenn sie es seit einiger Zeit nicht mehr gesehen hatten. Wegen tatsächlicher oder vermeintlicher Gefahren mußten sie viele Umwege machen. Aber irgendwann würden sie den Palast erreichen – wenn man sie nicht unterwegs umbrachte. Thayla war sicher, daß jeder Schritt, den sie weitergingen, sie dem sicheren Tod zuführte. Sie mußte unbedingt mit Blad unter vier Augen reden – und zwar bald! Am liebsten hätte sie mit ihrem Dolch Rayk eigenhändig die Kehle durchgeschnitten.

Aber es war besser, wenn Blad diese Tat vollbrachte, falls etwas schief ging. Auf alle Fälle mußte sehr bald etwas geschehen. Die Idee, zum Palast zu marschieren, war schierer Wahnsinn! Thayla war nicht bereit zu sterben, noch lange nicht.

Die Schatten des Spätnachmittags legten sich bereits über die Senken und Anhöhen des Sargasso, als Kleg sich dem Palast seines Herrn näherte. Jetzt war es nicht mehr weit. Er erkannte bereits Einzelheiten des niedrigen Bauwerks. Noch ehe es ganz dunkel war, würde er dort sein. Der Held kehrte zurück, das Werkzeug der Erlösung seines Herrn und Meisters. Mit Sicherheit wäre Er der Schöpfer von Dankbarkeit erfüllt und würde Kleg ungemein großzügig belohnen.

Hinter dem Selkie war noch leise der verführerische Gesang der Sirenen zu hören. Offenbar hatten sie noch kein Opfer in den Armen; denn wenn das geschehen war, erstarb das Lied der Sirenen rasch.

Und von dem Monster, das Kleg verfolgte, war seit Stunden nichts mehr zu hören oder zu sehen gewesen. Was auch immer es war und was auch immer es wollte – Kleg war nicht gemeint. Vielleicht hatte Er der Schöpfer es auch mit einigen gut gewählten Worten vernichtet. Kleg war sicher, daß der Nebelmagier das vermochte.

Der Erste Selkie sonnte sich weiter in der Sonne seines zukünftigen Ruhms, während er dahinlief. Bald, sehr bald war er am Ziel.

»Halt!« rief Conan, als er Tair überholt hatte.

Das Gesicht des Baumbewohners sah aus, als hätte er dem Wein zu stark zugesprochen. Wie in Trance starrte er am Cimmerier vorbei, als wäre dieser gar nicht vorhanden. Er stürmte weiter auf die schönen Sängerinnen zu.

Aus dem Augenwinkel sah Conan, wie Cheen den jungen Hok packte. Der Junge wehrte sich gegen die Schwester; aber sie war viel größer und stärker als er. Cheens Muskeln, die Conan bewundert hatte, spannten sich und hielten Hok fest. Vergeblich schlug der Junge um sich und strampelte mit den Beinen.

»Tair, bleib stehen! Halt! Das ist eine Falle!«

Aber Tair überhörte Conans Warnung.

Der Cimmerier überlegte kurz. Wie konnte er den

Mann aufhalten, ohne ihn ernstlich zu verletzen? Hinzu kam noch ein Problem: Wenn er Tair einfing und festhielt, konnte Stead ungehindert zu den Sirenen laufen.

Conan fand die Lösung. Er ballte die rechte Hand zur Faust und schlug mit diesem Hammer aus Fleisch und Knochen Tair direkt unters Brustbein.

Tair blieb sofort die Luft weg. Röchelnd ging er in die Knie und preßte die Hände auf den Bauch. Conan blickte auf Stead und die Fischfrauen.

Zu spät.

Stead war nur noch wenige Spannen von der ersten Schönen entfernt. Was dann geschah, würde der Cimmerier nie im Leben vergessen. Die Fischfrau lächelte und zeigte Zähne, die zu einem Werwolf oder Hai gepaßt hätten. Das Wesen, halb Frau, halb Fisch, stürzte sich auf Stead und preßte ihn an die nackte Brust. Dann versanken die schrecklichen Zähne in seinem Hals.

Stead wehrte sich verzweifelt. Der Zauber war gebrochen; aber er konnte sich nicht befreien. Er schrie. Blut schoß aus der Halswunde und spritzte über das Monster, das ihn erbarmungslos festhielt.

Crom! Conan riß das Schwert aus der Scheide und sprang auf das Ungeheuer zu, das Stead tötete. Es war so in seine Mahlzeit vertieft, daß es den Cimmerier nicht zu bemerken schien.

Die Klinge blitzte im Schein der sinkenden Sonne auf und sauste wie die Axt eines Holzfällers durch die Luft. Conan mußte auf die Seite zielen, um Stead nicht zu treffen.

Im nächsten Augenblick drang der Stahl durch den schönen Frauenkörper und trennte einen Arm ab.

Die Sirene stieß einen unmenschlichen Schrei aus, der Conan ihn den Ohren schrillte. Wie eine wütende Schlange richtete sich das Ungeheuer auf und schlängelte sich auf den Cimmerier zu. Den einen Arm hielt es mit der scharfen Klauenhand wie einen Enterhaken in die Höhe.

Conan wich keinen Fußbreit zurück, sondern schwang das Schwert über dem Kopf. Dann schlug er mit aller Kraft zu, und die Klinge spaltete dem Monster den Kopf. Ein krampfartiges Zucken lief durch den Sirenenkörper, dann lag das Fischweib zitternd da.

Jetzt schlängelte sich die zweite Sirene auf den Cimmerier zu. Conan traute seinen Augen kaum, als sich das Ungeheuer auf die Schwanzspitze aufrichtete und mit beiden Klauenhänden nach ihm griff. Blitzschnell stieß Conan zu und durchbohrte dem Monster das Herz.

Noch im Tod packte das Fischweib die Klinge. Blut floß, als Conan die Waffe zurückriß und die Klinge in die Klauen schnitt. Aber die Sirene war so stark, daß sie Conan das Schwert noch aus den Händen wand, ehe sie neben ihre tote Schwester auf den Sargasso sank.

Conan fuhr herum, als die dritte Sirene ihn angriff. Er war bereit, mit ihr zu ringen, sobald sie sich aufrichtete.

Doch kaum hatte das Fischweib die volle Größe erreicht, traf es ein Speer ins linke Auge.

Conan drehte sich um. Cheen stand hinter ihm. Hok lag auf dem Boden und blickte benommen umher. Der Cimmerier nickte der Frau zu. Wieder hatte diese Amazone ihm das Leben gerettet.

Doch für Stead kam jede Hilfe zu spät. Aus der langen Halswunde war zuviel Blut geflossen. Selbst wenn Conan ihn früher erreicht hätte, wäre bei einer so großen und tiefen Wunde keine Rettung möglich gewesen.

Conan richtete sich auf, nachdem er den toten Gefährten untersucht hatte, und holte sein Schwert zurück. Cheen, Tair und Hok traten neben ihn.

»Ist er ...«, begann Tair.

»Ja«, antwortete Conan.

»Was waren das für komische Frauen?« fragte Hok.

Conan schüttelte den Kopf. »Das weiß ich auch nicht. Aber eins steht fest: Der Sargasso-See ist gefährlich für uns. Je schneller wir von hier wegkommen, desto besser.«

»Dann wollen wir uns beeilen«, sagte Cheen. »Wir sollten nach Einbruch der Dunkelheit nicht mehr hier draußen sein.«

Ja, diese Überlegung ist sehr klug, dachte Conan.

»Auf zum Palast, Freunde!« rief er. »Wir wollen denjenigen zur Verantwortung ziehen, der uns diese Ungeheuer auf den Hals geschickt hat.«

»Ja, du hast recht«, sagte Tair.

Zweiundzwanzig

Als die Sonne ihre tägliche Herrschaft über die Erde beendete und die Nacht um den Rand der Welt kroch, sah Kleg den Palast im Sargasso vor sich. Er konnte sogar die beiden Selkies ausmachen, die mit den langen Speeren am südwestlichsten Eingang Wache hielten.

Endlich! Jetzt war er zu Hause!

Als die Wachen Kleg sahen, nahmen sie sofort Haltung an und legten die Speere auf ihn an.

Einen Augenblick lang hatte Kleg Angst. Stimmte etwas nicht?

Dann aber erkannten ihn die Wachen. Sie standen wieder bequem und senkten die Waffen.

Kleg trat entspannt auf die beiden zu.

»Ho, Mylord Erster«, sagte ein Posten.

Kleg nickte hoheitsvoll. »Irgendwelche besonderen Vorkommnisse?«

Der zweite Posten war ein Nestgenosse Klegs und durfte sich daher einige Freiheiten beim Sprechen mit dem Ersten herausnehmen. »Alles in Ordnung und stinklangweilig, Bruder.«

Kleg grinste. Eigentlich waren alle Selkies Brüder; aber einige standen sich näher als andere. Der südwestlichste Eingang war bei allen hochgeschätzt, weil er der Küche am nächsten lag. Ein schneller Selkie konnte hinlaufen und sich einen Happen schnappen – oder eines der Küchenmädchen – und wieder auf

Posten sein, ehe jemand etwas merkte. Kleg wußte das, da er selbst früher dort Wache geschoben hatte.

»Sorgt dafür, daß es so bleibt«, sagte Kleg.

Dann ging er weiter zu einem hohen Portal. Er hob den Riegel und stieß die schweren Türen auf. Geräuschlos glitten sie in den gutgeölten Angeln zurück. Dann betrat er den Palast.

Eine Fackel erleuchtete den kurzen Gang. Bereits nach drei Schritten kam die nächste Doppeltür. Hinter dieser mußte Kleg noch durch eine kleine Tür treten. Jeder der sechsundvierzig Eingänge des Palastes war so gebaut. Selbst an sehr stürmischen Tagen drang durch die dreifach geschützten Eingänge kein Luftzug in den Palast. Er der Schöpfer vertrug in der gegenwärtigen Gestalt keinen Wind – und wehe dem, der das vergaß!

Kleg war nicht Erster Selkie geworden, wäre er nachlässig gewesen. Er wartete, bis die Luft völlig still war, ehe er die zweite und dritte Tür öffnete.

Im eigentlichen Palast schritt Kleg einen langen und breiten Gang entlang. Fackeln an den Wänden warfen unstetes Licht. Er der Schöpfer kam fast nie hierher, da die Flammen der Fackeln die Luft bewegten, was dem Meister sehr mißfiel.

Auf einem alten Teppich lag ein seltsames Tier. Es war auch ein Geschöpf des Nebelmagiers. Es hatte den Körper eines Wolfs und den Kopf eines Affen. Er der Schöpfer hatte diese Wesen Vunds genannt. Die Vunds waren nicht sonderlich intelligent, liefen aber sehr schnell und waren in der Lage, einfache Botschaften zu behalten und zu überbringen.

Kleg trat dem Vund in die Seite. Mit einem Ruck erwachte das Tier und starrte den Selkie dümmlich an.

»Lauf und such den Herrn des Palastes und melde ihm: ›Der Erste Selkie ist zurückgekehrt.‹ Hast du das kapiert?«

Der Vund blinzelte.
»Wiederhol es!«
Die Stimme des Vunds war knurrend, aber verständlich. »Der Erste Selkie ist zurückgekehrt.«
»Gut. Jetzt los. Lauf schon!«
Der Vund sprang in großen Sätzen den Korridor hinunter. Er war anderthalbmal schneller als ein Selkie. Der Vund würde den Nebelmagier aufspüren, ganz gleich, wo sich der Herrscher in dem weitläufigen Palast befand.
Kleg ging zu der besonders gesicherten Schatzkammer, wo kostbarste magische Gegenstände aufbewahrt wurden. Sobald Er der Schöpfer die Botschaft des Selkie empfangen hätte, würde er sich ebenfalls dorthin begeben. Da war Kleg ganz sicher. Dort würde er ihn finden.
Die Flammen der Fackeln an den Wänden schwankten leicht in dem Windzug, den Kleg beim Vorübergehen verursachte. Schon bald würde er vor seinem Herrn und Meister stehen.

Der Kralix war geistig recht begrenzt. Daher hielt er unbeirrt an seinem Ziel fest. Er hatte einen Auftrag bekommen, und sein ganzes Sein war darauf ausgerichtet. Finde den Ersten! Bring den Ersten zurück! Laß dich von nichts und niemandem aufhalten!
Der Kralix hatte Hunger, hielt jedoch nicht inne, um etwas zu fressen. Der Erste war immer noch irgendwo vor ihm. Er spürte den Ersten ebenso deutlich, wie Kleg den Sargasso unter den Füßen und die Luft auf der nackten Haut.
Das Monster war sich ziemlich sicher, daß es nicht weit gehen mußte, sobald es den Ersten erwischt hätte. Der Erste marschierte bereits von sich aus in die Richtung, die auch der Kralix eingeschlagen hätte. Das war gut; aber der Kralix hatte keine neuen Befehle erhalten.

Er wußte nur: Finde den Ersten! Bring den Ersten zurück! Laß dich von nichts und niemandem aufhalten!

Unermüdlich lief der Kralix weiter, um seine Mission zu erfüllen.

Die Nacht hatte bereits das funkelnde Sternennetz über das dunkle Firmament gebreitet, als Conan und seine Gefährten vor dem Palast auf dem Sargasso ankamen.

In hundert Spannen Entfernung beleuchteten Fakkeln eine breite Doppeltür in einer dicken Mauer. In ihrem flackernden Schein sah Conan auch die beiden Selkies, die dort Wache hielten.

Im Schutz der Nacht waren der Cimmerier und seine drei Freunde für die Selkies unsichtbar. Trotzdem gab Conan das Zeichen, sich auf den Boden zu legen.

»Wir sind am Ziel«, flüsterte er.

»Ja, und jetzt?« fragte Tair.

Conan überlegte. Ein direkter Angriff war durchaus möglich. Ihre Aussichten waren gut. Drei gegen zwei, wenn er Hok nicht mitrechnete. Aber die Wachen konnten Hilfe herbeirufen. Dann strömten womöglich Scharen von Fischmännern aus dem Portal. Diese Möglichkeit fand der Cimmerier weniger erfreulich.

Vielleicht konnten sie die Wachen irgendwie austricksen. Wenn Conan ihre Aufmerksamkeit auf eine Seite lenkte, könnten Cheen und Tair sie auf der anderen Seite umgehen. Sobald er die Fischmänner von dem Portal weggelockt hatte, könnten sie keine Hilfe mehr holen.

Dann gab es noch die Möglichkeit, sich in der Dunkelheit so nahe an die Posten heranzuschleichen, daß sie beide gleichzeitig mit gut gezielten Speerwürfen außer Gefecht gesetzt würden. Cheen konnte mit ihrer Waffe hervorragend umgehen, wie er wußte, und er hatte keinen Grund zu der Annahme, daß Tair weniger geschickt war.

Während Conan noch über diese Möglichkeiten nachdachte, wurde ihm die Wahl abgenommen.

Ein Monster tauchte aus der Finsternis auf und stürzte sich auf die beiden Selkies.

Tair sah es als erster. »Bei der Grünen Göttin, schaut euch das an!«

Conan brauchte keine zweite Aufforderung.

Das Biest war leicht doppelt so groß wie ein Ochse und hatte breite Beine. Seine gefleckte glatte Haut glänzte im Fackelschein. Es sah wie eine Riesenkröte aus, hatte aber Klauen und Fänge wie ein Bär oder Werwolf. Erstaunlich schnell stampfte es auf das Portal zu.

Die beiden Selkies sprangen mit gezückten Speeren auf das Monster zu; aber sie waren nicht gefährlicher als Wespen, die einen Menschen angriffen. Das Ungeheuer schnappte sich einen Selkie. Das Knacken und Knirschen der Knochen drang weithin durch die Nacht, nachdem der halbe Selkie in dem riesigen Maul verschwunden war. Conan schüttelte den Kopf. Wenigstens war es ein schneller Tod.

Der zweite Posten schleuderte den Speer. Die Spitze drang tief in das Ungeheuer ein. Es spuckte sogleich den ersten Selkie aus – beziehungsweise, was von ihm noch übrig war –, riß sich mit der Pranke den Speer aus der Seite und schleuderte ihn beiseite, als wäre er ein lästiger Strohhalm. Dann sprang es mit erstaunlicher Schnelligkeit vor und packte den zweiten Selkie. Die scharfen Klauen rissen dem Fischmann den Bauch auf. Sterbend fiel dieser nach hinten auf den Boden.

Das Monster kümmerte sich weder um den toten noch um den sterbenden Selkie, sondern warf sich gegen das Portal. Die schweren Bohlen krachten und splitterten. Dann riß das Biest das Maul auf und riß mit den spitzen Fängen eine Bresche in die dicke Doppeltür.

»Es frißt die Tür«, murmelte Hok verblüfft.

So war es in der Tat. Voll Staunen beobachteten Conan und seine Gefährten, wie das Ungeheuer so viel Holz verschlang, bis die Bresche groß genug war, damit es sich durchzwängen konnte. Sobald es außer Sicht war, hörten sie Holz krachen und splittern.

»Offenbar gibt es noch eine innere Tür«, sagte Conan.

Nach wenigen Minuten war von dem Monster nichts mehr zu sehen oder zu hören. Es herrschte tiefe Stille.

Tair, Cheen und Hok schauten Conan fragend an.

»Ich habe auch keine Ahnung, was das für ein Monster ist«, beantwortete der Cimmerier die unausgesprochenen Fragen. »Aber es hat uns Zugang zum Palast verschafft. Wollt ihr immer noch hinein und den Samen holen?«

Thayla war vor Angst halbtot, und das nicht ohne Grund. Immer noch hatte sie keine weitere Gelegenheit gehabt, mit Blad unter vier Augen zu reden. Ihr Gemahl war unnatürlich wachsam, so daß es ihr nicht möglich war, ihm meuchlings die Obsidianklinge ins Herz zu stoßen.

Er hatte die drei zum Palast geführt. Jetzt schlichen sie an der langen Mauer entlang und suchten nach einer Möglichkeit, hineinzugelangen.

»Halt!« flüsterte Rayk und bedeutete der Königin und Blad, sich hinzulegen.

Thayla gehorchte. Im nächsten Augenblick sah sie den Grund von Rayks Vorsichtsmaßnahme.

O nein! Es waren Conan und drei der Baumbewohner!

Der Hüne führte zwei Erwachsene und einen Jungen über eine kurze Strecke offenen Geländes auf den Palast zu. Thayla folgte ihnen mit den Augen. Entsetzt sah sie, was vor der Gruppe lag.

Zwei Fischmänner lagen verkrümmt und zerfetzt vor den zersplitterten Resten eines gewaltigen Portals. Eine Fackel hing schief in der Halterung und warf ihr Licht auf die grausige Szene.

»Was ...«, begann Thayla.

»Das Monster aus dem Dorf«, unterbrach Rayk die Königin, noch ehe sie die Frage zu Ende gestellt hatte. »Ich habe es dort wüten gesehen.«

»Was will es *hier*?«

Rayk schüttelte den Kopf. »Ich weiß es nicht; aber darüber zerbreche ich mir nicht den Kopf. Es hat uns Zugang ins Innere des Palastes verschafft, und dafür sollten wir ihm dankbar sein.«

»Was ist, wenn es drinnen auf uns wartet?« fragte Blad.

»Was soll sein? Es wird sich an den vier Leuten vor uns sattfressen, ehe wir hineingehen.«

Thayla sah, wie Conan mit gezücktem Schwert vorwärtsschlich. »Und wenn es immer noch hungrig ist, wenn wir drinnen sind?«

»Dann warten wir, bis es weg ist.«

»Rayk, ich finde, dieser Unsinn sollte ein Ende finden.«

Der König schaute seine Gemahlin an. »Ich bin König, Thayla. Es ist unwichtig, was du meinst.«

Thayla blickte ihn wütend an, als er sich umdrehte und zuschaute, wie die vier Gestalten vorsichtig durch das zersplitterte Tor in den Palast schlichen. Für sie stand fest, daß Rayk den Verstand verloren hatte. Langsam griff sie nach dem Dolch. Am besten wäre es, ihn jetzt gleich zu erstechen und dann zu fliehen.

Aber da stand Rayk auf und schlich ebenfalls auf den Eingang zu. Auch Blad blieb nicht liegen, sondern folgte dem König.

Narren! Alle Männer waren Narren! Die beiden würden es schaffen, daß auch sie getötet wurde!

»Thayla!«

Widerstrebend erhob sich die Königin der Pili und lief zu ihrem Gemahl. Sie wollte unter keinen Umständen hier draußen allein und schutzlos bleiben. Conan lebte immer noch. Wenn das Monster, das sich gewaltsam Zugang in den Palast verschafft hatte, weitergezogen war, würde der Hüne noch länger am Leben bleiben. Sie mußte unbedingt verhindern, daß ihr Gemahl und Conan miteinander sprachen; denn sonst war sie in Lebensgefahr. Sie mußte in Rayks Nähe bleiben, um das zu verhindern.

Stumm folgten die drei Pili den vier Menschen in das Reich des Nebelmagiers.

Dimma schwebte ruhig in seinem Schlafgemach umher und bemühte sich, alle widrigen Gedanken abzulegen und Ruhe zu finden. Dieses Gemach war zum Schlafen ausgesucht worden, weil es das stillste im ganzen Palast war. Es war von allen Seiten von Räumen umgeben. Wenn die Türen geschlossen waren, herrschte im Schlafgemach völlige Finsternis, und nicht der leiseste Windhauch wehte. Wie in einer Höhle im Innern der Erde war die Stille hier beinahe greifbar.

Doch kein Schlaf kam zu Dimma. Seine Gedanken flogen wie Vögel von Ast zu Ast. Er war zu aufgewühlt, um Ruhe zu finden.

Plötzlich ein Klopfen an der Tür.

Niemand durfte Dimma stören, solange er sich im Schlafgemach aufhielt – um nichts in der Welt. Wer es wagte, starb sofort, rasch und grausam. Jetzt bewegte sich der Nebelmagier mittels seiner Willenskraft zur Tür, um den Toren zu sehen, den er sogleich töten würde.

»Wer wagt es, mich zu stören?« rief er.

»M-m-myl-lord?«

Es war die Stimme des Zweiten Selkies.

»Tritt ein und empfang den Lohn für deine Frechheit!«

Ganz langsam öffnete sich die Tür, damit keine Zugluft im Raum entstand. Draußen stand der Selkie. Ein Vund saß neben ihm.

»Willst du noch etwas sagen, ehe du stirbst?«

»M-m-myl-lord, der V-vund h-hat eine B-botschaft.«

»Dann soll er ebenfalls sterben!« Dimma hob den Nebelarm, um die beiden mit einem Feuerzauber zu verbrennen. Das wenigstens schaffte er aus eigner Kraft.

»S-sprich!« fuhr der Selkie den Vund an.

Der Vund holte tief Luft. Zum letztenmal, dachte Dimma, und spreizte die Finger für den Zauber.

»Der Erste ist zurückgekehrt.«

Dimma hielt inne. »Was?«

Der Vund wiederholte die Botschaft.

Freude durchlief den Zauberer. Er ließ den Arm sinken. Der Feuerzauber war vergessen. Konnte es wahr sein? Nach so vielen Jahrhunderten?

»Wo ist dieser Vund postiert?«

»Am s-s-südwestlichsten Eingang, M-mylord.«

Dimma lachte. Dieser Eingang lag vom Schlafgemach ziemlich weit entfernt; aber inzwischen mußte der Erste schon auf halbem Weg zur Schatzkammer sein. »Hinweg mit euch!« befahl er. »Zur Schatzkammer!«

Der Zweite Selkie und der Vund liefen davon. Dimma folgte ihnen langsam, da er sich nur aufgrund seiner Willenskraft bewegen konnte. Doch das Ende dieser unsäglichen Qualen war nahe!

Der Nebelmagier schwebte so schnell wie möglich durch den Palast. Ja, nach fünfhundert Jahren stand die Erlösung vom Fluch des alten Zauberers von Koth unmittelbar bevor.

Dreiundzwanzig

Kleg stand vor der Schatzkammer, wo bis auf eines alle Elemente eines bestimmten Zaubers lagerten. Dort wartete der Herrscher dieses Reichs auf ihn, der Abet Blasa, Dimma der Nebelmagier.

Er der Schöpfer schwebte eine halbe Spanne über dem Boden.

»Erster, bringst du mir das, was du holen solltest?«

Kleg, immer noch bis auf den Lederbeutel am Hals nackt, nickte. Dann holte er das Samenkorn aus dem Beutel. »Ja, Mylord.«

Kleg spürte die Freude des Zauberers. Sie schlug ihm entgegen wie die Hitze aus einer offenen Feuerstelle.

»Warum hast du so lange gebraucht?«

Kleg begann zu erklären. »Tödliche Gefahren bedrohten mich immer wieder, Mylord. Die Pili und schrecklicher Monster und …«

»Schon gut, schon gut! Das alles spielt jetzt keine Rolle mehr. Wichtig ist nur, daß du den Talisman hast. Schnell, leg ihn in die Nische!«

Der Selkie beeilte sich, den Befehl auszuführen. Innerhalb der Schatzkammer, die von vier seiner Brüder bewacht wurde, befanden sich die anderen Elemente des Lösungszaubers bereits am richtigen Ort. Da stand der Schädel einer längst ausgestorbenen Raubkatze. In der Holzkiste lag der Umhang einer Hexe. In der Phiole, die mit Wachs verschlossen war, befand sich eine schwarze Flüssigkeit, einst das Blut eines niedrigen Dämonen. Es gab noch ein Dutzend weiterer magischer Gegenstände. Nur der Same hatte noch gefehlt, den Kleg jetzt mit großer Sorgfalt in eine Wandnische legte.

»Jetzt alle raus!« befahl Er der Schöpfer.

Kleg und zwei Wachen, die mit ihm eingetreten waren, verließen sofort die Schatzkammer.

»Schließt die Tür!«

Ein Posten zog behutsam die Tür zu, damit kein Windhauch entstand. Dann blickte er Kleg an. »Und was geschieht jetzt, Erster?«

»Er der Schöpfer wird einen Zauber wirken«, antwortete Kleg. »Und dadurch wird er ein neues Ich für sich schaffen.«

Kleg blickte auf die geschlossene Tür. Sein Herr und Meister hatte ihn mit Lob nicht gerade überschüttet. Andererseits war Kleg noch am Leben, und wenn er an die Schwierigkeiten dachte, unter denen ihm das gelungen war, fand er sich ziemlich erfolgreich. Vielleicht würde Er der Schöpfer sich, nachdem er den Zauber gewirkt hatte, großzügiger erweisen. Kleg beabsichtigte, vor der Tür zu warten.

Das Vorhaben des Ersten Selkies wurde jedoch gestört, als er schwere Schritte hörte, die sich auf dem Korridor näherten. Dann roch er auch den ekligen Gestank, den er sofort erkannte.

Das Monster! Es verfolgte ihn immer noch!

In Klegs Kopf drehten sich die Gedanken im Kreis. Wie konnte das sein? Was bedeutete das? Wieso folgte ihm das Ungeheuer bis in den Palast seines Herrn? Was konnte er tun?

Panik ergriff den Selkie. Er wollte schon an die Tür klopfen, um den Nebelmagier um Hilfe anzuflehen – doch dann hielt er inne. Den Meister jetzt zu stören, bedeutete den sicheren Tod. Nein, er mußte die Bestie von hier weglocken. Schneller laufen konnte er, das wußte er genau. Sollte das Monster Lärm machen und Ihn beim Zauber stören, würde Er es auf der Stelle töten.

Kleg wandte sich an die Wachen. »Gleich wird hier ein Monster vorbeikommen. Bleibt ihm vom Leib! Aber sorgt dafür, daß nichts und niemand unseren Meister stört!«

Dann lief der Erste Selkie den Korridor hinunter.

Dimmas Freude kannte keine Grenzen. Endlich waren alle Zutaten beisammen, die er während des größten Teils seines Lebens zusammengetragen hatte. Jetzt brauchte er nur noch die Worte des Lösungszaubers laut auszusprechen, und das vermochte er in seiner gegenwärtigen Nebelgestalt durchaus zu tun. Der Zauberspruch bestand aus drei kurzen Versen. Dimma hatte die Worte so oft geübt, daß sie ihm vertraut waren wie der eigene Name.

Der Nebelmagier schwebte über dem Boden zur Mitte der Schatzkammer. Dann holte er tief Luft und begann mit dem Aufsagen des Zauberspruchs, der ihn endlich wieder zu einem ganzen Menschen machen sollte.

Niemand hatte versucht, Conan und seine Gefährten auf dem Weg durch die langen Korridore aufzuhalten. Sie hatten nirgends Wachen gesehen, überhaupt niemanden. Conan fand das seltsam.

»Es ist furchtbar still«, meinte Tair. »Der Palast wirkt wie ausgestorben.«

In der Tat regte sich kein Lüftchen. Die Fackeln an den Wänden brannten ungestört und schickten ihren Rauch schnurgerade hinauf zu der hohen Decke, an der sich kreisrunde Rußflecken gebildet hatten.

»Mir gefällt es hier nicht«, verkündete Hok.

Conan teilte die Gefühle des Jungen, auch wenn er es nicht laut sagte. Fragend wandte er sich an Cheen. »Cheen?«

Sie zeigte auf die linke Abzweigung des Korridors, der sich vor ihnen gabelte. »Der Same ist dort.«

Die vier gingen in die angegebene Richtung weiter.

Conan hatte nur einen ungenauen Plan, wie sie den Samen in ihren Besitz bekommen konnten. Wenn der Talisman bewacht wurde, wollten sie ihn irgendwie stehlen. Stießen sie auf Wachen, mußte man diese töten, den magischen Samen nehmen und fliehen. Der Cimmerier bevorzugte einfache, direkte Pläne, und dieser schien ihm einfach zu sein. Wenn möglich, würden sie dem Zauberer ausweichen. War eine Begegnung unvermeidlich, würden sie ihn töten und dann fliehen. Eigentlich auch ganz einfach.

Thayla ließ ihren Gemahl vorgehen. Sie wurde immer langsamer, so daß sie zurückfiel und Blad etwas zuflüstern konnte, ohne daß Rayk es hören konnte. Der Gang war so still, daß sie die Stimme sehr dämpfen mußte. Sie nickte dem jungen Pili zu.

»Mylady?«

»Der König hat den Verstand verloren«, flüsterte sie. »Er wird uns alle in den Tod führen.«

»Aber was können wir tun? Er ist der König.«

»Nicht länger, sobald er tot ist.« Thayla berührte bedeutungsvoll den Schaft von Blads Speer.

»Mylady!«

»Hör zu, mein tapferer Blad. Wenn er tot ist, wirst du König und mein Gemahl sein.«

Die Augen des jungen Pili wurden groß. Wenn der Bursche auch nur einen Funken Ehrgeiz hatte, mußte diese Aussicht ihn zu lodernden Flammen anfachen!

»Thayla! Blad! Wo bleibt ihr denn?«

Der König war stehengeblieben und blickte zu den beiden zurück.

Thayla bückte sich. »Ich habe einen Stein im Stiefel, Rayk.« Zu Blad sagte sie: »Bleib stehen, damit ich mich an dir festhalten kann!« Sie zog den Stiefel aus und tat so, als schüttele sie den nichtvorhandenen Stein auf den Boden. Während sie sich an Blad festhielt, streichelte sie ihn an einer sehr empfindlichen Stelle, die jedoch der König nicht sehen konnte.

Blad stockte bei dieser Liebkosung der Atem.

»Was ist los?« fragte der König.

»Äh ... äh ...«, antwortete Blad verlegen. Ihm fehlten die Worte.

»Er ist gegen meine Dolchspitze gestoßen«, erklärte Thayla schnell.

Rayk gab sich zufrieden und blickte wieder nach vorn. Thayla warf Blad noch einen verführerischen, heißen Blick zu. Der junge Bursche hatte den Speer. Sie hoffte, daß er ihn benutzte – und zwar bald.

Kleg kannte die Gänge im Palast so gut wie kaum ein anderer. Jetzt lief er umher und führte das Monster auf alle möglichen Umwege. Hatte ein eifersüchtiger Zauberer das Ungeheuer auf ihn gehetzt? Würde Er der Schöpfer sich die Mühe machen, es zu töten, wenn er den Zauber beendet hatte?

Zu viele Fragen und keine Antworten.

Kleg lief so durch die Korridore, daß er sich nie sehr weit von der Schatzkammer entfernte, in der sein Herr und Meister den Lösungszauber wirkte. Dem Selkie kam es vor, als hätte er seit Ewigkeiten nichts mehr gegessen und getrunken. Außerdem war er ziemlich müde. Daher wollte er in der Nähe sein, sobald der Nebelmagier den Zauber beendet hatte, damit dieser sich um die Bestie kümmerte, die Kleg verfolgte.

Conan spürte, daß jemand hinter der nächsten Biegung des Korridors war. Er winkte den Gefährten, stehenzubleiben, und schlich allein weiter, um zu sehen, wer – oder was – dort lauerte.

Der Cimmerier bewegte sich langsam und vorsichtig in der Hocke vorwärts. Dann lugte er um die Biegung. Ein schneller Blick verriet ihm alles. Vier Selkies standen vor einer schweren Holztür. Sie hielten Speere in den Händen.

Langsam schob er sich wieder zurück. Dann flüsterte er den anderen zu: »Ich glaube, wir haben den Samen gefunden. Da vorn stehen vier Selkies vor einer Tür Wache.«

»Ja, ich spüre ganz deutlich, daß der Same nahe ist«, erklärte Cheen.

»Nun gut. Das sind vier Gegner gegen uns drei«, sagte der Cimmerier.

»Nein, wir sind zu viert!« widersprach Hok empört.

»Na schön, vier. Wenn wir schnell angreifen, können wir sie überwältigen und den gestohlenen Talisman zurückgewinnen.«

Tair schwang drohend den Speer. »Nur zu! Ich bin bereit!«

Cheen nickte.

Conan zückte das Schwert und holte tief Luft. »Wartet! Ich zähle bis drei«, sagte er. »Eins. Zwei. *Drei!*«

Da sprang der Cimmerier um die Biegung und stürzte sich auf die Wachposten.

»Psst, seid ruhig!« flüsterte Rayk und gab Thayla und Blad ein Zeichen, stehenzubleiben. »Die Baumleute und der Riese sind dicht vor uns.«

Die drei Pili duckten sich. Thayla schob sich allerdings vor, um zu sehen, ob Rayk die Wahrheit gesagt hatte. Ja, die vier Menschen hockten nicht weit entfernt vor einer Biegung im Korridor und flüsterten.

»Sie haben keine Ahnung, daß wir hier sind«, sagte Rayk leise. »Wir können uns anschleichen und sie töten, ehe sie uns bemerken.« Er zückte den Dolch aus Obsidian. »Halt den Speer bereit!« befahl er Blad. »Du nimmst den Riesen, ich das Weibchen und den kleinen Mann. Thayla, du bringst den Jungen um.«

»Rayk ...«, begann Thayla.

»Schweig! Tu nur, was ich dir befohlen habe!«

Die drei Pili krochen verstohlen weiter. Thayla riskierte einen Blick zu Blad hinüber. Der junge Bursche erwiderte ihren Blick. Sie nickte zum König hin, dann auf Blads Speer. Jetzt ist genau der richtige Augenblick, dachte sie.

Gerade als Rayk sich sprungbereit machte, fing Conan an zu zählen. Was sollte das?

Als der Hüne die Zahl Drei ausgesprochen hatte, sprangen die vier auf und liefen um die Biegung.

Die Pili hielten verblüfft inne.

Rayk überlegte kurz. Dann sagte er: »Hinterher!«

Der König sprang auf und rannte um die Biegung.

Thayla und Blad folgten ihm.

Zwei Verse des Zaubers hatte Dimma bereits gesprochen. Jetzt begann er mit dem dritten. Plötzlich hörte er Lärm vor der Tür der Schatzkammer.

Der Nebelmagier runzelte die Stirn. Seine Konzentration war gebrochen. Er versprach sich beim dritten Wort in der zweiten Zeile.

»Set und Drakkar hole euch alle!« schrie er erbost.

Jetzt mußte er den ganzen Spruch wieder von vorn beginnen! Wehe, wenn er denjenigen zu packen bekam, der dafür verantwortlich war! Ein grausamer Tod war ihm gewiß. Aber nicht jetzt! Alles konnte warten, bis er mit dem Lösungszauber fertig war.

Er begann wieder mit dem ersten Vers des Zauberspruchs.

Kleg war so erschöpft, daß das Ungeheuer ständig aufholte. Jetzt war es nur noch wenige Spannen hinter ihm. Langsam, aber sicher setzte es in großen Sprüngen ihm nach. Ohne irgendwelche Zeichen von Müdigkeit bewegte es sich stur weiter. Der massige Körper ließ die Mauern des Palasts erbeben.

Kurz vor Kleg lag die Abzweigung, die zur Schatzkammer führte. Der Selkie war fast am Ende seiner Kräfte. Wenn er nicht sterben wollte, mußte er schnell etwas unternehmen. Vielleicht war Er der Schöpfer inzwischen mit dem Zauber fertig. Aber selbst wenn der Meister noch beschäftigt war, konnte der Selkie nicht mehr warten. Er brauchte Hilfe gegen das Monster, das ihn so unerbittlich verfolgte. Vielleicht konnten die Wachposten es aufhalten.

Unter Aufbietung der allerletzten Kräfte beschleunigte Kleg noch einmal den Schritt und bog in die Abzweigung ein.

Die vier Wachposten vor der Schatzkammer wurden von dem Angriff Conans und der Baumleute völlig überrascht. Fassungslos blickten sie den Angreifern entgegen. Der Cimmerier sah allerdings auch, wie ein weiterer Selkie weiter hinten im Gang auftauchte.

Im nächsten Augenblick erschien auch das Monster, das den Zugang zum Palast freigebissen hatte.

Conan spaltete dem ersten Selkie mit einem gewaltigen Schlag den Schädel, so daß dieser tot zu Boden sank.

»Conan! Hinter dir!« schrie Cheen gellend auf.

Conan fuhr herum. Drei Pili liefen mit Dolchen und einem Speer kampfbereit auf ihn zu.

Crom! Was war denn jetzt los?

Selkies, Pili, Baumleute, ein riesiges Monster – alle stürzten wie die Irren aufeinander los. Im Korridor herrschte völliges Chaos.

So sah also sein einfacher Plan aus. Danke, Crom!

Vierundzwanzig

Kleg lief um die Ecke in den Gang hinein, der zur Schatzkammer führte. Was war das? Menschen und Pili kämpften mit seinen Brüdern.

Da Kleg unbewaffnet und nackt war, hätte er normalerweise sofort kehrtgemacht; aber jetzt war ihm das Monster auf den Fersen. Damit kam diese Möglichkeit nicht in Frage. Ihm blieb keine Wahl. Er mußte weiterlaufen und sich ins Getümmel stürzen.

Thayla lief neben Blad her. »Jetzt!« schrie sie ihn an. »Töte ihn!«

Blad blickte die Königin an. Er war völlig verunsichert. »Wen denn?«

»Den König natürlich, du Schwachkopf! Benutz deinen Speer!«

Conan parierte den Speerstoß des zweiten Wachposten und verwundete den Selkie am Bauch. Dieser krümmte sich schreiend und ließ den Speer fallen.

Der Cimmerier riß das Schwert zurück, so daß die Bluttropfen weithin spritzten, und schwang die Klinge hoch über der Schulter. Dann sauste sie auf den nächsten Feind nieder, der so töricht war, sich dem Hünen in den Weg zu stellen.

Links von Conan kämpfte Tair erbittert mit dem Speer gegen einen Selkie, der die Tür mit seinem Körper schützte, während Cheen und Hok den vierten Posten mit Speer und Dolch angriffen.

Da sah Conan, wie sich von rechts drei Pili näherten. Der Anführer hielt einen Dolch stoßbereit, der Mann dahinter schwang einen Speer. Als dritter kam die Pili-Frau, mit der Conan in der Höhle eine denkwürdige Nacht verbracht hatte. Sie schrie etwas Unverständliches.

Die Pili würden im nächsten Augenblick da sein. Rasch wechselte der Cimmerier das Standbein, um für den Angriff gewappnet zu sein.

Doch da warf der Anführer der Pili plötzlich die Arme hoch und schrie gellend auf. Sein Dolch flog gegen die Wand und landete klirrend auf dem Steinboden.

Conan war verwirrt, doch nur einen Augenblick lang. Kaum war der Anführer der Echsenmänner zu Boden gesunken, riß der Pili hinter ihm den Speer aus dem Rücken des Sterbenden und schwenkte triumphierend die Waffe durch die Luft.

»Jetzt bin ich König!« jubelte er laut. »Lang lebe der neue König!«

Conan tat einen Satz nach vorn und durchbohrte dem jungen Pili mit dem Breitschwert die Brust.

Völlig überrascht blickte der junge Bursche den Cimmerier an. Dann fiel er rücklings zu Boden. Seine Augen blieben offen.

Lange hat er wirklich nicht regiert, dachte Conan.

»Der Große Drache soll deine Männlichkeit fressen!« schrie die Pili-Frau und sprang mit gezücktem Dolch auf Conan zu.

Er haßte es, eine Frau zu töten; aber sie ließ ihm keine Wahl. Es ging um sein oder ihr Leben. Conan wollte die Entscheidung zu seinen Gunsten fällen.

Aber er hatte dazu keine Gelegenheit mehr. Etwas

prallte ihm gegen den Rücken und stieß ihn zu Boden. Bei dem Sturz verlor er sein Schwert.

Wut umhüllte Thayla wie ein Umhang, als sie vorwärtssprang, um dem Cimmerier mit dem Dolch den Bauch aufzuschlitzen. Da rannte ein Selkie, der um die Biegung gekommen war, direkt gegen den Cimmerier, und beide stürzten zu Boden. Thayla konnte gerade noch beiseite springen, um nicht ebenfalls umgerissen zu werden.

Mit gezücktem Dolch ging sie auf die beiden los. Wenn der Selkie Conan tötete, würde sie die Klinge in den Hals des Fischmanns stoßen. Sollte Conan mit dem Leben davonkommen, würde sie ihn mit der gleichen Methode erledigen.

Der Mann ist stark, dachte Kleg, als sie auf dem Boden mit einander rangen. Vielleicht doppelt so stark wie der stärkste Selkie, mit dem er je gekämpft hatte. Aber er war dreimal so stark wie jeder Mensch. Daher würde er den Kampf gewinnen.

Allerdings nicht ganz einfach. Der Mann war wendig. Er spannte blitzschnell die Muskeln am Hals an, so daß Klegs Würgegriff erfolglos blieb. Das Paar rollte auf dem Steinboden dahin und prallte gegen eine Wand. Kleg litt unter dem Aufprall, nicht der Hüne. Dabei lockerte sich der Griff des Selkie. Sofort nützte der Gegner die Situation aus und befreite sich. Der Mann warf sich auf die Seite, sprang auf und stand mit geballten Fäusten kampfbereit da.

Auch Kleg kam auf die Beine und musterte den Mann scharf. Offensichtlich wollte er einen Boxkampf beginnen. Dabei konnte auch ein schwächerer Gegner den stärkeren besiegen, wenn der Schlag den richtigen Punkt traf. Kleg verlagerte das Gewicht auf das linke Bein...

Da trat der Selkie auf etwas Kaltes. Schnell riskierte er einen Blick nach unten.

Das Schwert des Hünen lag dort.

Schnell bückte sich Kleg und ergriff die Waffe. Der Mann war zu weit entfernt, um vor ihm das Schwert zu packen. Diese Runde ging an den Selkie.

Grinsend schwang Kleg die Waffe. »Bereite dich auf den Tod vor!« rief er triumphierend und trat vorwärts. Mit dem Schlag würde er den Gegner halbieren.

»Vorsicht, schau nach hinten!« rief eine Frauenstimme.

Kleg achtete nicht auf den Warnruf. Er war nicht so dumm, auf den ältesten Trick der Welt hereinzufallen.

Da spürte er die Nemesis im Nacken und roch den Gestank des Monsters. Nein! Er versuchte sich umzudrehen und zu fliehen. Doch es war zu spät! Dunkelheit hüllte ihn ein.

Das letzte, was der Selkie im Leben noch fühlte, waren die scharfen Zähne des Ungeheuers, die sich in seinen Oberkörper schlugen.

Thayla hatte den Warnruf ausgestoßen; aber der Fischmann hatte nicht auf sie gehört. Das Monster hinter ihm riß den Rachen auf und verschlang den Oberkörper des Selkie mit einem Biß. Das Ungeheuer hob das Opfer vom Boden auf und schüttelte ihn, wie ein Hund eine erbeutete Ratte schüttelt.

Entsetzt starrte die Königin auf das Ungeheuer, das offenbar weder an ihr noch an irgendeinem anderen, sondern nur an dem Selkie interessiert war. Es wandte sich ab, den toten Fischmann immer noch im Maul, und trampelte den Gang entlang, auf die Tür zu.

Auch Conan hatte das Monster nicht aus den Augen gelassen. Thayla erkannte, daß jetzt ihre Rache nahte. Der König war zwar tot, aber ihr Haß auf Conan war so gewachsen, daß diese Tatsache keine Rolle mehr spielte. Sie wollte diesen Hünen tot sehen. Mit gezücktem Dolch sprang sie von hinten auf den Cimmerier zu.

»Conan!« schrie eine Frau.

Der Cimmerier reagierte blitzschnell. Er ließ sich flach fallen. Thayla konnte den Sprung nicht mehr abfangen und stolperte über Conan. Mit beiden Händen wollte sie sich abstützen; aber sie landete zu nahe an der Wand. Der Dolch, den sie in der Hand hielt, prallte an der Mauer ab und traf sie direkt ins rechte Auge. Mit einem schrecklichen Schrei stürzte sie zu Boden, und die ehrgeizige Königin der Pili hauchte ihr Leben aus, nicht weit von ihrem Gemahl und ihrem Liebhaber Blad entfernt.

Dimma war so außer sich vor Wut, daß er beinahe den Verstand verlor. Wieder hatte er sich bei dem Zauber verhaspelt, weil vor der Schatzkammer so schrecklicher Lärm tobte.

Ehe der Nebelmagier erneut mit der ersten Zeile beginnen konnte, barst die Tür, und ein Luftstrom drang ein, der Dimma durch die Kammer bis an die Wand fegte.

»Wer *wagt* es?«

Als der Zauberer sein Gleichgewicht wiedergefunden hatte, sah er das Monster auf der Schwelle stehen. Der Kralix hatte einen toten Selkie zwischen den Zähnen.

»Doch nicht *jetzt*, du dummes Geschöpf!«

Der Kralix spuckte den Selkie auf den Steinboden, wo er reglos liegenblieb. Das Ungeheuer schaute Dimma an wie ein gehorsamer Hund seinen Meister, nachdem er das Stöckchen apportiert hat.

Jetzt explodierte Dimmas Wut. Er verfluchte den Kralix und streckte die Hand aus, die sengende Hitze und einen grellen Lichtstrahl über das Ungeheuer aussandte.

Die Haut des Kralix wurde schwarz und zerplatzte unter dem magischen Zornesstrahl. Entsetzlich stöhnend brach er zusammen und rollte auf den Rükken. Der Gestank des verbrannten Fleischs erfüllte die Schatzkammer.

Dimma versetzte sich kraft seiner Willenskraft wieder in die Mitte der Kammer, in die richtige Entfernung zu allen magischen Gegenständen, und sammelte sich erneut.

Wieder – allerdings zum letztenmal – wollte er die Worte des Lösungszaubers sprechen.

Conan betrachtete die Pili-Frau. Sie war tot, das stand zweifellos fest. Die schwarze Klinge steckte bis zum Griff im rechten Auge. Getötet von eigener Hand.

Er nahm sein Schwert auf und wandte sich seinen Gefährten zu. Cheen und Hok halfen Tair, den letzten Selkie-Wächter zu erledigen.

Das Monster hatte inzwischen die Tür eingedrückt und war in das Gemach dahinter eingedrungen. Gleich darauf traf ein Blitzstrahl das Ungeheuer. Conan spürte eine ungeheure Hitze. Er sah nur das Hinterteil des Ungeheuers. Dann brach es zusammen und weilte offenbar nicht mehr im Land der Lebenden. Rauch stieg von dem Kadaver auf.

Conan sprang zurück zu den drei Baumleuten.

»Der Same ist dort drinnen«, erklärte Cheen.

»Ja, mag sein. Aber habt ihr nicht gesehen, was mit dem Monster passiert ist, das durch diese Tür eingetreten ist?« sagte Conan.

»Wir sind nicht so weit gelangt, um uns jetzt aus dem Feld schlagen zu lassen«, erklärte Tair und ging auf die geborstene Tür zu.

Conan seufzte. Ja, Tair hatte recht. Er folgte dem Kleinen. Cheen und Hok schlossen sich an.

Der Nebelmagier hatte den Zauber fast zu Ende gesprochen. Noch ein paar Worte – und er würde seinen fleischlichen Körper auf ewig wiedererlangen. Freude stieg in ihm auf; aber er wagte es noch nicht, ihr Raum zu geben, bis er die letzte Zeile des Zaubers gesprochen hatte. Noch acht Worte, sechs, vier ...

»Da ist er!« schrie eine Frau.

Dimma versprach sich beim vorletzten Wort des Zaubers, der ihn wieder zu einem richtigen Mann gemacht hätte.

»Hören diese Störungen denn nie auf?« brüllte er, außer sich vor Wut.

Jetzt erst musterte er die vier Menschen näher, die in die Schatzkammer eingedrungen waren. Die Frau lief auf den kostbarsten Talisman zu. Wer waren diese Eindringlinge? Was wollten sie hier? Wie kamen sie dazu, ihn bei dem Versuch zu stören, sich endlich vom Fluch des alten Zauberers von Koth zu befreien?

Der größte Mann, ein barbarisch aussehender Kerl mit Muskelbergen, baute sich vor Dimma auf und schwang ein Breitschwert. Der Zauberer wäre in der Mitte gespalten worden, hätte sein Körper nicht aus Nebel bestanden. So aber glitt die Klinge harmlos durch ihn hindurch.

Der Hüne schaute verblüfft drein und versuchte einen zweiten Schlag – mit dem gleichen Ergebnis. Dimma hätte laut gelacht, wäre er nicht so wütend gewesen.

Unglücklicherweise hatte der Zornesstrahl, mit dem Dimma den Kralix vernichtet hatte, seine Energievorräte fast ganz erschöpft. Daher konnte er die vier unverschämten Eindringlinge nicht mit Feuer und Blitz vom Erdboden vertilgen, wie er es gern getan hätte. Seine Kraft reichte nur zu einem lächerlichen Bannzauber. Kaum hatte er die drei richtigen Worte gesprochen und die entsprechenden Handbewegungen ausgeführt, standen die vier wie erstarrt da. Der Hüne hielt sogar noch das Schwert in die Höhe. Der Narr würde in dieser Pose sterben, sobald Dimma die wichtigste Angelegenheit seines Lebens erledigt hatte.

Um in der nächsten Zeit ungestört zu bleiben, schwebte Dimma zur zerborstenen Tür und spähte hinaus in den Gang. Einige Tote lagen umher; aber er entdeckte kein Zeichen eines lebenden Wesens, das ihn bei der Beschwörung hätte stören können. Dank allen Göttern der Tiefe dafür!

Dann kehrte Dimma zurück in die Schatzkammer und begann mit dem Lösungszauber – diesmal zum allerletzten Mal, wie er hoffte.

Conan hatte das Gefühl, als seien seine Hände durch ein unsichtbares Netz gebunden. Er konnte nicht einmal ein Haar bewegen, ohne an die unsichtbare Barriere zu stoßen. Er spannte die Muskeln aufs äußerste an, doch es half nichts. Der Nebelmagier hatte ihn mit einem Bannzauber belegt. Der Cimmerier hatte das sichere Gefühl, daß die Worte, die der Zauberer nun sprach, ihm und seinen Gefährten nicht zugute kommen würden, sobald der Magier damit fertig war.

Jetzt schwebte Dimma mit dem Rücken zu Conan. Aber der Cimmerier konnte durch ihn die Wand dahinter deutlich erkennen, während der Zauberer — war er wirklich ein Mensch? – die Worte eines offenbar langen Zauberspruchs herunterleierte.

Aber… was konnte Conan tun? Er saß in der Falle. Selbst wenn er sich hätte frei bewegen können, wäre sein Schwert gegen diesen Gegner erfolglos geblieben. Das hatte er ja gesehen.

Der eiskalte Hauch des Todes wehte ihn an.

Dimma sprach die letzten Worte des Zaubers sehr sorgfältig. Seine ganze Aufmerksamkeit war nur darauf konzentriert. Nichts sollte ihn diesmal stören, nichts, und wenn der ganze Palast im See versank. Nichts!

Die letzte Silbe des letzten Worts rollte von Dimmas Lippen und hallte leise in der Schatzkammer nach.

Der Zauberer hielt den Atem an und wartete. Er hatte es vollbracht. Würde der Zauber wirken? Was würde geschehen?

Jetzt drehte sich die Luft um den Nebelmagier. Erst langsam, dann immer schneller. Er spürte, wie sich in ihm etwas rührte. *Etwas* geschah!

Es war, als schöpfe der Zauber Kraft und Energie aus der Luft, dem Wasser und den Mauern. Er nahm auch Dimma etwas von seiner Kraft. Der Zauberer spürte, wie er ausgelaugt wurde; aber das war unwichtig; denn er würde wieder ein richtiger Mann sein, sobald er erlöst war. Dann würde er über sehr viel gewaltigere Kräfte verfügen als vorher in seiner unvollständigen Gestalt!

Jetzt fühlte Dimma, wie sich Knochen, Organe und Muskeln formten. Er wurde schwerer und sank langsam dem Boden entgegen. Da legte er den Kopf zurück und stieß einen lauten Triumphschrei aus. Ja! Ja! Es wurde Wirklichkeit, nach so vielen Jahrhunderten! Endlich!

Conan kämpfte mit aller Kraft, um die unsichtbaren Fesseln abzustreifen. Plötzlich spürte er, wie die Bande schwächer wurden. Er konnte den hochgestreckten Arm ein Stück senken. Der Bannzauber war jetzt nicht mehr wie ein enges Netz, sondern wie eine Lehmschicht, die ihn bis zu den Lenden einhüllte. Langsam konnte er sich wieder bewegen.

Vor den Augen des Cimmeriers verdichtete sich die

Nebelgestalt des Zauberers. Sein Körper wurde fest und sank auf den Boden wie ein breites Blatt, das vom Baum segelt. Noch schwankte der Zauberer leicht von rechts nach links.

Conan war sicher, daß für ihn und seine Gefährten alles vorüber wäre, sobald der Magier festen Fuß gefaßt hätte. Der Cimmerier war jedoch immer noch wie benommen von dem Bannzauber, mit dem Dimma ihn lähmte. Er konnte sich keinesfalls so schnell bewegen, wie es nötig gewesen wäre, um den Zauberer mit dem Schwert zu töten. Im Augenblick hatte er noch das Gefühl, als bewege er sich unter Wasser.

Kaum berührten Dimmas Sohlen die Steinplatten auf dem Boden, senkte Conan das Schwert, so daß die Spitze geradeaus zeigte. Er konnte zwar nicht richtig zuschlagen; aber vielleicht ließ sich das Schwert wie ein Speer als Wurfwaffe benutzen. Dann gelang ihm ein Schritt nach vorn. Seine Beine fühlten sich an, als steckten sie in Bleistiefeln. Schweißperlen bildeten sich auf seiner Stirn in dem Bemühen, den Fuß zu heben. Der Zauberer war nur drei Spannen entfernt, noch vier oder fünf Schritte, dann hatte er ihn.

Falls ihm soviel Zeit blieb.

Ja, Dimma war jetzt ganz sicher, daß er bald wieder ein richtiger Mann sein würde und frei – frei für immer! Er hatte sich bereits entschieden, wie er das gesamte Reich zerstören würde. Tief unter den Wasserfluten des Sees dämmte ein magischer Schild die geschmolzenen Gesteinsmassen zurück, damit sie nicht wie vor zehn Millionen Jahren ausbrachen. Dimma hatte den magischen Schutz vor zweihundert Jahren dort angebracht, als das Gebirge wieder einmal unruhig geworden war. Er hatte auch den Schild mit seiner eigenen Seele verbunden. Sollte er sterben, würde der Schild verschwinden und ein Lavastrom den See zum Brodeln bringen, ehe sich die glühenden Massen über seinen Rand ergießen und alles weit und breit unter sich begraben und vernichten würden. Dimma konnte aber den Schild auch auflösen, wenn er sich mittels seiner Zauberkunst hinwegbewegte, und bei allen Dunklen Göttern, das würde er tun – sehr bald schon!

Jetzt berührten seine Sohlen schon beinahe die Steinplatten. Sobald er festen Boden spürte, stand fest, daß der Fluch des sterbenden Zauberers von ihm genommen war. Dimma lachte. Der Triumph war sein! Endlich!

Conan tat noch einen Schritt. Er hielt das Breitschwert mit beiden Händen vor sich ausgestreckt. Die Bewegung fiel ihm schon etwas leichter; dennoch kroch er wie eine Schnecke dahin. Noch drei Schritte, zwei ... aber ... Da stand der Zauberer auf dem Boden. Jetzt drehte er sich langsam um ...

Dimma spürte, wie sich seine Beinmuskeln spannten, als sie festen Boden unter sich hatten. Das Werk war vollbracht! Jetzt konnte er persönlich diejenigen vernichten, welche gewagt hatten, ihn bei dieser wichtigen Tätigkeit zu stören. Danach würde die entfesselte glühende Lava alle übrigen töten.

Langsam drehte er sich um. »Der Augenblick eures Todes ist gekommen«, sagte er.

Verzweifelt bot Conan alle seine Kräfte auf und stürzte sich auf den Zauberer. Die Bewegung war langsam, doch ging es um sein Leben. Die Schwertspitze traf Dimma in der Drehung. Sie drang in den neuen Körper des Zauberers direkt unter dem Brustbein ein, sank immer tiefer, und die gebläute Klinge durchbohrte das Herz.

In diesem Augenblick fiel der Bannzauber von

Conan ab. Der Cimmerier war jedoch noch so in Schwung, daß er wie ein Felsbrocken weiterschleuderte. Der Schwertgriff preßte sich gegen den Bauch des sterbenden Zauberers, so daß Dimma den Halt verlor und zwei Spannen zurückgeworfen wurde. Verkrümmt fiel er auf die Seite.

»N-n-neiiiin!« Sein Schrei hallte gellend in der Schatzkammer wider. Dann kam nur noch ein Röcheln über die Lippen. Er zitterte, dann lag er reglos da.

Dimma, der Nebelmagier, war tot.

FÜNFUNDZWANZIG

»Ist er tot?« fragte Cheen und trat neben den Cimmerier.

Ehe Conan antworten konnte, veränderte sich der Leichnam auf den Steinfliesen. Vor den Augen aller schrumpfte der Körper des Magiers wie ein Stück Speck in einer glühendheißen Pfanne. Die Haut wurde dünn und runzlig wie altes Pergament. Dann war sie völlig verschwunden. Auch das Fleisch verbrutzelte in rasender Geschwindigkeit. Jetzt waren nur noch die Knochen da, erst gelblich, dann weiß, dann waren sie nur noch weiße Asche. Die gesamte Verwandlung dauerte kaum länger als eine Minute. Danach war vom mächtigen Nebelmagier nur noch ein winziges Häufchen Asche auf den Steinplatten der Schatzkammer übrig.

»Ja, ich bin sicher, daß er tot ist«, erklärte Conan.

»Er sieht älter aus, als er tatsächlich war. Das wette ich«, meinte Tair.

Cheen wendete sich ab und trat zu dem Gegenstand, dem ihre Suche gegolten hatte. Behutsam nahm sie den Samen aus der Nische, hielt ihn vors Gesicht und blickte ihn ehrfürchtig an.

»Ja, jetzt können wir gehen«, sagte sie.

Conan blickte sich um. »Ja, aber vielleicht könnten wir noch einen Augenblick bleiben, um ein paar Kostbarkeiten einzusacken.« Seine scharfen Augen hatten entdeckt, daß einige Gegenstände aus purem Gold waren, und das geschliffene grüne Juwel neben der zersplitterten Tür war sicher auch wertvoll. Dieses Abenteuer war am Ende doch noch lohnend.

Da bebte der Fußboden unter Conans Sohlen und brachte ihn aus dem Gleichgewicht.

»Was war das?« fragte Hok.

Die Erwachsenen blickten sich betroffen an. »Mir kam es wie ein Erdbeben vor«, antwortete Conan.

»Auf dem Wasser? Das ist doch sehr unwahrscheinlich«, widersprach Cheen.

Wieder erbebte der Palast. Diesmal so stark, daß Conan Mühe hatte, nicht umzufallen. Cheen fiel auf die Knie, selbst Tair und Hok, die ein hervorragendes Gleichgewichtsgefühl hatten, schwankten bedrohlich. In der Decke war plötzlich ein breiter Sprung. Staub rieselte herab.

»Mir ist gleichgültig, was dieses Beben verursacht. Ich finde, wir sollten so schnell wie möglich fliehen, ehe alles über uns zusammenstürzt«, sagte Conan.

Der Cimmerier lief zur Tür, machte einen Bogen um das tote Monster, riß aber noch schnell das grüne Juwel aus der Verankerung und stopfte den Edelstein in den Beutel am Gürtel. Dann hatte er den Gang erreicht. Seine Gefährten folgten ihm.

Ein Geschöpf mit dem Körper eines Hundes und dem Kopf eines Affen lief verängstigt den Korridor hinab. Der Cimmerier schlug dieselbe Richtung ein.

»Wohin läufst du denn? Wir sind aus der anderen Richtung gekommen!« rief Cheen.

»Das Biest lebt hier. Es kennt den Palast bestimmt besser als wir.«

Das hundeähnliche Tier setzte in großen Sprüngen davon. Als es um eine Biegung des Gangs rannte, waren Conan und seine Gefährten nicht weit hinter ihm. Jetzt sah der Cimmerier, daß weiter vorn noch zwei Selkies rannten. Falls sie die Menschen hinter sich gesehen oder gehört hatten, gaben sie das nicht zu erkennen.

Wieder bebte der Boden. Dieser Stoß war stärker als die früheren Erschütterungen. Selbst Conan konnte sich nicht auf den Beinen halten. Er stolperte und fiel, rollte dann aber über die Schulter ab. Unverletzt stand er wieder auf. Da löste sich ein schwerer Balken aus der Decke und donnerte direkt vor ihm auf die Steinfliesen. Überall zeigten sich jetzt Risse in den Wänden und an der Decke.

Für Conan stand fest, daß der Palast des Zauberers diese Erschütterungen nicht überstehen würde.

»Schneller!« rief Conan.

Seine Gefährten waren auch wieder auf die Beine gekommen. Zum Glück war keiner verletzt.

Das Hundebiest war fast nicht mehr zu sehen. Conan trieb zur Eile an, um es nicht aus den Augen zu verlieren.

Sie rannten durch die Gänge des schwankenden Palasts. Wände drohten einzustürzen, der Fußboden wölbte sich unter ihren Füßen.

Endlich blieb das Hundemonster mit dem Affenkopf vor einer geschlossenen Tür stehen, kratzte und kläffte. Im nächsten Augenblick war Conan neben ihm. »Geh beiseite!« fuhr er es an.

Das Ungeheuer gehorchte. Conan schob den Riegel weg und riß die Tür auf. Dahinter kam noch eine Tür. Schnell hatte er auch dieses Hindernis überwunden. Doch dann standen sie vor einem dritten Portal. Fluchend stemmte der Cimmerier sich gegen den schweren Riegel. Endlich öffnete sich der eine Türflügel.

Draußen herrschte immer noch Nacht. Die Sterne funkelten am Firmament. Conan führte seine Gefährten und das Hundemonster hinaus in die frische Luft. Einen Herzschlag später schwankte der grüne Sargasso-Teppich, und das Portal, durch das sie soeben den Palast verlassen hatten, stürzte krachend in sich zusammen.

»Das war knapp«, meinte Tair und starrte entsetzt auf die Trümmer.

»Noch sind wir nicht in Sicherheit«, sagte Cheen. »Schaut doch!«

Conan folgte ihrem ausgestreckten Finger.

Aus dem See stiegen in der Ferne riesige Dampfwolken auf. Sie drohten den Mond zu verdunkeln. Die Wolken wurden von unten durch einen orangeroten Schein angestrahlt.

Wieder schwankte der Pflanzenteppich. Jetzt wurde ein dumpfes Tosen laut. Noch mehr Dampfwolken wallten auf. Der orangerote Schein wurde heller.

»Ein Vulkan«, sagte Tair. »Der Berg unter dem See erwacht zum Leben.«

Conan nickte. Er hatte erlebt, wie das flüssige Gestein eines Bergs wie Honig über die Hänge herabfloß und alles verbrannte, was ihm in den Weg kam. Der See würde bald zu einem Kessel mit brodelndem, kochendem Wasser werden. Alles darin, auch die Pflanzen, würden zugrunde gehen.

Der Sargasso-See bäumte sich auf. Alle wurden von der Welle zu Boden geschleudert.

»Wir müssen sofort weg von hier!« schrie Tair.

Dicht vor ihnen riß das Grün plötzlich entzwei. Wasser sprudelte durch den Spalt herauf.

Conan blieb stehen. »Bis zur Wasserkante ist es ein guter Tagesmarsch«, sagte er.

Links von ihm brach der Sargasso auf. Pflanzen wurden in die Luft geschleudert. Der Gestank fauliger Eier erfüllte die Luft. Ehe Conan weitersprechen konnte, flog wieder ein großer Pflanzenbrocken hoch, nur fünfzig Spannen entfernt, eine Flammengarbe schoß zischend empor und verschwand so schnell, wie sie aufgetaucht war.

»Crom!«

»Wir schaffen es nie bis ans Ufer«, sagte Tair.

»Wir haben keine Wahl«, sagte Conan. »Lieber beim Versuch sterben, als nichts tun.«

»Wartet, vielleicht gibt es noch einen anderen Weg!« rief Cheen.

»Ich bin für jeden Vorschlag offen«, sagte Conan.

Wieder schwankte der Sargasso-Teppich. In der Ferne stiegen gasförmige Feuerbälle auf und verschwanden wieder, nachdem sie die Nacht grell erleuchtet hatten. Jetzt wurde ein dumpfes Grollen laut. Der Boden schwankte wie ein Schiff in schwerer See.

»Der Same«, erklärte Cheen. »Der Same hat große Macht.«

»Genug, um das alles zu beruhigen?«

Cheen holte den heiligen Samen aus dem Gürtel und schaute Conan an. »Nein, aber vielleicht kann er uns nach Hause bringen.«

»Was?«

»Es gibt eine Legende, die besagt, daß derjenige, welcher mit dem Samen eng verbunden ist, ihn um die Rückführung in den heimischen Wald bitten kann.«

»Eine Legende? Weißt du, wie man sie in die Tat umsetzt?«

»Ich bin nicht sicher.«

Hundert Spannen entfernt schoß wieder eine Feuergarbe zum Himmel hinauf. Die Flammen formten sich zu einer Kugel, die so dicht über den Köpfen der vier dahinsauste, daß die Hitze Conans Haare an den Armen versengte.

»Uns bleibt keine Zeit mehr«, sagte der Cimmerier. »Versuch deinen Zauber, Cheen.«

»Stellt euch ganz dicht zusammen und gebt euch die Hände«, befahl die Medizinfrau.

Conan und Tair reichten sich die Hände, dann

streckte der Cimmerier Hok die Rechte hin; aber der Junge lief weg.

»Hok!« rief Conan.

Der Junge war zu dem hundeähnlichen Scheusal gelaufen und hielt es in den Armen. Das Wesen zitterte, leistete aber keinen Widerstand, als Hok es zu den anderen schleppte.

»Was tust du da?«

»Es hat Angst. Wir können es nicht hier lassen. Es muß sonst sterben«, verteidigte sich Hok.

Dann warf der Junge den Vund über die schmale Schulter und nahm Conans rechte Hand in seine linke. Cheen ergriff schnell den rechten Arm ihres kleinen Bruders. Tair verschränkte die Arme mit Cheen, weil die Medizinfrau die Hände frei haben mußte. Damit hielt sie den kostbaren heiligen Samen. Leise, aber schnell sprach Cheen Worte, die Conan nicht verstand.

Eine furchtbare Explosion erschütterte die Luft, und eine rotglühende Feuerfontäne schoß vom See bis zu den Sternen empor. Im nächsten Augenblick schwankte der Untergrund wild. Nur mit Mühe konnte der Cimmerier seine Gefährten auf den Beinen halten. Die Muskeln an den Beinen traten ihm wie Wülste hervor, als er sie gegen den sich drehenden Pflanzenteppich stemmte.

Cheen sprach leise, aber sichtlich erregt weiter.

Plötzlich schnappten rechts und links die Sargossa-Stengel wie Peitschen und schleuderten Conan und seine Gefährten hoch. Selbst im Fliegen ließen sie sich nicht los. Conan blickte nach unten. Wo sie gerade noch gestanden hatten, klaffte jetzt ein Spalt. Ein riesiger Feuerball schob sich aus dem dunklen Wasser. Conan holte tief Luft. Er war sicher, daß es sein letzter Atemzug sein würde …

Als er ausatmete, stand er wieder auf festem Boden unter den Ästen eines riesigen Baums.

»Es ist geglückt!« jubelte Tair und ließ den Cimmerier los, um seine Schwester in die Arme zu schließen.

Hok tanzte im Kreis herum. Den Vund hielt er eng an sich gepreßt. Das Tier kläffte aufgeregt.

Conan lächelte. Obwohl er jeglicher Magie so weit wie nur möglich aus dem Weg ging, mußte er zugeben, daß dieses Beispiel ihm keineswegs unangenehm gewesen war. Er konnte sich nicht erinnern, dem Tod je so nahe ins Auge geblickt zu haben. Er war glücklich, am Leben zu sein.

Da glaubte Conan, ein vertrautes dröhnendes Lachen in der Ferne zu hören. Bist du es, Crom? Hast du deinen bösen Streich wettgemacht, indem du mich jetzt verschont hast? Wenn ja, dann danke ich dir.

Das Lachen – wenn es ein Lachen gewesen war – wurde schwächer und verstummte. Conans Lächeln wich einem breiten Grinsen. Morgen wollte er die unterbrochene Reise nach Shadizar fortsetzen. Er würde sich von Cheen, Tair, Hok und den riesigen Bäumen verabschieden und losziehen. Die berühmt-berüchtigte Stadt der Diebe wartete auf ihn, damit er sich an ihren Kostbarkeiten bereicherte.

CONAN-SAGA

Robert E. Howard/Lin Carter/Lyon Sprague de Camp ·
Conan · 06/3202

Andrew J. Offutt · Conan und der Zauberer · 06/4006

Andrew J. Offutt · Conan der Söldner · 06/4020

Andrew J. Offutt · Conan und das Schwert von Skelos · 06/3947

Lyon Sprague de Camp · Conan und der Spinnengott · 06/4029

Robert E. Howard/Lin Carter/Lyon Sprague de Camp ·
Conan von Cimmerien · 06/3206

Poul Anderson · Conan der Rebell ·06/4037

Robert E. Howard/Lyon Sprague de Camp ·
Conan der Pirat · 06/3210

Karl Edward Wagner · Conan und die Straße der Könige · 06/3968

Robert E. Howard/Lin Carter/Lyon Sprague de Camp ·
Conan der Wanderer · 06/3236

Robert E. Howard/Lyon Sprague de Camp ·
Conan der Abenteurer · 06/3245

Lyon Sprague de Camp/Lin Carter · Conan der Freibeuter · 06/3972
(urspr. 1972 erschienen als Conan der Bukanier unter der Nummer 06/3303)

Robert E. Howard/Lyon Sprague de Camp ·
Conan der Krieger · 06/3258

Lyon Sprague de Camp/Lin Carter/Björn Nyberg ·
Conan der Schwertkämpfer · 06/3895

Robert E. Howard/Lyon Sprague de Camp ·
Conan der Thronräuber · 06/3263
(urspr. 1971 erschienen als Conan der Usurpator unter derselben Nummer)

Lin Carter/Lyon Sprague de Camp · Conan der Befreier · 06/3909

Robert E. Howard/Lyon Sprague de Camp ·
Conan der Eroberer · 06/3275

Robert E. Howard/Björn Nyberg/Lyon Sprague de Camp ·
Conan der Rächer · 06/3283

Lyon Sprague de Camp/Lin Carter · Conan von Aquilonien · 06/4113

CONAN-SAGA

Lyon Sprague de Camp/Lin Carter · Conan von den Inseln · 06/3295
Lyon Sprague de Camp/Lin Carter · Conan der Barbar · 06/3889
Robert Jordan · Conan der Verteidiger · 06/4163
Robert Jordan · Conan der Unbesiegbare · 06/4172
Robert Jordan · Conan der Zerstörer · 06/6281
Robert Jordan · Conan der Unüberwindliche · 06/4203
Robert Jordan · Conan der Siegreiche · 06/4232
Robert Jordan · Conan der Prächtige · 06/4344
Robert Jordan · Conan der Glorreiche · 06/4315
John Maddox Roberts · Conan der Tapfere · 06/4346
Steve Perry · Conan der Furchtlose · 06/4663
Leonard Carpenter · Conan der Renegat · 06/4664
John Maddox Roberts · Conan der Champion · 06/4701
Steve Perry · Conan der Herausforderer · 06/4745
John Maddox Roberts · Conan der Marodeur · 06/4781
Robert E. Howard · Conan und der Schatz des Tranicos · 06/4915
Robert E. Howard/Lyon Sprague de Camp ·
Conan und die Flammenklinge · 06/4930
John Maddox Roberts · Conan der Draufgänger · 06/4959
Roland Green · Conan der Wagemutige · 06/4988
Leonard Carpenter · Conan der Kriegsherr · 06/5044
Leonard Carpenter · Conan der Held · 06/5081
Steve Perry · Conan der Unbezähmbare · 06/5098
Leonard Carpenter · Conan der Angreifer · 06/5143
Steve Perry · Conan der Landsknecht · 06/5197
Steve Perry · Conan der Schreckliche · (in Vorb.)
Leonard Carpenter · Conan der Große · (in Vorb.)
Roland J. Green · Conan der Beschützer · (in Vorb.)
John Maddox Roberts · Conan das Schlitzohr · (in Vorb.)
DAS CONAN UNIVERSUM von *Erhard Ringer* · 06/4908